この職業《ジョブ》をもらった日以来の、
世界に祝福されているかのよう
な高揚感。俺の新たなる始ま
りの一日。
そして——隣には、もっちゅ
もっちゅと骨付き肉を食べる、
絶世の銀髪残念美女。

エミー
Emmy
ジャネット
Janet
ヴィンス
Vince

シビラ
Sybilla
ケイティ
Katie
ラセル
Russell

「――今日が主役《おれ》の、
始まりの日だ」

黒鳶の聖者 1

～追放された回復術士は、有り余る魔力で闇魔法を極める～

まさみティー

OVERLAP

Contents

第1章

第2章

Saint of Black Kite

The banished healer masters dark magic with abundant magical power.

イコモチ icomochi

第1章

01 役目がなくなった者はパーティーを除名される

「ラセル。お前はもう、オレらとは無理だよ」

正面に座る、ずっと組んできた幼馴染《おさなじ》みの男の言葉の意味が、一瞬分からなかった。

「理由は、分かるよな？」

「……まあ、な」

いや、分かっていた。いずれこうなる日がくることは。

物心ついた頃から、俺は孤児だった。その孤児院には、同い年の孤児が俺の他に、三人。俺達《たち》四人は幼馴染みで、いつも一緒だった。

ある日、最初に俺を遊びに誘った少年が、正面にいる男だ。赤髪がその活発な性格を表すような男、ヴィンス。

毎日飽きもせず木の枝をぶつけ合って、成長してきた。木の枝が模擬用の整った木剣に換わった頃には剣の振り方にも慣れ、背の高いヴィンスから勝ちを拾うことも増えた。

ある日を境に俺とヴィンスの間に交ざるようになったエミーは、木の枝を見つけてきて

は、青い目を金髪の間に覗《のぞ》かせながら、俺達の間に入ってきた。この剣をぶつけ合う模擬戦、意外にもエミーは剣の才能があるのか、いい勝負をした。

気怠《けだる》げな目を青い髪で隠すようにしたジャネットは、本を片手に俺達の戦いを観戦していた。寡黙だが決して暗い子ではなく、アドバイスしたり、怪我《けが》の治療をしてくれた。

いつしか四人は、いつも一緒にいることが当たり前になっていた。

だから、『女神の選定式』に呼ばれる前に、一緒にダンジョン冒険者のパーティーを組もうと約束をしたのも、自然な流れだった。

『女神の選定式』。それは、十六歳になった者が教会で一つ、女神より『職業《ジョブ》』という特殊な能力をもらう儀式。各々に授けられる職業《ジョブ》能力は高く、決してデメリットなどない。努力で覚えられる能力に、女神様自ら選択肢を増やしてくれるような、そんな儀式。

俺達も例外なく、女神様より能力を授かった。

【勇者】ヴィンス。【聖騎士】エミー。【賢者】ジャネット。そして、【聖者】のラセル。

田舎村出の若者四人がもらうには、あまりにもインパクトの大きな職業《ジョブ》の数々が並ぶ。

聖者という職業《ジョブ》……いや、役割《ロール》を女神からもらった俺は、パーティーの要として皆を支える役目を与えられた。与えられたはずだった。

もう一度言おう。各々に授けられる職業《ジョブ》そのものに、デメリットはないのだ。

既に残留を諦めている俺とヴィンスの会話に、エミーが交ざる。

「ま、待ってよヴィンス！　ラセルを追い出すなんて……！」

「じゃあエミーに逆に聞くがよ、【神官】のラセルは最近活躍したか？　その回復魔法、いつ使ったか言えるか？」

「う……」

わざとらしく下位の職業《ジョブ》に言い直して嫌味を放つヴィンス。しかし……俺を擁護しようとしていたエミーでさえ、その辛辣な言葉に眉間に皺《しわ》を寄せつつも、口を引き結んだ。

そう。俺の【聖者】としての回復魔法は、結果から言うと全く役に立たなかった。

理由はとても簡単で、残酷なことだ。

俺達は、皆が強かった。その結果……誰も大きな怪我をしないのだ。だから剣を持たない回復術士《ヒーラー》の俺は、どうしてもヴィンスやエミーに比べて出遅れてしまう。それでも【聖者】という名の杖《つえ》を持った並の戦士として、上層ではまだ活躍できていたはずだ。

しかし、ダンジョン中層に入る前に、俺の運命を大きく変える事態が起こる。

【勇者】【聖騎士】【賢者】の三人は、とても優れた職業《ジョブ》だ。万能で、パーティーのどんな状況にも役に立つ。たとえ誰かが怪我した時や、自分が怪我した時でも。

そう。【勇者】【聖騎士】【賢者】それぞれ全ての職業《ジョブ》が、回復魔法の《ヒール》を覚えてしまったのだ。最初に攻撃魔法のエリートである【賢者】ジャネットが回復魔法を覚えたときの、自分の足元が崩れるような感覚は今でも覚えている。

それに引き換え、怪我も危機もないパーティーで、俺は役に立たなかった。いわゆる『攻める』時のための魔法が全くないのだ。レベルも、どんどん差が開いていく。

このパーティーに、回復魔法しかできない俺は役割がない。俺ではヴィンスのような英《えい》雄譚《ゆうたん》の主役にはなれない……この職業《ジョブ》では永遠に、脇役止まりだ。

ヴィンスがエミーを説得するように、今日のダンジョンで気がかりだった瞬間を話す。

「今日もエミーが庇《かば》ったせいで、エミー自身がちょいと危なかったしな。……なあエミー、これ以上こいつが交ざってると、多分どっかで死ぬぞ」

「……」

「多分もうラセルじゃ、エミー相手でも全く歯が立たないんじゃねーかなあ。それこそ魔物じゃなく、エミーにぶつかって怪我したり——」

そこまで黙って聞いていたが、いくらなんでもそれは聞き捨てならなかった。

俺にだって、ずっと子供の頃から木剣をぶつけ合って勝ち越してきたプライドがある。

「……さすがに大人と子供じゃないんだから、怪我は有り得ないぞ」

「へえ、そうか？　じゃあ試してみたらどうだ。それで怪我するようなら、もう色々諦めて村に戻った方がいい。怪我しなかったら残留だ」

「言ったな」

「ジャネットもそれでいいか？」

「……そうだね。いくらなんでもぶつかって怪我なんてないと思うし。もしも、ラセルがそれで怪我するほど弱かったら、僕もダメだと思うな」

　それまで黙って聞いていたジャネットも、ヴィンスに聞かれて視線を逸《そ》らしつつ肯定を示した。……そうか、ジャネットもどちらかというと追い出す側だったのか。

　俺を邪魔に思っているのか、心配しているのか、その表情からは読み取れないが……。

「エミー、盾を構えてくれ。外したりはしないから」

　俺は近くに立てかけてあった、最近はヴィンスとエミーしか使わなくなった木剣を持ち、エミーを見る。当のエミーは困惑しながらも、利き腕でない左手一つで盾を構えた。

「うん、それは私も気にしてないけど……あまり無理しないでね？」

　その言葉は、きっと心から俺を心配してくれていた言葉なのだろう。しかし、俺にとっては……その台詞《せりふ》は完全に下に見られているようで、冷静さを失わせるのに十分だった。

「行くぞ……！」

　返事を聞く前に大きく踏み込んで、両手持ちにした木剣を上段から勢いよく打ち付ける。

　筋力に体重や木剣の重さを乗せた一撃で、普通の女の子なら両手で盾を構えていてもふらつくほどの勢いだ。

エミーの顔が近くになり、お互いの目が合う。近くの盾が光を放つのを認識しながらも、俺は別のことを考えていた。

こんなに近くで見るのも、久々かもしれない。大きな目、整った顔立ち。じゃじゃ馬だったエミーも、随分と成長した――

――目が覚めた時には、夜になっていた。

窓の外から差し込む月明かりを頼りに部屋を見ると、見慣れた俺達四人で使っていた部屋の中は、がらんとしていた。

今まで、眠って……いや、違う。

気絶して、いたのか……？

身体《からだ》に掛けられている毛布をどかして、近くにある一人分の荷物と、それなりに暮らしていける量のある金貨の袋を見つける。それ以外の、何もかもがなくなっていた。

木剣も、戦利品も、三人の幼馴染みも。

俺は、自分がパーティーを除名させられたことを悟った。

◇

結局その日の俺は、誰もいない宿で一夜を明かして朝を迎えた。心は曇っているというのに、空は憎たらしいほどの快晴だった。

昨日までの流れを思い出す。

『怪我するようなら、もう色々諦めて村に戻った方がいい』

……まったく、自分で自分が嫌になってくる。確かにヴィンスの言ったとおりだ。

エミーは左手一本で盾を構えていただけ。武器もなければ、反撃もしていない。そのエミーにぶつかりに行った俺は、恐らく何かしらのスキル――その職業《ジョブ》固有の技――によって吹き飛ばされたのだろう。

そのまま気絶して……まあ、俺に呆《あき》れただろうな。エミーには特に、合わせる顔がない。優しいヤツだし、慰めの言葉を選ぶのにも困るだろう。

いずれこうなることは、薄々感じていた。それが、たまたま昨日だったというだけ。

眉間に皺を寄せ、人の多い街を歩く。未《いま》だ似合うと思えぬ白いローブを靡《なび》かせ、ふと自分の胸元に触れた。そこにあった、パーティーの一員であることを示すタグがなくなっていた。

南の門への行きがけで、教会の前を通る。思えば、ここで選定式を行ったんだったな。

『こ、これはとてつもないものを授かりましたな……！』

担当していた神官も驚いていた。それほどまでに、俺達《たち》の職業《ジョブ》は特別だったのだ。

『まさか、【聖者】まで出るとは……！　いや、なんと目出度《めでた》いことだ！』

神官は、俺の頭を少し見て片眉を下げつつも、その内容を見て何度も頷《うなず》く。

俺の前は、二十年前に【聖女】が活躍していた。結構な有名人で、そんな存在に自分もなるというのは誇らしい話……だった。

教会に入ろうかと思ったが、扉の上部に大きく作られたステンドグラスを見て、俺は無言でその場を去った。

――ステンドグラスは、女神の姿を模している。

切り絵のような色の組み合わせのため詳細ではないが、白いキトンを着た金髪の長い髪の女性と分かる形が、太陽を浴びて教会内部に色のついた光となって顕現していた。

女神は、何故《なぜ》剣を持っていた俺に【聖者】なんていう職業《ジョブ》を与えたのだろうか。

もしもエミーが最初に、木の枝を持たずにジャネットと一緒に本を読んでいたら、俺とエミーの職業《ジョブ》は入れ替わっていたのだろうか。

……考えたところで、気まぐれな女神のことなんて全く分からないな。ステンドグラスの女神に聞いたところで答えは返って来るはずもないだろうし、教会の中にそれっぽい金髪の女性がいたからって、職業《ジョブ》の選定理由を聞けたりはしない。

自分が必要であるかどうかの答えなんて、分からないのだ。

教会は女神と共に、黙してそこに在るのみ。ただ、一つ自分の中で変化したことがある。

俺は、女神が嫌いになった。


旅の荷物を軽く買った後は、ここハモンドの街の南門から、故郷の村アドリアを目指す。

そういえば、街に出てから一度も村に戻ったことはなかったな。

木々の立ち並ぶ道を歩いていると、道の片隅で蹲《うずくま》っている子供を見つけた。あれは……

確か、村にいた豆畑の所の娘か？　こんなに村から離れた場所に一人でいるとは危ないな。

「どうした、迷子か？」

声をかけると、女の子は涙目でこちらを見上げる。

「おかあさんが、おかあさんが……！」

そこまで言うと、再び泣き出した。要領を得ないし、話を聞く義理もないが……仕方ない。急ぎの用事など、もう一つもないのだ。少し話を聞いてやってもいいか。

数分後、その子がようやく落ち着いたところで、隣の俺に気付き頭を下げた。

「ご、ごめんなさい、待ってもらって……」

「構わない。それより何があった？」

落ち着いた少女は、少しずつ事情を話し始めた。どうやら少女の母親が病気になってしまったらしい。誰かに助けを求めに一人で、門番の目をかいくぐって出てきたと。

……とりあえず村の門番は後で殴るとして、だ。

「父親は何をしている？」

「おとうさんは、いないの……」

原因不明の病に、母子家庭らしき少女の家では神官を呼ぶほどの金もなし、か。

なるほどな。それで一人で、誰でもいいから助けを呼びに無計画に出てきたと。

「俺はアドリアの人間だし、お前もだよな。村へ帰るついでだ、俺を案内できるか？」

「えっ、あの、治せるの？」

「わからん。が、一応回復魔法は使える。何もしないよりマシだろ」

「……お金、ないよ」

「そういうところは分かるぐらいに苦労はしたんだな。ないものを寄越《よこ》せなんて言うつもりはないし、ガキが金の心配なんかすんじゃねえよ」

治療の神官を雇うのには、それ相応の金がかかる。神官にも生活があるからな。だから治療を無料でやるということは、基本的にないと言っていい。

自分で言うのも何だが、俺の内面はささくれ立っている。だが……もう知ってしまったのだ。さすがに同じ村で育った人を見殺しにして、故郷の土を踏めるほど冷めてはいない。

それに【聖者】の魔法も、たまには使ってやらないと、腕がなまってしまいそうだからな。

俺は自分の行動指針を決めると、少女を連れて村へと歩き出した。

最低限の情報交換を済ませた。どうやらこの子供は、ブレンダという名前らしい。

遠目に顔を見たことがあっても、会話をしたことはない。今日初めて言葉を交わした。

「ラセルは、どうして村に行くの？」

「……長い間帰ってなかった。一応、顔だけでも出しておこうかと思ってな」

「そう、なんだ」

短く答えると、会話が途切れる。少女は何か、どう会話を切り出していいか少し悩んでいるように見えた。その横顔を見ながら、今後のことを考える。

治療を自分から申し出たはいいものの、大して高くないレベルで出せる回復魔法なのだ。だから、治せたら治す。治せなくても、それは俺が気にすることではない……はずだ。

それにしても、よくこの距離を歩いてきたな。既に街のすぐ近くだぞ。

「ハモンドへ向かっていたんだよな。着いた後は、どうするつもりだった？」

「誰か、助けてくれそうな人を、探すつもりだったの」

「そうか」

やはり、そこまで深く考えて行動していたわけではないらしい。無謀だとは思うが、その結果こうやって俺が捕まったわけだから、こいつにとっては十分な成果なのだろう。

……活躍の場がなかった俺を選んだのが、正解だったかは分からないが、な。

◇

アドリアは小さな村であり、比較的大きな街であるハモンドへ続く道には門番がいる。

孤児院で過ごしていた頃は、外に出ないように厳しく指導されていた。『太陽の女神教』の人からすれば、まるで夜のような黒髪の俺に苦手意識でもあったのか、あまり気にかけられた記憶はない。そんなことを思い出しながら、周りの景色を見てそろそろ到着することを悟る。俺達が村に着く頃には、既に日が暮れはじめていた。

……門の周りが騒がしい。何やら言い争っているようだ。

「あの辺りにはいなかったぞ！」

「まだ見つからないか。……もう、暗くなるな」

「俺は捜索を打ち切る気はないぞ……って、おい」

会話の途中で門の前にいた一人が、俺に気付く。

「お前、ラセルか!?　ブレンダもいるぞ！　ラセルが捜してきてくれたのか！」

「捜して……というより、街の近くで偶然出会っただけだ。それよりも」

俺は記憶通りの門番のヤツに近づくと、思いっきり頭を殴りつけた。俺の拳骨《げんこつ》による痛みで頭を押さえるこいつに、一応確認しておかなければならない。

「村には高い柵があり、夜は門も閉じている。警報器具もあるっつーのに……門の傍《そば》の管理小屋にいて、ブレンダが抜け出したってことは、お前どっかで手を抜いたな？」

「うっ……」

やはり、そうか。当番の交代をする際、交代要員が来る前に遊びに出やがったな。それで騒動になって不要だったはずの捜索に労力を割いているのだから、呆れるしかない。

「とりあえず俺は用事あるからもう行くが、次はしっかり閉めとけよ」

久々の帰郷の挨拶にしては散々だったが……錦を飾る凱旋《がいせん》でもない。それに、今は優先順位を間違えてはいけない。病状というものは、いつ急変するかわからないからな。

俺はブレンダを連れて、病魔に冒されているという母親のもとへと足を速めた。

空が茜《あかね》色に染まる頃、無事にブレンダの母親の家まで来た。

「ただいま！」

「……っ！　ブレンダ……どこに、行っていたの……！」

かなり体調が悪いと聞いていたのだが、母親はベッドではなく玄関近くに待機していた。顔色が悪い、立っているのも辛《つら》いはずだ。……やはり、相当心配をしていたな。

「この子を責めるのは後だ。あんたの体調、相当悪いんだろう？」

「あなたは……確か、孤児の子、よね。ヴィンス君と一緒にいた……」

「……ラセルだ」

この人も、あいつの名前は知っているんだな。さすが、俺にも声をかけただけあって交友の広いことだ。俺自身は、他の誰かに声をかけられることはほとんどなかったが。

それよりも、この人の体調が気になる。今にも倒れそうな雰囲気だからな。

「まずは部屋に戻るぞ。効くかどうかはわからんが、回復魔法を使う」

「ま、待って……！　ラセル君、うちには……治療費用を払うような、お金は……」

「なくても構わないし、払う気があるなら後払いでも構わない。俺はレベルも低いし、何の効果もないかもしれないからな」

そう説得して、まずはベッドに寝かせる。よっぽど無理をしていたのか、横になった瞬間にぶわっと汗が噴き出た。顔色が一気に変わり、呼吸が浅くなる。

「重病だなこいつは。何故こうなるまで無理をした？　街の神官が来ても、お前が死んでいると意味がないぞ」

「だって、ブレンダが、いなかったのだもの……」

「うう、おかあさん、ごめんなさい……」

やはりブレンダの失踪は、村中の騒動になっていたと思われる。自分のやったことの重大さが分かったのだろう、ブレンダが申し訳なさそうに頭を下げる。

「とりあえず、まずは様子見だ。《キュア》」

毒を抜くための、簡単な治療魔法。俺がレベル2の頃から使えた魔法。……そして、【賢者】のジャネットが《ヒール》習得後に覚えてしまった魔法だ。

魔法を使う感覚も久しぶりだ。パーティーでは最初の一回に試しに使ってみて以来、使ったことがなかったからな……。あまり仰々しい治療魔法は使えない。それでも気休め程度に使うだけ使うが、果たしてどうなるかと思ったが――変化はすぐに訪れた。

「……あら」

ブレンダの母親は、自然に起き上がった。自分の体調を確認するように、身体《からだ》を動かす。

「治って、いるわ……」

「そうか。重い病気かと思っていたが、どうやら下位の魔法で治る毒だったようだな」

「そんなはずは――」

「わああん！　おかあさあああん！」

ブレンダが、大泣きしながら母親に飛びつく。その勢いのままに後ろへ倒れ込み、母親は再びベッドを軋《きし》ませた。母親の方も、娘の反応からどれだけ心配していたのか理解したのだろう。ブレンダを抱さながら「ごめん、ごめんね」と涙を流した。

「ブレンダ、その人の体力はまだ戻ってないぞ、あまり無理をさせるな」

「あっ、うん！　ごめんね、おかあさん」

「いいのよ……あの、ラセル君、ありがとう。なんとお礼をすればいいか……」

「本当にしょうもない魔法だ、気にしていないが……まあ、どうしても礼がしたいってんなら、軽く一食何か食わせてもらえるぐらいでいい」

「それでよければ、すぐに！」

まだ体調が万全ではないが、それでも先ほどとは比ぶべくもない。

明瞭な声で返事をすると、母親はしっかりとした足取りで台所の方へと向かった。

平常時は活躍できなかったパーティーでの回復魔法や治療魔法。それは決して俺が悪いわけでも、あいつらが悪いわけでもない。

ただ、組み合わせがあまりに悪かった。それだけだ。

笑顔になったブレンダを見ながら、少しずつささくれ立った心が落ち着いてくる。この村の神官として過ごすのも、悪くないかもしれないな。

元気の戻った母親が、隣の付き合いのある人から運んできてもらった干し肉を使った料理を作っていた。これでしばらく、体調が悪くても食いつないでいたということか。

「すごい回復魔法だったわよね。ラセル君は何か、特殊な職業《ジョブ》を授かったの？」

そうか、話題となった職業《ジョブ》を授かった件は、こちらには届いていなかったか。

「……普通の回復魔法使いだ。一緒に剣をやっていた、【勇者】をもらったヴィンスとは違う、いかにも脇役って感じの職業《ジョブ》だな」

「そんなことは……」

「……いや、いいんだ。気にするな。誰も怪我《けが》しないと、【神官】なんて出番はない。出番はないに越したことはない」

卑屈に言ってしまったが、別に否定してもらいたくて言ったわけではない。ただ当然のこととして、【勇者】に比べたら端役だな、という事実を再確認しただけのこと。

そう、いつだってあいつは主役だったように思う。だから、こんなに村の中心から離れた家の未亡人が相手でも、名前が知られているのだ。

「それにしても、どうしてこんなに重い症状だったのかしら」

「思い当たることはないのか？」

何気なく、疑問を発した。そして俺は問いの答えを聞いた瞬間、時が止まったような気がした。落ち着きかけた心が、再び暴れ出そうとする。

これも、女神の定めた運命だっていうのか。なら……やはり女神は、相当嫌なヤツだ。

「村の近くに突然ダンジョンが現れたの。それで私は、様子を見に行ったときに怪我してね。体調が悪くなったのはその翌日」

ダンジョン探索で活躍できなかった俺が冒険者パーティーを追い出され、久しぶりに戻ってきた故郷で待っていたのは……新たなるダンジョンだった。

平凡な、喧噪《けんそう》とはかけ離れた村。そんな村にダンジョンとか、何の冗談だ？

「……どうしたの、ラセル君」

「ああ、いや、何でもない」

俺がダンジョン探索で役に立てずにパーティーを辞めさせられて、ハモンドから離れてアドリアに戻ってきたという過去を、この人達《たち》は知る由もない。

適当に話をごまかし、この場は切り上げることにするか。

「孤児院にも行ってくる、ブレンダの話を聞いて真っ先にこっちに来たからな」

「あっ、それはそうよね！　ごめんなさい、親子共々迷惑をかけて……」

「構わない。ごちそうさま」

一食もらった礼を言って席を立つと、二人も見送りに立ち上がった。ブレンダが、ローブを指で引っ張りながら、こちらを上目遣いでのぞき込んでいる。

「また会える？」

「たぶん、な。一応この辺りに住むつもりだが、まだわからん」

「絶対住んだほうがいいよ！」

ブレンダの頭を無言でぽんぽん軽く撫《な》でると、彼女は安心したように笑顔になり手を離した。さすがにダンジョンがあったからといって、再び別の村に行くわけにもいかない。この村以外で住む当てがない上、別の村にダンジョンがない保証もない。

家を離れ、孤児院を目指す。辺りは茜色に染まっているが、まだ子供は遊び盛りのはず。しかし今は、まだ真っ暗というほどでもないのに、不思議と誰も見かけなかった。それにしても、故郷のアドリアまで戻ってきて、またダンジョンか。探索から離れた場所に移ったつもりが、因果なものだな――そう思いながら孤児院に着いた頃には、景色はすっかり赤から青へ、薄暗くなっていた。

――夕日が沈み、星が出る前の僅かな時間。

以前ジャネットに教えてもらったが、こういう時間を何と言うんだったか……。

思い出せずとも、構わないか。俺は数度ノックをし、返事を待たずに遠慮なく開ける。

「ちょっと！　開けるなら返事するまで待つって決まっただろう！」

「いつ決まったんだ、ずいぶんと厳重じゃないか」

「……ラセルかい!?」

「ただいま、ジェマ婆《ばあ》さん」

孤児院で子供の世話をしている、ジェマ婆さんが俺の顔を見て驚いた表情をする。

ここでみんなの世話をしている、まだまだ矍鑠《かくしゃく》とした老婆だ。

「帰って来るのなら、連絡ぐらい入れたらどうだい。フレデリカは今出ているし、食べるものも用意してないよ。ヴィンスや他の子は？」

「食べて帰ってきたから要らんし、帰ってきたのは俺一人だ」

「……なんだか雰囲気、変わったかい？」

「そうかもな」

質問をはぐらかしたが、雰囲気が変わったことぐらいジェマ婆さんなら分かるだろうな。

……別れの言葉すらなかったのだ、明るい顔などできるはずがない。

「それより、この静けさはなんだ？　夕方ですら、誰も子供が遊んでいなかったぞ」

「ああ、それはね。夜になると、魔物が出るんだよ。……困ったねえ」

この村に魔物とは、驚いたな……。話によると、コウモリ型の魔物が村の空で何羽か見つかり、実際に襲われた子供もいたらしい。街の方には、まだ情報が出ていなかったはずだ。

「時期は？　見た目は分かるか？」

「半月前……ダンジョンができた頃かね。一度近くで見たときは、赤色だった。少し大きめで、羽を広げるとあたしの身体ぐらいあるね」

「ダンジョンスカーレットバットか……」

　ダンジョン内部にいる魔物のうちの一つで、滅多なことでは外に出てこないタイプだ。

「それにしても、どうして一人なんだい？」

「……まあ、婆さんならいいか。少々長い話になるぞ──」

　俺は、昨日の出来事を話した。もちろん、それに至るまでの流れも全て、だ。

　ジェマ婆さんは、俺が話す間はずっと黙って聞いてくれた。話の腰を折られずに済んだので、思ったよりは長い話にならずに済んだ。

「──そして、今日帰ってきた」

　一通り聞き終わったジェマ婆さんは、「は〜っ……」と溜息《ためいき》を大きくついた。

「あの、村の誇りだった四人組が、そんなことになっちまうなんてね」

　そして、俺の肩に手をかけた。

「あんたが変わった理由も分かった。でもね、言わせとくれ。……よく自暴自棄にならずに戻ってきてくれた。それだけであたしゃ嬉《うれ》しいよ」

　そう言って、嬉しそうに……だが、少し大変そうに俺の肩を叩《たた》いてきた。……いつの間にか、婆さんも随分と小さくなったな。

「それにしても、ヴィンスはちょいと心配していたが、こうなっちまったかねえ」

「……ヴィンスを、心配していた？」

「ああ、ラセルは純粋な子だったから知らないんだね」

何やら含みのある言い方だな。婆さんは思い出すように宙を睨《にら》み、腕を組んで唸《うな》る。どうやらジェマ婆さんは、俺の知らないヴィンスを知っているようだ。

「ヴィンスはね、かなり女に目がない子だよ」

「……は？」

意外な方向から話が始まり、思わず間抜けな声を上げてしまう。

「言った通りさね。ヴィンスはエミーとジャネットはもちろん、それにフレデリカにもしょっちゅう視線を向けていたのよ。顔じゃなくて身体の方さね」

「……」

「ラセルは、見そうになったら逸《そ》らしてるじゃないの。ああいうの、女の子はすぐに分かるんだよ。だからフレデリカはラセルをかわいいと気に入っていたし、ヴィンスは幼い頃から男だと警戒していた。上手《うま》くやってるのか、男にはあまりバレとらんようだ」

そう、だったのか。俺はヴィンスのことをよく知っているようで、そういうところはあまり知らなかったんだな。

「だからって、俺を追い出す理由にはならないんじゃないか？」

「だといいけどね。この辺は、男と女でまるで評価が違うところだから、頭の片隅にでも置いておいた方がええ。それに、エミーは一度言い寄ったヴィンスを断ってるからねえ」

「……初耳だ」

「子供の頃だよ。あと断られてすぐ次の日にはジャネットにも言い寄ってたんだよ。ここの壁は薄いのにねえ、ヒッヒッ」

「最後のを含めて、どれもあまり知りたくなかった事実だな……」

案外昔の俺が喋《しゃべ》っていたこととか、全部婆さんは聞いていたのかもな。

俺達のことをよく見ていたし、勘がいいとは思っていた。なるほど、全部筒抜けだったってわけだ。それにしてもエミーに断られた翌日にジャネットって、手が早いってレベルじゃないぞ。俺からは、全然想像つかないな。

……いや、待て。ということは……。

「俺を追い出したのって……」

「本当の理由、エミーとジャネットに近づくのに、ラセルが邪魔に思ったのかもねえ」

婆さんに言われて、ようやく不自然に一人残されたことに納得がいく。

あの時はあまりにもショックが大きくて、おかしいと思う余裕がなかったが……可能性の一つでしかないとはいえ、全く……なんと能天気なことだ。

やれやれ、自分の間抜けさ加減に呆《あき》れるしかないな。

「後、ラセルは最後の方には勝ち越してたじゃないの。だからヴィンスは、ラセルに苦手意識があったのかもね。あの子、一番じゃないと結構かんしゃく起こすから」

「……聞いたことないぞ」

「そりゃあんたにだけしてなかったからね。弱い男には威張るけど、剣で負けていたラセルにはあまり当たらなかったはずだわね。ラセルに当たるとエミーやジャネットに嫌われるだろうし」

俺の知らないところで、俺以外には威張り散らす。しかし俺は剣で上を行っていたから、その怒りがぶつからなかっただけ。

そうか、ヴィンス。お前はそういうヤツだったのか。

なんだか知らない話ばかりで、まだ頭が追いつかないが……他のヤツが嘘《うそ》を言うならともかく、ジェマ婆さんの言うことだからな……。

ただ、それでも……俺があの場にいて役に立てていたかといえば、そうではない。

意図した流れがあったとはいえ、いずれ俺は出て行っただろう。

「エミーとジャネットの気持ちは分からないけど、残ってなかったってことは、最終的にヴィンスを選んだんだろうね」

「そう、だな。ああ、そのとおりだ。二人とも結局は残らなかった、俺は宿で起きるまで待ってすらもらえなかった」

裏切った、とまで言い切っていいかどうかはわからないが……少なくとも三人とも、俺が起きるのを待たずに出て行ってしまった。それが事実だ。

　本当に、自分の愚かさ加減に嫌になってくる。

「……あまり思い詰めるんじゃないよ、あんたは【聖者】で、本来ならあたしやフレデリカみたいなシスターは、地面に膝を突いて有り難がるほど一番凄《すご》い人なんだからね」

「おいやめてくれよ、あのガミガミ婆さんが俺に隷属するみたいな真似《まね》、背筋が凍るぞ」

　冗談のつもりだろうが、冗談じゃない。

　世話になった人を地に這《は》わせて悦に入るほど腐っちゃいないぞ。

　……しかし、お陰様で大分気は楽になったかな。励ましてくれているのだろう。こういうところも、きっちり俺のことを見てくれているっていうことか。

　さすが、育ての親代わりの婆さんだ……まだまだ敵《かな》わないな。


「――こいつッ！　ふざけんじゃないわよッ！」

　突然孤児院の外から、女性の叫び声が聞こえてきた。直後、壁に何かのぶつかる大きな音とともに、窓の磨《す》りガラスに映る、空を飛ぶ影。……間違いない、魔物の襲来だ。

　俺は婆さんの方を向くと「下がってろ！」と叫んで扉の近くに陣取る。

「ラセル！　こういう時のために、そこに武器を備えてある！」

　見ると、ちょうど子供には手の届かないぐらいの高い場所に、長い剣がかかっている。

近くに出たときに追い払うための武器か。

俺は迷わずその剣を取ると、重さを確かめる。悪くない。

久々の剣であり、初めての実践での剣。魔物を斬るために……剣士として活躍するために、鍛えてきた剣術。

幼い頃に憧れた、勇者の物語。ずっとその職業《ジョブ》になることを夢見て——自分が世界の主役なのだと何の根拠もなく無邪気に信じて——無我夢中で鍛えてきた。

十二分に活躍できる力を得たはずだ。だが、女神が俺に与えたものは——。

——扉が、再度の衝突を音と振動で伝える。今は昔のことを考えている場合ではない。

覚悟を決めて、扉を開けて剣を構える。

「クソッ、ここには何としてでもッ！　あ……あんたは？」

驚いたことに、外にいたのは若い女性だった。

村人全員と知り合いなわけではないが、それでも一目見て『村では見たことのない顔』だと分かるほど、垢抜《あかぬ》けた雰囲気の女だ。こんな女がいたら、すぐに噂《うわさ》になる。

誰だか分からないが、こうして戦ってくれるのなら有り難い。

「話は後だ！　ここは孤児院、中へ入れ！」

俺は剣を持つ女性へと手短に伝え、まさに話に聞いたばかりの魔物、ダンジョンスカーレットバットを視界に収める。

このダンジョンスカーレットバットという魔物は、決して弱い相手ではない。討伐ではなく戦闘の回避を選んだのが、その証左だろう。元々ダンジョンのない村なのだ、戦える者は限られている。

俺は長期戦を覚悟したが、目の前のバットには細かい切り傷が多く、かなり弱っている様子だ。この女性がやったのなら、なかなか実力が高いな。

人は見た目によらない、ということか。

『ギュエェ！』

耳障りな叫び声だ。その声を黙らせるように、バットの腕を、付け根から斬り落とす。

身体《からだ》の制御ができなくなり落ちるバットへと、返す剣筋で腹を切り裂いた。

その際に相手の爪が頬を掠《かす》めたが、幸い傷は浅い。バットが地面に落ちたところで、身体の中心に剣を刺して扉を閉める。あれだけの流血だ、後は勝手に息絶えるだろう。

一息ついたところで、孤児院に匿《かくま》った女性を見る。セミロングの銀髪が緩やかに跳ねた、勝ち気な赤い瞳が印象的な美女。

ヴィンスじゃなくともこれほど綺麗《きれい》な女がいたら、知らないはずがない。

女性は俺の方を見て、どこか呆然《ぼうぜん》とした顔をしている。

「恐らく立ち上がってこないだろう。もう大丈夫だ」

俺は女性に手短に伝えるも、女性は表情を変えずにずっと俺の方を見ている。

「……どうした？　大丈夫か？」

女性が、無言のまま熱に浮かされたように、ふらふらと俺の方に近づいてくる。

近くで見ると、本当に綺麗な顔だ。吸い込まれそうになるほど美しい、緋色《ひいろ》の瞳。

仲が良く、綺麗に育った幼馴染《おさなな じ》みの女の子二人が、親友に騙《だま》し討ちの如《ごと》く奪われた翌日。

俺の目の前には、今まで見たことがないほどの美女。

あれだけ女神を信じないと思っていた矢先に、どこか運命じみた出会い。

一体この出会いが、俺に何をもたらすのか。

「……あなた、女神を信じてる？」

宗教勧誘じゃねーか。

02 怪しくないと言うヤツを怪しまないのは無理

――あなたは神を信じますか？

以前ハモンドの街で、そんな台詞《せりふ》とともに声をかけてくる、全身赤い謎の集団に会った。

ジャネットが黙って前に出て、三角錐《さんかくすい》の魔術師帽で顔を隠すようにして先頭のヴィンスを引っ張る。控えめな彼女にしては珍しく強引な行動に、俺もエミーも慌ててついていく。

後から俺達《たち》はジャネットに、あれが女神の宗教の派生であり、教義を拡大解釈と斜め読み飛ばし読みを駆使して分析した、陰謀論的な新興宗教だと教えられた。

『……僕達があれに迂闊《うかつ》に返事するとね、『女神様は、もっと先のことを考えてくださっている』『この教義を紐解《ひもと》けば真実が』とか言って、別の宗教に入れさせられるよ』

『入るとどうなる？』

『確かあの『赤い救済の会』は、新教義を信じ込まされた後に『女神様は上位役しか救済に来ない』って話を持ちかける』

『上位役に、何か問題がありそうな感じだな……』

『そう。……会費が月に銀貨三十枚、更に追加のお布施を銀貨一枚につきランク付けあり

『……払えない額じゃないあたりがいやらしいよね』

実にせこい宗教である。そしてそんな詐欺に騙されかけていた俺達は、予《あらかじ》め知識を得ていたジャネットに感謝したのだった――。

――そんな思い出を記憶の奥底から引っ張り出し、目の前の美女を見る。

まったく、なんて日だ。新しい出会いがあったと思ったら宗教勧誘とか、この世界の運命はクソだな。この女も、親からもらったその美貌で随分と巻き上げてきたんだろうなあ。

おい。さっきから期待するような目で、返事を待ってやがる。

が、ジャネットから教えてもらった俺は、その手には乗らない。

思いっきり、予想できない方向で返してやろう。

「――俺は、女神が、嫌いだ」

ハッキリと言ってやる。

女が驚きに目を見開き、何か次の言葉を発する前に、俺はさっさと孤児院の奥へと戻る。すれ違い様に何か言いたそうなジェマ婆《ばあ》さんの顔が見えたが、事情を話していただけに何も言ってくることはなかった。……そういえば婆さんも、当然女神教のシスターだったな。

あの女がこの後どうするかについてだが、俺はここの責任者じゃない。後のことはジェマ婆さんがやってくれるだろう。ただし、婆さんが受け入れるかどうかは分からない。

……それにしても、今日も疲れた。思えば心労が祟《たた》った状態で一日中歩き通しの上に、慣れない子供の相手をしたり、魔法を久々に使った。そりゃ疲れるわけだな。

奥で早めに寝付いているであろう子供を起こさないように空き部屋に入ると、疲れが一気に来たのか、俺はそのまま眠りについた。

◆

幼馴染み三人の姿。三人は並んで歩いて……いや、違う。

並んでいるのは、四人だ。知らない女が増えている。

やたらと美人の女が、しきりに辺りを探す。

後ろを歩いている俺と目が合うも、特に目を留めることもない。

そのまま探すのをやめると、女はヴィンスの隣に並ぶ――。

◆

薄く目を開けると、外の光を反射した壁が目を刺激する。あれは……夢、か。

未練でもあるのか、あいつらの夢を見るとはな……。ま、ヴィンスのヤツが今更女を三人に増やそうが四人に増やそうが、俺には関係のないことだ。

まずは食堂へと足を運ぶ。肉を焼く音を聞き、食堂に足を踏み入れると――。

「ようやく起きた。確か、ラセル……でいいのよね。おはよう」

――昨日の女が、子供達を撫《な》でながら堂々と座っていた。

「……随分と馴染《なじ》んでるじゃないか」

「別にアタシがここで何してようと構わないでしょ？　あと子供は好きよ」

行儀悪く脚を組んで手を振るようにフォークを揺らしながら、男の子の頭をわしゃわしゃと撫でる。その姿が、また腹の立つほどに似合っている。

しかしこれは、どういう状況なんだ。ジェマ婆さんは、事情を分かっているんだろうか。

これはもう、一度ハッキリと言っておいた方がいいかもしれない。

「お前あれだろ、『赤い救済の会』っつー連中の仲間だろ」

俺の詰問に女は眉根を寄せ、呆《あき》れたように溜息《ためいき》をついた。

「……何言ってんの？　あんたこのアタシが『赤会』に見えるわけ？」

そう言って両手を広げ、身体を見せつけるようなポーズを取った。

上が黒を基調とした服に、洒落《しゃれ》た革のジャケットを羽織っている。組んだ長い脚が晒《さら》されて、黒いニーハイソックスとショートパンツの間の肌が病的なまでに白く映える。

……ああ、そうか。言動が完全に宗教勧誘だったから、『赤い救済の会』で一番重要な部分を完全に見落としていた。——この女は、誰がどう見ても赤くない。

「すまん、全く見えん」

「ん。謝れるのなら悪いヤツじゃないわね、許すわ。まーアタシもあのお婆さんにアンタが『街から戻って来た』って聞いたから理由はわかるわ。あいつらしつっこいものね」

この女も、その辺りの事情を理解しているらしい。ということは、少なくとも街にはいた人間だな。しかしそうなると、似たような怪しい質問をした理由が気になるな。

「何故《なぜ》俺にあんな質問を？」

「ちょっと聞いてみたくなっただけよ、別に変じゃないでしょ」

俺が浮かんだ当然の疑問に対して、あっけらかんとはぐらかしてきた。

普通そんなこと、ちょっとでも聞いてみたくなるか？　変だし怪しいぞ……と思うより先に、「それよりあんたも座りなよ」と言って女が立ち上がる。

何をするのかと思いきや、台所に立って当たり前のように肉を焼き始めた。

「お前が料理をするのか？」

「シビラ」

「何？」

「お前じゃないわ」

一瞬何を言い返されたのか分からなかったが、そういえば名前を聞いてなかったな。

宗教勧誘ではなかった相手に、いつまでも『お前』では確かに嫌だろう。

シビラ……シビラか。

「分かった、シビラ」

「ん」

満足げに頷《うなず》くと、女、もといシビラは赤い肉に塩を振り始める。

「よくこんな量の肉なんてあったな」

「外にあったじゃない。昨日のうちに加工しておいたのよ」

「ああ、こいつはダンジョンスカーレットバットか」

「そ。後は外に用事のあったジェマさんにアタシから立候補して、こうして世話になった分手伝ってるってわけ」

焼き上がった肉を皿に移して、「ホラ、食べなさい」と卓に置く。皿は二つあり、もう片方を俺の正面の席に置いて座り、正面に座ったシビラは黙々と食べ始めた。

……子供達には先に食べさせて、お前は今からなのか？

浮かんだ疑問を言葉にする前に、質問が飛んできた。

「ところであんた、今日は何するの？」

「俺か？　そうだな……　応、ダンジョン探索を考えている」

ダンジョン探索には、もういい思い出がない。しかし、さすがにそんなものができて怪《け》我人《がにん》まで出ている以上、無視するわけにもいかない。

今度は一人だ、自分の力を頼りに頑張れるのではないかと思う。

「じゃ、アタシもついていくわね」

シビラは俺の言葉に対し、何の気負いもなさそうにそう返してきた。

◇

……今、俺は村の簡易ギルドにいる。簡易ギルドといっても、魔法で王都に保管されてあるリストから引用するため、その内容に街との差異はない。

俺が自分の『単独《ソロ》』という、パーティーを抜けたことを明確に表す文字を見ていると、カウンターの隣に手をついて乗り出す、女の横顔が現れる。

断られることなど全く想定していない様子で、シビラは当然のように俺についてきた。

実際、断るつもりはなかったが……一体何がそんなに気に入ったのか、分からない。

精々『女神が嫌いだ』と俺が言い放ったことぐらいだったが、そもそも宗教勧誘でなかった上に、あの質問への回答が一体何の琴線に触れたのか、全く理解ができないのだ。

新たに渡されたタグに魔力を通すと、自分の人生における女神の職業《ジョブ》の習熟度が数値化されて表れるようになっている。そこに書かれてあるのは、やはり変わらぬ文字。

「レベル5、って低いわね。……【聖者】？　あんた、神官じゃなくて聖者なの？」

「……そうだ」

昨日の発言と表示されている職業《ジョブ》。その意味は説明するまでもないだろう。女神教における神官の頂点である職業《ジョブ》を受け取っておきながら、我ながら昨日は思い切ったことを言い放ったなと思う。敬虔《けいけん》な信者なら、突き出しそうなものだが――。

「面白いわね、あんた。気に入ったわ」

――シビラはむしろ、俺の顔を見ながらニーッと猫のように笑った。何がどうなったらそういう結論になるんだ、本気でこの女が分からない。まさか無神教なんだろうか。

……ところで前述した通り、村の人間は黒髪の俺を邪険にしている。『太陽の女神教』の、明るさ、眩《まぶ》しさこそ正しいとされる風潮なのかは分からないが、暗い色の髪はあまりいい顔をされる傾向にない……ように思う。優れた最上位職を手に入れて祝われたとはいえ、俺個人に関して皆が好意的なわけではない。その上で、今日は銀髪が眩しく輝く美女を連れているのだ。受付の男は露骨に眉根を寄せて、舌打ちをした。

……いや、お前は知らないだろうが、『女神教最上位職の聖者』と、『女神が嫌いだと言った聖者』なら、全く印象が違ってくるからな。お前は前者だから気に入られていると思っているだろうが、シビラは後者だから俺に興味を持っている。

「アタシもラセルと組むから、よろしく」

「あ、あぁはい、わかりました」

急に美女に声をかけられてしどろもどろになる受付の男を見ていると、シビラのステータスが目に入る。……【魔道士】で、レベル8。悪くないな。

「俺は構わないが、食料とかは自分で面倒見ろよ」

「そんなに金欠じゃないわよ」

なら、構わないか。後は……組むなら名前だろうか。

「パーティーの名前は決めてあるわ！」

早いなおい、考えていたのか？　そう俺が言う前に、シビラはさっさと宣言した。

「『宵闇《よいやみ》の誓約《せいやく》』よ」

ドヤ顔で腰に手を当て、胸を張る。即答するってことは、予め考えていたのだろうか。

「名前に何か意味はあるのか？」

「ないわ。なんとなく闇とか黒ってかっこいいじゃない」

まさかの、なんとなく宣言。しかも堂々と、闇をかっこいいと断言した。

堂々と満足げな顔をしてこちらを見る勝ち気な瞳は、自信に満ち溢《あふ》れている。どうやら本当に、気分で決めたみたいだ。こちらが呆れる間すらない。

何故そんなに自信満々で楽しそうなのかは分からないが、先入観を除けば――。

「――まあ、別に悪くはないか」

腕を組んで、うんうんと満足そうに頷くシビラ。……宵闇の誓約、か。

「リーダーはラセル、あんたに任せるわ」

「元々探索を言い出したのは俺だが、いいのか？」

「いくらレベルが上でも、【聖者】持ちの上になるほど図太くないわ。それに……」

「それに？」

「……なんて言うか忘れたわ」

いちいち何を言ったか考えて話を聞くのが疲れるほど、本当に気分屋だな、この女……。

美女だから緊張するかと思っていたが、全くそうならない。その動きやすいファッションと同じように、彼女自身の内面も活発な感じでさばさばとしている。

それにしても……魔道士で軽装鎧《よろい》とズボン姿に剣を持つレベル8の魔道士、か。

「……次の目的地が決まった」

「ん、ダンジョンじゃないの？」

「いや、次に向かうべきは——」

次に来たのは、村の北門近くだ。目的は、一つ。ここには、武器屋が店を構えている。

「いらっしゃい……って、ラセル君じゃない。昨日帰ってきたってのは本当だったんだ」

「ああ、久しぶり」

俺をあまり避けなかった数少ないうちの一人である、武器屋の店主のおばさんに軽く返事して店の中へと入る。

こちらが黙々と目当てのものを探している間も、店主は俺に話しかけた。

「それにしても、大きくなったらヴィンスとエミーと一緒に買いに来ると思ったのに、まさか【聖者】になっちゃうなんてね」

店主の話を聞きながら、店のものを手に取る。子供の頃は憧れと共に両手で重さを感じながら僅かに持ち上げていた大剣も、今では一応片手で持ち上げられる。とはいえ、この重さと大きさのものをダンジョンの中で振り回す気にはならないな。

「買いに来てくれるかなって思ったんだけど、当てが一人減っちゃって残念だったわ」

「……そうか、なら」

俺は、探し当てた軽めの剣を、店主の前に置く。

「その時の分ってことで、こいつを買おう」

「……【聖者】なのに？」

この人は、俺達《たち》の職業《ジョブ》授与の話を知っているんだ。

それによって、俺が剣を持たなくなったことも。

【聖者】なのに、だ。隣のこいつ……シビラなんて、【魔道士】なのにこんな格好で剣使ってるからな」

「へえ、綺麗《きれい》な子じゃない」

「お姉さん見る目あるわね！　もっとアタシのこと褒めていいわよ！」

　褒めるんじゃない、こいつはすぐ調子に乗るぞ。

「ラセルも隅に置けないわね。あなたが剣を薦めたのかしら？」

「いやぁ～ほんとラセルって幸せ者よね！　あと剣持ってるアタシが魔道士だと知ったら、ラセルはすぐにここに来たわよ」

　俺の危惧通り益々《ますます》調子づいたシビラと二言三言交わした店主は、剣を持つ俺の姿を見る。

「なるほど、【聖者】で剣ね……いいじゃない。店としても嬉《うれ》しいわ」

「ああ。もう誰にも遠慮しなくていいからな」

　これからは、前衛の剣士に遠慮して杖《つえ》だけ持つ、などという意識はなくても構わない。シビラのように、型に囚《とら》われず自由に、最も自分にとって優れた武器を取ればいいのだ。そうだ、自分で言ったじゃないか。各々に授けられる能力は、デメリットではない。選択肢が増えたに過ぎないのだ。

　その選択肢を狭めていたのが勇者パーティーだったというのは、皮肉な話ではあるが。

「これからは、回復魔法を使う剣士として戦う」

「うん、いいわね。ラセル君は【聖者】より【剣士】として積み上げてきた時間が長かったんだから、ちゃんとそっちも利用しなくちゃね」

店主に頷きながら、パーティーから追放された時の残りの金をがっつり使って、鋼の剣を買った。

ヴィンス達の思惑通りに安穏とした余生など、送ってやるものか。俺はこれから皆で稼いだ金で、まだ冒険者を続けるぞ。

……それにしても、あいつらは今頃何やってるんだろうな。

「どうしたの？　ラセル」

「ああいや、何でもない。次こそダンジョンに行くぞ」

「よっし、ようやくね」

今は、あいつらのことを考えるのはやめよう。偶然にも、シビラという遠距離攻撃の可能な協力者も得られた。

今日から俺の新たな一歩……いや、本当の自分としては初めての一歩だ。

村に突然現れた謎のダンジョン、どんな場所なのか見させてもらおうか。

幕間《まくあい》　エミー：なくしものは、どうしてなくす前にもっと大切に持っておこうと意識できないんだろう

目の前で、ラセルが壁にもたれかかって頭から血を流している。

珍しくジャネットが慌てながら回復魔法を使っている。

それを私は、まるで他人事《ひとごと》のように呆然《ぼうぜん》と見ていた。

一番、なってほしくないと想定していた未来を、更に悪くしてしまったような、悲惨な結果。あまりにも嫌な結果に、無意識に指が震える。

左手の盾が、手から音を立てて落ちた。信じられない。信じたくない。でも、本当に嫌なのは——何よりも、この結果を引き起こしたのが、自分であるということ。

以前からパーティー内で、感じられていたこと……ラセルが活躍していないという問題。

でも決してラセルが悪いわけじゃないし、彼の能力が低いわけじゃない。

だから、私はラセルと離れるなんてこと、全く考えていなかった。だって、ずっと一緒に育ってきたのだ。いつも一緒だったから、隣にいるのが当たり前だったのだ。

ラセルは、お転婆な私の忘れ物や落とし物を、よく見つけてきてくれた。

なくしたものが、後からとても大切なものだと気付いたとき、子供の私はわんわん泣いてしまっていた。いつも捜し出すのが下手で、ラセルに見つけてもらうまで、全然自分じゃ見つけられないんだよね。

だからラセルが、泣いている私に困ったような顔を向けながら、私の手に乗せてくれるのを、私はいつも待っていた。……安心させるように、最後に一言添えて。

ラセルは気が利くから、いつも私を助けてくれるのだ。これからも何度でも助けてくれるものだと思っていた。四人は、ずーっと一緒にいるものだと思っていた。

……そんなことを思っていたのは、私だけだったみたいで。

「なあ、エミー。ラセル、そろそろ無理なんじゃね？」

「最近は厳しそうだよね。ちゃんと【聖騎士】として守らないと」

「いや、ちげーよ。もう一緒に潜るの無理なんじゃねえかって話」

ヴィンスから出た言葉の理解に、少しかかった。そして、ヴィンスがラセルを、私達のパーティーから追い出そうとしているのだとじわじわ実感が湧いてくる。

「本気なの？　ジャネットには伝えた？」

「ああ。ジャネットは同意したぜ」

そう、なんだ……。ただ、最近のラセルが危なっかしかったのは確かだった。

みんな凄《すご》い職業《ジョブ》で、ラセルは特に期待を受けていた。伝説の【聖女】の再来だと。

だからラセルがどれぐらい活躍できるか、待っていたのだ。

結果から言うと、ラセルは【聖者】の能力を、一度も発揮することはなかった。

みんな、とっても強い。それはもちろん悪いことじゃないし、怪我《けが》しないのはいいこと。

だけど……ある日ジャネットが回復魔法を覚えた。私は反射的にラセルを見てしまった。

彼は、何か見てはいけないものを見たような、ひどい顔をしていた。

そして、私も回復魔法《ヒール》を覚えてしまった。魔法職でもない戦士の私が、回復術士《ヒーラー》と同じ魔法を使える。だったら回復術士《ヒーラー》は何のためにいるんだ。

ラセルは私が回復魔法を覚えたことを知ると、筆舌に尽くしがたい、見ていて痛々しい笑みを浮かべて部屋に籠もり……その日以来、彼からの私への会話はゼロに等しくなった。

——正直に言おう。この時ほど、自分の職業《ジョブ》が優秀であることを呪ったことはない。


そして、今日。ラセルのレベルが低いことに気付いた中層の牛頭の魔物ブラッドタウロスが、ラセルを狙って襲いかかってきた。

私はもともと聖騎士として、誰かを守るのが得意なようにできている。

そのため、ラセルを庇《かば》った結果、少し腕に怪我をしてしまった。

受けたと同時に回復魔法を使ったので、痛くはあったのだけど大した怪我でもないし、むしろ守れた安心感の方が勝るぐらいだった。

だけど、ヴィンスはそれがどうにも許せなかったらしい。

私は、一緒に冒険できなくなる程度のことかと思っていた。

でも違った。ヴィンスは、ラセルをそもそもパーティーから追い出すつもりだったのだ。

そして、言い争いみたいな形で判断方法も決まり、ラセルが上段に構えて私へ剣を打ち込んできて、今に至る。

ジャネットの回復魔法を受けて怪我の跡はなくなったものの、ぐったりと倒れたまま起き上がってこないラセルを見て、ヴィンスが心底見下したように吐き捨てる。

「ハッ、決まりだな。ラセルはもうパーティーには要らない」

「――ッ！　ち、違う！　さっきのは明らかにおかしい！　私、変なスキル発動しちゃってた、そんなつもりじゃ！」

「……俺は確かにラセルが言ったのを聞いたぞ。まさか『ラセルは怪我したら出て行くって言ったのに、触るだけで一撃で気絶しちゃったけど君は悪くないからまた一緒に組もうね』なんて言うのか？」

「……っ」

「大体、これはエミーがやったことだぞ？」

言い返せない。そうだ。私が……私がやったんだ。

「それに、ラセルは起き上がった後、エミーに対して何て思うだろうな？」

「それ、は……」

私がそのことに気付いて、最初に思ったこと。思ってしまったこと。

――――怖い。

ラセルが、私に対して何を思うのか。

木の枝でチャンバラして、みんな仲良しで、でも男の子には全然敵《かな》わなくて。

ヴィンスに比べて、ラセルは一歩引いた柔らかい雰囲気で、優しくて。

でも男の子としてのプライドがあって。

だんだんラセルは、ヴィンスから勝ちを拾うぐらいに強くなって。

身体《からだ》も大きくなって。さっき久々に近くで見た時には、すごく男前になってて……。

……そんな、沢山努力してきた彼が、私の女神から授かっただけの職業《ジョブ》一つで気絶。

どう思われるだろう。

既にラセルは、回復魔法を使える私に対して引け目がある。私は、中層の魔物の攻撃が直撃しても、全く恐怖なんて湧かないのに……ラセルに避けられることが怖い。

あまりにも身勝手な、自分かわいさによる恐怖。

「……わかった」

私達は、パーティーの荷物を集めた。彼の持ち物を除いた全てのものが、部屋からなくなるのに時間はかからなかった。

ラセルのタグは、ヴィンスが早々に回収した。もう、パーティーのメンバーじゃなくなるんだ、明日から一緒じゃないんだと思うと、涙が出そうになる。

なんで、私達《たち》、こんなことになっちゃったんだろう。

村を出る時は、世界一のパーティーになるぞって決めていたのに。

なんで、私達、こんなことになっちゃったんだろう。昔はあんなに仲良しだったのに。

ヴィンスは振り返らずに、早々と部屋から出た。

ジャネットは、自分の袋から銀貨をラセルの袋へと入れて、一度振り返り部屋を出た。

最後は、私。

「……私のこと、恨んでくれていいから……」

私は完全なる自己満足で、気絶したラセルに声をかけた。そして、帰って来るはずのない返事から逃げるように、最後まで自己中心的な心構えのままで、彼のいる部屋を去った。

前を歩くヴィンスは、ジャネットの方を……いや、ジャネットの胸をちらちらと見ていた。ジャネットは、着痩せするのだ。

ラセルが脱退したばかりだというのに、なに考えているんだろ。

ジャネットは、無言だ。だけどラセルに渡したお金の量は、結構な額だったように思う。ラセルは本の話題にもついていけてたから、ジャネットとの交友も多い。きっとジャネット自身も、申し訳なく思っているんだろうな、というのはなんとなく分かる。

私は……なんだか、心にぽっかり穴が開いてしまった感じ。

そういえば、会話をしなくなって無言になっても、いつも前二人はヴィンスとジャネット、後ろ二人は私とラセルが並んでいた。

今、隣には誰もいない。

二人の背中を見ながら、私の中ではこの三人だと、一番ラセルが占める割合が大きかったんだな、なんて今更に思った。ほんと、私って……なくしてからじゃないとどれだけ大切だったか分からないんだもんなあ……。

……でも、もう。

子供の頃のように大泣きしても、なくしたものを捜してくれる優しい少年は……私のもとへ来ないのだ。

パーティーの新たなる宿を借りた翌日、私達はギルドにラセル脱退をタグ返却とともに伝えた。それだけで、心が苦しくなる。今日の用事は、これでもう全部でいいだろう。昼食を食べて、ぼんやりとしながら街を歩く。

ラセルに偶然出会わないかな、とか、ラセルに偶然会うと気まずいな、とか、そんなことばかり考えていた。

ふと、職業《ジョブ》をもらった教会の前を通りかかった。

何気なく視線を向けた私は、その教会の中に金髪がきらっきらに輝く女性を見つける。

遠目にもステンドグラスからの光を受けてきらきらしていて、とにかくとっても目立つ。

あんな綺麗《きれい》な人、現実にいるんだなあ……。

なんてことを思っていたら……その美女は私達と目が合うと、まっすぐにやってきた。

ヴィンスが近づく女性に生唾を呑《の》み、私も女性の動向を見つめる。

太陽の下に出た女性は、ますます輝きを持ったように感じるぐらい綺麗だった。

その美女は、髪と同じぐらい燦《きら》めく金色の瞳でヴィンスを見ながら前屈《まえかが》みになり、露骨に色気で誘うようなポーズで声をかけた。

「あなた達は、この辺りで有名な勇者パーティーさんですよね？　せっかくですし、ちょっとご一緒させてもらってもいいですか～？」

その女性の美貌と、奈落のように深い谷間へと視線を往復させるヴィンスを見ながら、私は——あときっとジャネットも——思った。絶対断らないだろうな、と。

はぁ……ラセルは今頃、何やってるかな……。

03 一人だから分かることも、きっと多いのだろう

「絶好の探索日和ね！」

「ダンジョンの中だと天気なんて関係ないぞ」

「あんたね、帰りの疲れた時に降ってるとマジで気分最悪よ、分かってんの？」

俺はシビラを連れて、村の南——ダンジョンのある辺り——までやってきていた。剣を買った俺は、その足で防具も見繕おうと思ったが、そこでシビラに止められた。

『その服換えるの？　多分必要ないわよ』

『何故《なぜ》だ？　もっと動きやすい方がいいと思うが』

俺は、白い布に金の刺繡《ししゅう》が施されたローブを着ている。これは【聖者】となってから、皆で決めて買ったものだ。……いい思い出ばかりではない。

『見たところだけどね、そのローブは軽いし丈夫だし、あと魔法耐性もある感じでけっこーいいやつよ。下手な軽装に換えるよりは、そのままの方が無難だと思うわね」

『そういうものなのか』

このローブは確かに高価ではあったが、今の姿のまま剣を持つ自分というのはどうにも

イメージできない――そう伝えると、むしろ鼻で笑われた。

『なんでローブ姿のヤツが剣持っちゃダメなのよ』

『シビラは軽装だろう』

『ローブの方が優秀ならローブを着るし、杖《つえ》の方が強かったら剣を投げ捨ててブーツで蹴りながら杖で殴るし、魔法発動できる魔具の方が強かったら自分の魔法は控えるわよ』

最初は疑わしいと思ったが、理屈を聞くと納得だ。……なるほどな、俺はまだ変なイメージに囚《とら》われていたらしい。

剣と杖、鎧《よろい》とローブ、それらの装備を選ぶ上で職業《ジョブ》は一切の関係がない。

もちろん【剣士】に剣が向いているなどの側面もあるが、そういうところを含めて最終的に優れた結果を残せる方を、自由に選べばいいのだ。

俺は改めて、街どころか城下でも先進的であろう考え方をする、このシビラというヤツの柔軟性に感心した。……まあ、褒めたらすぐに調子に乗るだろうから言わないが。

「アタシのこと凄《すご》いって思ったでしょ。もう惚《ほ》れちゃったかしらぁ〜〜って痛ッた!?」

俺はシビラの頭に遠慮なくチョップを叩《たた》き込むと、さっさと先を歩いた。

な？　言わんこっちゃない。

「ちょっと！　女の子には優しくしなさいよ！」

そういう遠慮をしなくて良さそうな性格なのが、お前の一番気に入っているところだよ。

晴れた空の日差しを遮るように頭に手を当て、南の山を見る。

「昨日のコウモリ野郎はあっちから来たってわけね。ホラ、ここからでも見えるわよ」

シビラの指さす方を見ると、一部山の木々が大きく削り取られている。

そして、その禿《は》げた斜面の中心部にぽっかりと大きな穴が開いていた。

「本当にこんなのが出たんだな……」

「あんたはここ生まれなんでしょ。こういうのって今までなかったわけ？」

「知らないな。少なくとも俺の幼少期からずっと、この村は比較的平穏だったはずだ」

だから、ダンジョンが急に現れたことに対して、村は対処できないのだろう。本当に出たばかりだから、街からわざわざ未知のダンジョン探索に来る人もいない。

ダンジョンは、予《あらかじ》め危険度を調査される。まだ測定できていないのなら、そのダンジョンは暫定的に、危険度が高いダンジョンとして認識される。

未知の存在には悪い方を想定するのが、自然な感覚だ。

更に、危険であることの他にも『ほとんど報酬となる魔物がいない』や、『宝のないダンジョンである可能性もある』というのも問題であった。

つまり、食料を買い込んで野営しながら長期にわたりダンジョンを探索して、一切金になるものを得られずに帰ってくる、なんてパターンもあるのだ。

だから皆よっぽどの余裕がない限り、未調査のダンジョンに入ることはない。

そんなリスクを負わなくても、ダンジョンは世界に沢山あるのだ。

「このダンジョンに関しては、一切の情報がない。豆畑の母親が、毒をもらったぐらいだ。俺達で、このダンジョンを把握するしかないな」

「へえ、腕が鳴るわね」

「お前に恐怖とかはないのか？」

ともすれば、無謀としか取られないような言葉。未知のダンジョンに対する、明らかに余裕が見られる態度。それなりのレベルではあるものの、さすがにレベル8程度でここまで余裕綽々《しゃくしゃく》なのは、世間知らずに思える。

ところが、俺の疑問に対しての、シビラの返答は意外なものだった。

「何言ってんの、怖いに決まってるでしょ。どんな御しやすいダンジョンでも死ぬ時は死ぬし、知らない罠《わな》は分からない。特に未知のダンジョンは、余計に怖いわよね」

今日は回復術士《ヒーラー》がいるから大分気が楽、と付け加えて、シビラはダンジョンの中へと入っていった。

……そういえば、俺は何だかんだと強いパーティーの一員としてずっと活動していた。

前衛の強さと職業《ジョブ》の優秀さは間違いなく世界屈指であったし、数が多い敵でもなければ俺にまで攻撃が届くことはまずなかった。

しかし、シビラはソロの魔道士だったんだよな。

本来後衛職であるはずのシビラが近接武器を持っている時点で気付くべきだったが、彼女は協力者なしでここまでやってきたのだ。

恐らくその美貌から引く手数多《あまた》だっただろうな。それらを全て断ったであろうことは、容易に想像がつく。

シビラは、ずっと一人でやってきた。だから、危険なことに対する認識が違うんだろう。

ある意味では、こういうパーティーにおける先輩になるな。

そして俺も、今はかつてのパーティーメンバーがいない。それ故に、以前よりも真剣にダンジョンと向き合わなければならない状況になったのだなと、ようやく実感が湧いた。

生意気で、お調子者。身元不明の怪しい女だが、少しの間話してみて分かったことぐらいはある。――恐らくこいつは、そんなに悪いヤツじゃない。

知恵と知識、そして経験がある。だから認める時は認めるし、ダメな時はダメだと言う。

「……頼りにしてるぞ、単独《ソロ》の先輩」

俺はシビラの背中に向かって小声で呟《つぶや》き、その背中を追った。

ダンジョン探索は、さすがに初心者でもないので慣れている。いくらソロでやってきていたとはいえ、魔道士のシビラに前衛を任せるわけにはいかないよな。

買ったばかりの剣の柄《つか》に左手を乗せ、シビラの横へと並ぶ。

「俺が前に出る」

「あら、回復役が前に出ていいの？」

「攻撃魔法使いが前に出る方が有り得なくないか？」

「んー、回復役は一番安全なところってのが定説よ。……でも、確かに剣買ったし。あんたが前に出たいって言うのなら、お互い警戒しつつ一緒に並ぶのでどうかしら」

その提案に頷《うなず》くと、シビラの隣に並んで歩く。

ダンジョンは壁からの魔力の光があり、不思議と暗い場所はない。横に道がないか、注意深く観察する。迂闊《うかつ》に後ろから狙われたら、今の後衛職二人じゃたまったものじゃないからな。

それなりに歩いた頃だろうか。

「どうやら、ちゃんと魔物はいるようね」

シビラがダンジョンの奥を指すと、うっすらと影が見える。あれは、ゴブリンだな。

「まず基本的なのが来たわねー、それじゃあ――っと！」

シビラは左手を前に出すと、手から火の玉を飛ばした。……無言で撃ったよな、今？

『ギャッ』

その火の玉を顔面に浴びると、ゴブリンは小さく悲鳴を上げて動かなくなった。

「……今のは？」

「無詠唱ファイアボールよ、見たことないかしら？　無詠唱。まあ、集中しないと上手《うま》くいかないし、覚えたての上位魔法ではできないから、知る人ぞ知るちょっとした裏技よ」

「そんなことができるのか……」

パーティーがピンチに陥らなかっただけに、速攻が必要になる場面がなかった。

ジャネットは、【賢者】としての強力な魔法をいつも遠くから先制で撃っていたもんな。

「ふふふ、攻撃魔法、うらやましい？」

「……まあ、な」

「そう。……力が、ほしいか？」

「なんだ藪《やぶ》から棒《ぼう》に」

力が欲しいかとか、やっぱり怪しい宗教勧誘じゃねーか。

「魔物を倒す、圧倒的な力がほしいか……？」

なんだ、それ続けるのか？　妙にねちっこく聞いてくるな、このお調子者魔道士。

俺は呆《あき》れながら、チョップの準備をする。

そろそろちょうどいいところに頭が来るな。今度はたんこぶでも作って――。

「恨みを晴らし、復讐《ふくしゅう》する力がほしいか？」

――ッ!?

一瞬、反応が遅れた。『復讐』……考えないように、考えないようにしていた……しかし、全く考えなかったわけではない。気がついたら、シビラの顔がすぐ近くにあった。

力が、欲しいかだって。

そんなの……そんなの、欲しいに決まっているだろ。

活躍できなかった自分への失望。同じように育ったのに、攻撃の力を持った親友。

圧倒的な力。攻撃するための、力。俺にも、力があれば。

勇者のヴィンスとぶつかり合って、負けないほどの力が。

……シビラ、お前は……。

「ほしいか……。……ほしいか、さきいか……するめいか食べたいわね」

「ふんっ」

「痛ッたァー！」

気持ち強めに脳天チョップ。一瞬で緊張が抜けた。なんだ今のアホな台詞《せりふ》は。

こっちが真面目にトラウマ思い出していたのが完全に馬鹿みたいじゃないかっていうか馬鹿そのものだったな……。

やれやれ、こいつに対して真面目に考えるのはやめよう。……しかし、無詠唱魔法か。

「ということは、俺も無詠唱が……」

「いてて……。ま、アンタでもヒールぐらいはいけるんじゃない？　【聖者】ってのがど

ういうものかは知らないけど、3で覚えてるだろうし」

ゴブリンの近くに寄り、紫色の耳を切りながらシビラが返事をする。

「回復魔法はレベル1で覚えるから、いけそうだな」

ぴたり、とゴブリンの耳を片手に持ったままシビラが止まり、こちらを向いた。

「レベル、1で、ヒール？」

「【神官】系ならそれぐらい普通じゃないのか？　そうじゃないと役に立てないだろ」

「……アタシがさっきのファイアボール覚えたの、レベル2よ。1から職業《ジョブ》の特性を発揮して活躍できるっていうのは聞かないわね……」

「そう、なのか」

比較対象がないから、全く分からない。敢《あ》えて言うなら、魔法はジャネットか。

……いや、【賢者】では意味がないな。あいつはレベル1から攻撃魔法を使っていた。

「なるほど……これが聖者、ね。それじゃ進みましょ」

シビラはバッグに耳を入れながら軽く流すと、再び歩き出した。少し気になる話ではあるが、俺もシビラに並んで歩く。

ほとんど先に進むまでもなく、新たなる魔物がいた。全身黒で見えづらいが、武器が光っているので探すのは難しくない。よく見ると、色以外は先ほどの魔物と同じだった。

「……黒じゃないの、いきなり厄介ダンジョンの予感がするわね」

「ゴブリンだよな。　黒って強いのか？」

「普通のヤツよりかなり強いわよ。あんたも気合い入れなさい」

その言葉を受けて剣を鞘《さや》から抜き、構えたところで、シビラは左手を前に出した。

「《ファイアアロー》！」

先ほどより上位の魔法だろう。手から出た火の矢が、黒ゴブリンへと直進していく。

これは倒したなと俺は楽観視していたが、驚いたことにこの黒いゴブリンは魔法の直撃を避けて、シビラに向かって高速接近してきた。黒ゴブリンの手に、小さなナイフが光る。

「シビラ！」

俺はシビラを狙ったゴブリンに対して、横から素早く喉を刺す。ずっと握ってきた剣の腕はなまっていないようで、新しい剣での戦いはすぐ手に馴染《なじ》みそうだ。

しかし、今はその達成感に浸れるような心境ではない。

「チッ、やられたわね……」

憎々しげにシビラが傷口を見る。白い太股《ふともも》から、赤い血が流れていた。

さっきまでの余裕そうな姿と違って辛《つら》そうだな。急いで回復魔法を使わなければ。

そうだ、戦いの時にも治せるように、無詠唱魔法を練習した方がいいだろう。

（……《ヒール》）

こう、だろうか。頭の中で魔法を使った時と同じ感覚で念じると、シビラの太股にあった傷はすぐに消えた。彼女は自分の太股を軽く撫《な》で、驚きに瞠目《どうもく》して俺を見る。

「使ったわよね、今。結構深い切り傷だと思ったんだけど……こんな一瞬で。さすが【聖者】様ね、お礼を言っておくわ。……でも、これ以上の探索は無理ね」

「……ん？　何故《なぜ》だ。見た限り、もう怪我《けが》はないようだが……」

シビラは、黒ゴブリンの握るナイフをつま先で蹴る。

「黒ゴブリンのナイフ、毒よ。多分もうちょいしたら、アタシの調子ががくっと落ちるわ。まったく、毒消しは準備したのに黒が出るなんて……怪我が治ってもこれじゃあね……」

毒……そうか、ブレンダの母親が襲われたのはこいつか。

ダンジョンの魔物を追い払って、それから寝込んだという話。よく撃退したか、逃走できたな。案外あの母親は強いのかもしれない。なるほど、そうなると……。

《キュア》

毒の治療魔法を、同じように無詠唱で使った。俺が魔法を使ったあと、シビラは何かに気付いたように手を握ったり足を上げたりと、身体《からだ》の調子を確かめるように動く。

「……ん？　んんっ？　ラセル、あんた今アタシに……」

「話しただろ、豆畑の母親。昨日キュアで治したから、同じ毒なら治ると思っただけだ」

したことを話すと……シビラは今までで一番驚いたように、目も口も大きく開けた。

「……キュアが、無詠唱？　あんたレベル5よね……覚えたのはいつよ？」

「レベル2の時だが」

それを聞くと、シビラは何やら考え込むようなポーズを取った後に、溜息《ためいき》をついた。

「……とりあえず、ありがと。あんたと組めてよかったわ」

「そうか、俺もシビラには助けられている実感があるな」

「やっぱ惚《ほ》れた？」

「叩《はた》くぞ」

また調子に乗りそうだったので、軽く流して俺は先を歩き出した。

「……こりゃ、やらかしたなー……？」

シビラは後ろで何か言っていたが、最早《もはや》こいつにいちいち付き合う意味はないと学習した俺は、独り言を無視して進むことにした。


ダンジョン探索は、順調……とは言いがたかった。

「次、黒二つ見えるわ」

「分かった、俺が右を相手にする」

「ええ！」

敵の強さが、尋常ではないのだ。このダンジョンは、最初の紫の雑魚ゴブリンを除いて、基本的に出てくるゴブリンが黒で構成されている。

決して御せないわけではないが、シビラが強いと言った黒ゴブリンが上層のベースとなるダンジョン……間違いなく、相当攻略難度の高いダンジョンだ。

棍棒《こんぼう》を片手にサイドステップをしながら、こちらへ飛びかかってくる黒ゴブリン。その攻撃が届く前に、距離を取り回避しながら切り伏せる。

色が違って強くとも、身長差がある。俺の頭部を狙った攻撃の際には必ず飛びかかるが、空中で軌道修正はできない。だからその瞬間は、どんなに相手が強くとも動きは単調だ。

倒した直後は、必ずシビラを見る。

一度毒のナイフで攻撃されてからというもの、かなり慎重に戦うようになっていた。

左前腕に取り付けた盾で攻撃を防ぎ、剣で牽制《けんせい》しつつファイアボールを相手に叩き込む。

それでも黒ゴブリンの力は強く、相手を倒したところで盾を持つ腕を痛そうに押さえた。

「っつー……ほんとこいつら、チビのくせしてクッソ力あるわね」

女の子がクソとか言うんじゃない……と思ったが、こいつに言っても聞かないだろうし、むしろ言う方が自然な気さえする。

《《ヒール》》

とりあえずシビラの怪我らしきものを遠目に治して、自分の疲れも軽く治しておく。

「次来たぞ！」

「え、マジ!?　うわマジじゃん、ああもう分かったわ！」

恐らく礼を言いかけていたと思うが、まずは目の前の魔物に対応する方を優先したようだ。次は再びナイフタイプ。三匹来たので囲まれないように、今度は先制して攻める。

『ギャ……』

突発的な攻撃には弱いのか、回避される前に攻撃が決まった。

さすがに大枚はたいただけあって、いい剣を買った。

うまく相手二体の外側に陣取ったところで、手前側の残った黒ゴブリンを見る。

さすがに先ほどの先制攻撃を見たからか、こいつは相当警戒している。

黒ゴブリンがナイフの濡《ぬ》れた刃先を、こちらに向けて揺らす。……俺もシビラみたいな盾を買っておけばよかったな。そう思ったところで、事態は好転しない。

俺が一歩踏み込んで黒ゴブリンに突きを放つと、なんとこいつはナイフを投げてきた。

こいつ、相打ち覚悟か！

黒ゴブリンの喉を貫通したと同時に、頭の中に声が響く。

——【聖者】レベル６《ウィンドバリア》——

いつだって唐突なレベルアップの声。その声に意識を取られすぎないよう、目の前に集中する。咄嗟《とっさ》に左手でナイフを止めるも、当然ナイフの刃先に触れて手が切れる。それと同時に、少し寝不足だった時のような嫌な感覚に襲われる。

……そうか、これが毒か。時間経過とともに、もっと病状も重くなるんだろうな。

ちょうどシビラも、倒し終えてこちらを見ていた。

　あちらも投げてきたらしく、盾で防ぎきれなかったのか手首のあたりに傷がついている。血を流した手首を押さえつつも、俺の怪我した手の平の方を見て『あちゃー』みたいな表情をしていた。……自分も怪我しておいて、なんだその反応は。

　俺は無詠唱でキュアを一回、ヒールを二回使った。

　……よし、身体の気怠《けだる》さも、疲れも取れた。慣れると詠唱で使うよりもよっぽど楽だな。

　シビラが俺の手を見て片眉を上げた直後、自分の手首に視線を向ける。そして何度か握りこぶしを作りながら、首を傾《かし》げる。……何かおかしいか？

　とりあえず、俺はそれよりも先に確認しなければならないことがある。

「《ウィンドバリア》」

　聖者レベル6の魔法を試してみる。

　自分の周りに、ほぼ無色透明だがぼんやりと視認できる膜が張られたのが分かった。

　俺の魔法を見たシビラが、目を見開きながら指を差す。

「あ、あんた、それウィンドバリアじゃないの」

「知っているのか？」

「弓矢を防ぐ魔法よ。他にも魔法を一部弾《はじ》くし、弱い魔物は近づきづらく感じるはずだわ。パーティーメンバーなら、多分こうやって……」

り出したりする。

シビラは革の手袋の指先を膜に触れさせ、抵抗がないことを確認すると手の平を入れた
「ホラ、自由に入れるわね」

「なるほど、これで多少はここいらの魔物ともやりやすくなるな」

今の状況には有り難い。黒ゴブリンが毒のナイフを投げるという手段を取ってきた以上、後ろから狙われる可能性も考慮しなければならなかったからな。

こういう魔法があれば、前のパーティーでももう少しは出番が……いや、この程度じゃ出番なんてなかっただろうな。

俺が自分の魔法を確認していると、シビラは腕を組んでこちらを半目で見ている。

「……あんたさあ、そういうの使えるのなら先に使ってほしいんだけど」

「いや、これはレベル6になった際に覚えた。黒ゴブリンの経験値は高いな」

「覚えた……って、そういえばあんたはレベル5だったわね」

それからシビラは再び腕を組んで唸《うな》ると、頭を手で押さえながら自分の指を折って何かの数を数えている。

「アタシさっき疑問に思ったんだけど……。あんたはクリーンって魔法、覚えてる？」

「いや、知らないな」

「じゃあリフレッシュって魔法は？」

「それも覚えてない」

「スタミナチャージ」

「……知らないが」

何だ？　それらは普通覚えているものなのか？

まさかこいつ、俺の知らない【聖者】の欠陥でも指摘するつもりなのか？

「……じゃあさ、あんた。エクストラヒールは？」

「それはレベル4の時に覚えたな。《エクストラヒール》」

俺は試しに、シビラが倒した黒ゴブリンに魔法を使う。死者蘇生《そせい》はできないので死んだままだが、火傷《やけど》や傷が全て治った。

「……。……はあーっ!?　いやいやあんたね！　別にやれって言ってんじゃないわよ！なんつー無駄遣いよ、節約って概念を覚えなさい！」

「回復魔法なんて大して魔力を消費しないんだから、いくら使ってもいいだろ」

「なら後何回ぐらい使えるのよ！」

「百はいけるが、それより先は分からん。正確な数なんて分からなくても誤差だろ誤差」

以前、ジャネットが珍しい本を片手に、俺に教えてくれたことの一つだ。

その本に書かれていた内容を大雑把にまとめると、周りの自然から魔力を借りるように意識して魔法を行使すると、魔力が大幅に節約できるとのことであった。その理論との相性は良かったようで、俺は魔法を使うだけなら、何度でも使える。

とはいえ、その回復魔法の出番自体がなかったため、回数を増やしたところで何の意味もなかった。だから、正直今まで忘れていたな。

俺の説明に、シビラは不気味なものでも見たかのような表情で後ずさる。

お前はすぐ内心が顔に出るの、直したほうがいいぞ……どこかでトラブル起こしそうだ。

「ねえ……これだけ剣が使えて、無詠唱で治療魔法を連発できて……いやほんと、こちらとしちゃ想定外ってぐらい楽でいいんだけどさ。なんであんた、その……一人なのよ」

「……役に立たずに、追い出されたからだ」

「嘘《うそ》でしょ？」

俺はシビラの言葉に返事をせず、黙って歩き出した。

「ちょ、ちょっと！」

焦る声に立ち止まらず、心の中に残る苦い感情を思い出す。それが口から溢《あふ》れないよう、シビラの方を向かずに事実だけを淡々と告げる。

「主役ってやつが通る王道には、俺みたいに怪我した時にしか出番がないような魔法は、要らなかった。それだけだ」

黙って先を歩く。息を呑《の》む気配がしたが、声をかけてくることはなかった。

……そうだ。俺は結局のところ、どこまで行っても回復術士《ヒーラー》でしかない。

今日は、しがらみを抜けた一歩目。剣を握る手は、英雄に憧れた子供の頃の記憶をまだ覚えている。自らの殻を破ることで、初めて自分に足りないものを認識できたように思う。一人でも、十分に戦える。ようやく俺は、自分というものを理解できたんだな。

ふと、横に並んできたシビラの顔を見る。

「……何よ」

「いや、別に。もう少し行くが、いいか？」

「いいわよ、呆《あき》れるぐらい魔力切れの心配がないって分かったからね」

両肩をすくめて笑うシビラの姿は、長年組んだ相棒《バディ》のような、妙に馴《な》れた雰囲気。つい昨日会ったばかりだというのに、不思議な女だ。

ずっと停滞していた俺の時間。脇役だなと思い込んでいた自分という存在。

理由も確証もないが……この女と一緒にいれば、そんな自分の役割《ロール》から抜け出せるんじゃないかと、そんな気がするのだ。

幕間《まくあい》　エミー：自分が最上位職の当人だからといって、一番詳しいとは限らない

金色に光り輝く謎の美女のお誘いにヴィンスは二つ返事で了承すると、その女性は私から見ても目が潰れそうなほど眩《まぶ》しい笑顔で、ヴィンスの隣に駆け寄る。

さっきまでジャネットに対してやっていたのと全く同じ視線運動を、ヴィンスは金髪美女さんにやっている。……でっかいもんなあ。何食べたらあんなになるんだろ。

美女さんに横を譲る形で、ジャネットが私の隣に並ぶ。ジャネットはこちらを見ながら、無表情でちょいと呆れたように肩をすくめた。

やれやれ、ってところかな。でもいつも以上に表情がないというか、何を考えているか分からない。もしかすると……これは、『何も考えたくない』顔なのかもしれない。

と考えていると、前を歩いていた女性がくるりとこちらを振り返る。

「あ、ごめんなさいね。えーっと、【勇者】さんと、見たところこちらが【魔道士】さんっぽいので、【聖騎士】さんがあなたかしら！」

「え、あっ。その、はい」

「ふふっ、盾を構える守護職が女の子なんて、とっても素敵ですね。格好いいですわ！

一度あなたとお話ししてみたかったんです」

「えっ？　あ、あれ、私ですか？　その、えっと……ありがとうございます……」

「あらあらまああ。【聖騎士】はその権威の高さから高圧的な人も少なくないのですが、赤面しちゃうなんて初々しくて可愛《かわい》らしいですね。気に入ってしまいましたわ」

「あう……」

私をべた褒めしながら、楽しそうにころころと笑う女性。……真っ先に『変な逆ナンかな』って思ったけど、そういう先入観で見ちゃうのって性格悪かったなあ。

女性は、はっと何かに気付いたような表情をして、ぱんっと手を叩《たた》いた。

「急に押しかけておいて、自己紹介がまだでしたね。私はケイティ。よろしくね」

謎の美女改めケイティさんは名前を名乗ると、にっこり笑って首を傾けた。

やっぱ美人さんだなあ。私やジャネットには備わっていないタイプの、超きらきら具合。

「オレはヴィンス。こっちはエミーとジャネットだ。へへっ……よろしくな、ケイティ」

「よろしくお願いします、ケイティさん」

「……どうも。あと僕、【賢者】です。回復魔法も使えますから」

「あらっ!?　あなたも最高位職だったのですね、失礼いたしました～！」

「ん、気にしてないです」

ヴィンスは腰を抱きそうな勢いで近づきながら、いきなり呼び捨てた。……まあ、それが許されちゃうのが勇者だよね。一緒にいる身としては、同伴が威張るって女の子としては一番恥ずかしいパターンだからやってほしくないんだけど……。

一方ジャネットは、軽く訂正する感じで挨拶。

「よし、メシでも食おうぜ。一人分ちょうど余裕あるからよ。ケイティには奢《おご》るぜ」

「まあ、嬉《うれ》しいですわ！」

それは一体、どういう意味——なんて、ケイティさんの前で言うわけにはいかない。

まさか私達《たち》が、ずっと仲良くしていたもう一人の最上位職の人を追い出した、問題ありのパーティーだなんて。ヴィンスは、本当に気にしてなさそうだね……。

ヴィンスは、街の中でも高給路線で有名なレストランを選んだ。

周りからの男の視線が刺さる……とにかくケイティさんが眩しいのだ。まるで太陽みたいに、いるだけで周りに明るさを振りまくよう。男の人は、見れば恨みがましい視線も多い。まあ傍目《はため》にはハーレムだもんね、っていうか完全にハーレムだよねこれ。

……まさか、ヴィンスはそのために？　い、いやいやまさか……だって、あんなに長い間一緒に過ごしてきたんだもん。そんな理由で外すなんてことは……。

「あの、ご注文をお伺いしたいのですが……」

「え、あっ……ごめんなさい。それではＡコースで」

「かしこまりました」

いけない、変なこと考えてたら周りが見えてなかった。

ケイティさんは、私をのぞき込んでニコニコしている。……うう、恥ずかしいなあ……。

レストランの奥にある他の席から離れたテーブルで、コースの料理が運ばれるのを見ながら、私は謎の女性ケイティさんに探りを入れる。

「ところで、ケイティさんはどんなお話を聞いてみたいのですか？」

「はい！　勇者パーティーは、今どんな活躍をしていて、どこまで進んだのかなあって。あ、変な情報収集とかじゃないですよ。私なんてレベル10の魔道士に過ぎませんから」

自分の説明をしながらタグを表示する。

『ハモンド』――この街住まいの、ケイティ。【魔道士】レベル10。

「ごめんなさい、疑うような聞き方をして」

「いいのですよ〜。簡単に他人を信用しないしっかり者さんだと分かって嬉しいです」

ううっ、ケイティさんってば、その美貌に嫉妬する隙もないぐらい、とってもいい人っぽいんですけど。昨日幼馴染《おさななじ》みを追い出した性格最悪の私には、その笑顔が眩しすぎる。

ヴィンスは会話に参加したいのか、運ばれてきたポタージュスープを早々に飲み干して、ケイティさんへと身を乗り出した。

「オレ達は潜って半年ぐらいだが、今ハモンドダンジョンの第八層まで進んだんだぜ」

「まあまあ、もう八層まで！　では中層で、魔物はタウロスなどですか？」

「おっ、詳しいな！　エミーはまさにそのタウロスの攻撃を防いだりできるヤツだ」

ヴィンスが私に話を振って、ケイティさんが私の方をきらきらとした目で見る。

そう、あのブラッドタウロスだ。

「凄《すご》いですわ！　タウロスの攻撃を一度でも防げるだなんて」

「【聖騎士】レベルが今23あるので、何度かは大丈夫ですよ、盾を両手持ちにすると、ちょっと痛む程度ですから」

「本当にかっこいいです、エミーさん。前衛として男の人にも負けない女性って、やっぱりこれからの時代もっと出てきてほしいなって思うんです。みんなの憧れですね」

「あはは、そんなんじゃないですよ……」

……ほんと、そんなんじゃない。私はブラッドタウロスに対して、むしろ無傷で勝てなかったことに自分で自分を殴りたくなるぐらいだ。

あんなところで、守護職の私が心配されるような怪我《けが》さえしなければ。

私はダンジョンの深層に一番近い、最上位職なのだ。いくら職業《ジョブ》を授与されてから短いとはいえ、中層の魔物に手間取っている場合じゃないのに。

私は、弱い。

「ところで」

ふと、ケイティさんは手元の魚料理《ポワソン》へ食器を置いて、ぐるりと私達一人一人に視線を合わせた後、首を傾《かし》げた。

「――何故《なぜ》、このパーティーには【神官】がいないのですか？」

……突然の言葉に、私は一瞬で心臓を摑《つか》まれたような感覚に襲われた。

神官。回復術士《ヒーラー》。

いきが、くるしい。

その職業《ジョブ》に対してジャネットが何か答える前に、ヴィンスが大声で遮った。

「ハッハッハ、聞いてくれよケイティ！　オレ達はみんな回復魔法が使えるんだぜ！　勇者も、聖騎士も、賢者もだ！　だから回復術士《ヒーラー》なんていらねーよ！」

軽薄な大声に、思わず私は顔を背けて眉を顰《ひそ》める。ジャネットは、無表情だ。

……ケイティさんは、どんな反応をするんだろう。『まあまあ！　それなら回復術士《ヒーラー》なんて要りませんね～！』なんて言うんだろうか。

第三者からそこまではっきり言われたら……私は、耐えられるだろうか……。

「まあまあ」

ケイティさんは、手元の魚にフォークを入れた。

ラセルへの死刑宣告に、緊張が高まる――――。

「それは、まあちょっぴり便利な感じですね～」

――――あ、れ？

なん、だろ。この反応。思った以上に、薄い反応だ。

さして興味もなさそうに、魚料理を口に含んでいる。「ん～、おいしいお店ですね～」と、最早《もはや》私達三人の回復魔法は、手元の魚料理に負けているぐらい。

さっきまでの私達の活躍に喜ぶ姿に比べて、明らかに興味なさそう。そんなケイティさんの肩透かしな反応に対して、ヴィンスは声を大きくしながら畳みかけた。

「おいおい！　オレ達は全員が、回復術士《ヒーラー》同然なんだぜ!?　聖……神官なんていなくても十分、いやむしろ攻撃手段を持たない回復術士《ヒーラー》なんて邪魔なだけの無駄飯喰《ぐ》らいだ！」

「ヴィンス、他のお客さんに見られてる」

「っ……と、すまん」

大声を出したヴィンスに私が硬めの声で注意をし、ヴィンスは立ち上がりかけていた腰を落とす。私は今の言葉を聞いて、ヴィンスの方を見ることができず、顔を背けた。

……今のは、何？

その『神官』って単語は。その『回復術士《ヒーラー》』って単語は。

全部、『聖者』の『ラセル』のつもりで、言ったの？

ジャネットは、無表情で魚をテーブルから皿の端に持って行っていた。……落とした？

もしかすると、ジャネットも内心穏やかじゃないのかもしれない。

「そうですね……賢者さん、えっと、ジャネットさん。キュアを覚えていますか？」

「僕ですか？　その魔法は賢者レベル15で覚えました。今の僕は、レベル26ですね」

「ちなみに、ファイアボールは？」

「そちらは1から」

「ですよね、『魔卿《まきょう》寄りの賢者』なら」

……え？　話の中で、突然知らない言葉が出てきて、私は思わずオウム返しに呟《つぶや》いた。

「あら、魔卿をご存じありませんか？　【賢者】は【神官】と【魔道士】の魔法両方が使えるのです。ですが、どちらかというと、【聖女】と【魔卿】の、中間なのです」

「……ちゅう、かん？」

「はい。【聖女】が神官の究極系、【魔卿】が魔道士の究極系。賢者はその両方の魔法が使えます。魔道士がレベル2で覚えるファイアボールをレベル1で使えるので、間違いなく魔卿寄りですね。回復に関して神官よりは下ですが、ジャネットさんの【賢者】は魔卿とほぼ同じ能力を持ち回復魔法を使う、本当に優秀な職業《ジョブ》ですよ」

優秀、という単語を聞いても、私の頭の中はぐるぐると捉えようのない思考に襲われていた。……賢者は、神官の代わりではない？　回復術士《ヒーラー》としては、神官より下？

同じ疑問を持ったであろうジャネットが、私の代わりに質問をする。

「……ちなみに、【神官】はキュアをいつ覚えるのですか？」

「レベル10です。職を授かる絶対数が少な目で、回復専門の【神官】が10になるのは大変ですが、そこまで成し得ると神官は一段落です。キュアは魔力をたくさん使うのですが、そのキュアを使いお布施をもらう神官さんが、各地にいらっしゃいますよね」

勿論《もちろん》冒険者を続ける人もいますね、と最後に付け加えてケイティさんの話が終わった。

その話を無理やり軌道修正するように、ヴィンスはそれでも自分達が回復魔法が使えることをしきりに強調していた。それに対してケイティさん側は、むしろそれを否定せずにすんなり「使えるのは凄いことですよ～」と褒めている。

褒めてはいるが……認識が変わったとは到底思えないほど、どこか、軽い。

私は、ケイティさんのニコニコとした顔を見ながら、パーティーの中に何か暗雲が漂っているような錯覚を覚える。


【魔卿】に対を成す【聖女】。

【魔卿寄りの賢者】より回復魔法は優秀な【神官】。

――じゃあ、【聖女】と同じ【聖者】は？

私はその質問の答えを知るのが怖くて、ついに聞くことができなかった。

04 自然にやっていたことほど、しなくなった時に気付けない

ウィンドバリアを習得してからは、想像以上に順調だった。

黒ゴブリンの投げナイフという攻撃のような、想定外の攻撃をほぼ全て防いでくれる。

急接近だろうと、接敵までワンクッションぐらいの時間は稼げる。自分の思考の外側から襲いかかる危機がなければ、これほどまでに緊張が緩和されるとはな。

もう一つは、この魔法の特性。人が四人入っても余裕がある程度の広さのこの魔法は、シビラと二人で使うとなると結構な余裕がある。

お陰で移動中も、常にシビラはこのウィンドバリアの中に入っている。近くにいると、怪我が分かりやすい。攻撃を受ける度に「痛ッつ」「チッ」と言っているからな。

俺はその声を聞く度に、一切確認をせずにヒールとキュアを使っている。

聖者は、完全回復《エクストラヒール》でも魔力が枯渇しない。なら、ただのヒールを節約する意味はない。

結構な数を討伐した——そう思ったタイミングで黒ゴブリンに続いて、村を襲ったダンジョンスカーレットバットも出没してきた。

ゴブリン二体は、バットを先行させるよう避けると、こちらを見ながら武器を構える。

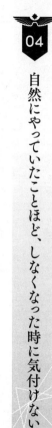

「まだ階段も見てないというのに、この辺りで既にこいつが出てくるのか……厄介だな」

第一層にいるこいつらを根絶やしにしなければ、おちおち孤児院の子供らが遊ぶこともできないだろう。シビラがバットを見ながら盾を前に構える。

「出たわね。このダンジョンがどうしてできたのかはわからないけど、こういう外に出るタイプって自然発生あんましないはずなのよ。だから一層のこいつら全部倒せば、まー当面は坊主達《たち》もジェマさんも、安心できるわ」

「そうか、なら徹底的にやらないとな」

「逃がすんじゃないわよ」

「言ってろ」

生意気魔道士に言い返しはしたが、俺はシビラのように遠距離魔法が使えるわけではない。特にバットを取り逃がすことは、何としてでも避けたい。

黒ゴブリンは、互いの位置を確認しながらバットとの同時攻撃を仕掛けてきた。シビラが無詠唱で火の玉をまき散らしながら、盾を前に出して防御重視の戦い方をする。

「チッ……黒いヤツが結構頭回るのよ、生意気よね。《ファイアジャベリン》ッ！」

こちらの戦い方を相談する前に、シビラが大きな魔法を使った。先ほどまで主力だったファイアアローよりも鋭い魔法が、バットの身体《からだ》の中心に綺麗《きれい》に入り、串刺しにする。

俺はその魔法を見て一瞬足が止まったゴブリン目がけて踏み込み、首を切り飛ばす。

もう一体が反応、後ろに下がりながらこちらにナイフを投擲《とうてき》しながら逃げる。なるほど、頭が回るというのは本当らしい。なかなか判断が早いな。

追撃しようと思ったところ、心臓に魔法が突き刺さる。あれはファイアアローか。

……いや、待て。今さっき……。

「っしゃ、悪くないわね！」

「おい、シビラ」

「ん？　何よ」

黒ゴブリンの耳を切り落としながらこっちを見るシビラに、俺は疑問をぶつける。

「ファイアアロー、無詠唱で撃てるのなら早くやっとけよ。それに今のファイアジャベリンってのの使えば、最初に危険に陥ることもなかっただろうに」

その疑問に対して、シビラは腕を組んでドヤ顔。

「ふっふーん、さっきあんたがレベルアップしたように、アタシもレベルアップしたのよ。魔道士レベル10の魔法！　どうよ？」

ああ、なるほど……俺がレベルアップしたのなら、シビラだってするのは当然か。

「……俺が6のままなのに、シビラが二つも上がっているのが納得いかないんだが」

「そりゃ攻撃魔法持ってるからね。やっぱ攻撃できるやつが、一番強くなるでしょ」

シビラの答え。それは本当に……本当に当然の答えだった。

思えば勇者パーティーのレベルも、ヴィンス、ジャネット、エミー、俺の順番だった。

エミーは前衛で剣士であるが、【聖騎士】というのは主に守るためのスキルが多い。だからエミーは、前に出て最もモンスターの近くにいたはずだが、レベルは後衛のジャネットに劣る。同じ後衛職でも、シビラと俺ならこうなるのは普通のことだ。

「……あ、あのさ、ラセル」

シビラは何やら申し訳なさそうに、こちらを上目遣いに見ながら言葉を絞り出した。

「……知ってると思うけど、【神官】って職業《ジョブ》は人数自体少なくて、パーティーでは序盤大切に育てるってのが定説なのよ。でもあんた、なんで【聖者】なんかもらっちゃったのかわかんないぐらい強いから、アタシも調子乗っちゃってさ」

「シビラ、お前……」

「本当はアタシみたいな魔道士って、トドメとか譲るべきなのよ。……黙っててごめん」

そうか……そうだったのか。俺がこうなら、聖者に劣る神官が普通のパーティーでどうやって活動しているのか、全く分からなかった。

なんてことはない、活躍しなくても配慮してもらえるのが当然なんだな。……まあ、だからといって俺の役目はなかっただろう。それでも、少しすっきりした。

「謝る必要はない」

「え？」

「シビラが悪いわけではないし、優秀だと思ってくれてるのなら、それで十分。倒せなかったのも全部俺の責任だ。第一お前が謝るとか似合わねーよ、もっと堂々としてろ」

俺が言いたいことを言うと、シビラは面食らったように瞠目《どうもく》しながら少し上体を逸《そ》らし、目を閉じて少し考えるように黙る。そして深く溜息《ためいき》をつくと、再び目を開けたときにはいつもの表情になっていた。

再び腕を組んで、笑いながら肩をすくめる。やはり、シビラはこちらの方が似合う。

「そうね。それじゃ遠慮なく、今までどおりやらせてもらうわ」

「ああ、任せた。……ああ、あと」

「ん？」

「お前ゴブリンの耳持ったまま腕組んでるから、ジャケットの内側に血がついてるぞ」

「ギャーッ!?」

ビシッと決まった軽装姿で格好良くポーズを取っていたと思ったら、目を白黒させて悲鳴を上げる美女。なんとも締まりのない姿だが、こういうどうしようもなくポンコツなところも含めて、シビラという女を形作っている。

見ていて飽きないし、緊張していなくて済む。

「……フッ」

俺は涙目でジャケットの血を拭くシビラを見ながら、小さく笑った。

そして数秒後、ふと気付いた。

――自然に笑えたのは、いつ以来だろう。

「ああもう、後で洗わなくちゃ……。ん？　どったのよ」

「何でもない」

自分が勇者パーティーを抜ける前から、全く笑わなくなっていたことに、今の今まで気づけなかった。

それだけ俺の中で、余裕がなかったということか。

そしてこのお調子者にそういうことを知られるのは癪《しゃく》なので、そっけなく返す。

シビラは首を傾《かし》げていたが、追及するつもりはなさそうですぐにバットの方へと顔を向けた。

魔道士シビラ。たまたま組んでみたが、考え方が柔軟だし魔道士としても十分強いし、本当に何故《なぜ》ソロでやっていたのか、全くわからんな。

男性関係のトラブルだとしたらありそうな話ではあるが、それなら俺と組んだ理由が余計に分からなくなる。

まあ多少のトラブルを持っていようとも、これだけ協力してくれるというのなら十分だ。

村の脅威を取り除くまでは、しっかり協力してもらおう。しばらくコイツと組むのも、悪くないかもな。

シビラは手際よくバットを解体すると、火の魔法を駆使して肉を焼き始めた。

「やっぱ肉よねー」

足を広げてダンジョンの床に座りながら、焼いたばかりの肉にかぶりつくシビラ。本来美人がやるには少々品のない姿だが、こいつの場合はそれが妙に似合っている。

俺もシビラに促されて肉を食べる。味付けは塩のみ、それでも十分に美味《うま》い。

「乾燥携帯食、高い上にマズいから助かったわ。あんたも食ってる？」

「ああ。討伐証明部位は牙だったよな」

「ええ。っとそうだ、思い出したわ。あんたに渡さないとね」

シビラは袋の中から、こちらに牙を見せる。

それは、報酬を分けるやり取りに他ならない。

「……それは、シビラが倒したものだろう。俺は構わないから取っておけよ」

「ははっ、あんたボケたわね」

「なんだと？」

シビラはその牙をこちらに投げる。空中でキャッチすると、手の中の牙は乾いていた。

「……そうか、昨日のか」

「そういうこと」

孤児院の入り口前で死体になったであろうダンジョンスカーレットバット。そいつを解体した肉を朝に焼いていたのが、この女なのだ。

だが倒したのは間違いなく俺。なるほど確かに、呆《ぼ》けていたな。

俺が忘れていた報酬分もきっちり分けてくれたシビラを、じっくり見る。当のシビラは俺に見られていることに気付くと、ニヤニヤと笑みを浮かべだした。

「シビラちゃん優しいでしょ」

「ああ、そうだな」

「おっ!? んっふっふ〜、やっぱり惚《ほ》れちゃった?」

「どうしてお前はソロなんだ?」

そう、この女は見た目の情報がなかろうと、それ以外の部分で十分にパーティーを組みやすい能力をしている。こんな女が単独《ソロ》で活動しているというのは不自然だ。

俺がそのことを聞くと、シビラはさっきまでのお調子者らしき雰囲気から、目線を逸らしつつすごすごと引いた。

「……あんたそれ聞いちゃう?」

「俺は自分のことを話したからな。ただお前が話したくないのなら、別に構わないぞ」

「じゃあ秘密」

こ、こいつ……!

「……ま、大した理由じゃないわよ。回復術士《ヒーラー》探してたんだけど、それ以外の男ばっかり寄りついたってだけ」

「たまたま寄りつかなかったのか？　神官なら街にいくらでもいそうだが……」

「絶対数が少ないっつったじゃん、そもそも女神のヤツは性格に合わせた天職なすりつけるのよ。だからアタシみたいな世界一の美女になると、胸と尻ばっか見てるような男しか寄りつかないのよね。多少はともかく、過剰にそういうヤツは【神官】にはなんないの」

自分で自分のことを世界一の美女とか言い切ったぞ……。まあ実際世界一の美女と言って差し支えないツラをしてるあたり、非常に腹立たしいが。

……そして今、確かにシビラは、女神に対して『女神のヤツ』って言い方をしたな。

やはりこいつは、他のヤツに比べて女神のことを明らかに信仰していない。初日の会話と、それで興味を持たれた今朝のことを考えると納得するが。

「ま、どうでもいいっしょそんなこと」

「そうか……それもそうだな」

ま、俺も女神は信用していない。信仰心の足らないパーティーってやつだ。

俺はシビラへの質問を切り上げ、次の場所へと向かった。

ある程度魔物を討伐し終えたところで、俺のレベルが上がった。黒ゴブリン自体が経験値の高い魔物のようで、思った以上にすぐレベルが上がって驚いている。

「よし、新しい魔法を覚えたぞ」

「よかったじゃない。レベル7の聖者って何が使えるのかしらね」

「次はこれだな。《エクストラヒール・リンク》」

俺が魔法を使うと、エクストラヒールが発動。

名前から察するに、パーティー全員に同時にかかるエクストラヒールってところか。

「……地味だな」

「地味じゃな――――い！」

「うおっ!? いきなり大声を出すな！」

今まで一番の大声を近くで叫ばれて、さすがに驚いたぞ。耳への攻撃は耳栓でもなけりゃ防具で守ってないんだ、いきなりそういう不意打ちはやめてほしい。

「エクストラヒールのリンク!? とんでもない大魔法じゃない!?」

「無詠唱でエクストラヒール二回使うのと大差ないだろ」

「何言ってんのよ！ そんなはずは……えっと、た、確かに今はそーだけどさあ!?」

一体何をそんなに興奮しているのか全く分からないんだが、シビラにとっては大事件らしい。エクストラヒールをパーティー全員にかける魔法が、か？

「そんなに凄《すご》い魔法なのか、新しく覚えたにしては地味で仕方ないと思うのだが」

「回復魔法の完成形をあんたは何だと思ってんのよ！ 普通の冒険者は無詠唱で使わない

し、パーティー四人で断続的にダメージ受けてる時だったら普通は回復が追いつかず大変で……ってちょっと待って。ヒール・リンクは使える？」

「レベル3の魔法か。確かに短く使い勝手がいいとは思うな、次からはそちらを使おう」

「いやいや待ってよ。燃費悪いと思うんだけど!?」

「魔力が枯渇することはないぞ」

「そういえばあんたってそんなヤツだったわね……」

頭を押さえて溜息をつくと、シビラが小さく呟《つぶや》いた。

「……これは、後が楽しみね」

「そういえば回復術士《ヒーラー》の魔法に詳しいが、シビラは他に何を覚えるか知っているのか？」

「え……!?　あ、あー。えーっとえーっと」

……そんなにおかしな質問じゃなかったと思ったのだが、何故かシビラは慌て始めた。

「あ、後が楽しみってのは、一緒に探索するのが、楽でいいなって意味よ！」

「結局覚える魔法は知らないのか？」

「んー……全部覚えたんじゃない？　もしもあるとしても、残りはキュア・リンクぐらいしか想像つかないわね」

俺は、シビラの台詞《せりふ》に……頭がハンマーで殴られたかのような衝撃を受けた。

……これで、全部？

この全体全回復魔法と、全体治療魔法、そして矢を避ける程度の魔法で……全部？

なんだよ、それじゃ俺はあの勇者パーティーに残っていても、結局のところどう足掻《あが》いても最後まで何の役にも立てなかったのか？

そんなに、聖者っていうのは大したことない職業《ジョブ》なのかよ。どんな英雄譚《えいゆうたん》の中でも、【剣聖】や【弓聖】より重要で目立つ存在だっただろ、【聖女】ってやつは。

これだけ、なのか？

「……攻撃を支援する強化魔法みたいなものは、ないのか？」

「強化魔法は属性付与《エンチャント》なら【魔法剣士】や【剣聖】だし、身体強化ならアタシみたいな【魔道士】の役目。攻撃用の魔法なんて治療を専門とする人が覚えるような暇はないわ」

「じゃあ……もっと有効な防御魔法は、ないのか？　ウィンドバリアを覚えたんだ、怪我《けが》しなくても役に立てるような魔法が、もっとあるはずだ」

「防御魔法にはプロテクション、マジックコーティングの二つがあるわ。それぞれ物理と魔法に対するもので、全身に魔力を纏《まと》わせる最上位魔法ね。ちなみにウィンドバリアは例外中の例外、【神官】レベル25で覚えるベテラン専用魔法よ」

「プロテクションとマジックコーティング……それを覚えれば……」

俺が一縷《いちる》の望みをかけて、無意識に呟く。

防御魔法のことを聞いて、俺は自分の代わりに怪我をした、あの日のエミーのことを思い出していた。

今からでも役に立ちたいとか、そういうことではない。

シビラの反応を見れば、【聖者】というものがどれほど優秀であるかということなど、嫌というほどわかる。

ただ……それでも俺は、勇者パーティーで活躍できるほどのものを授かった、希望のようなものを持ちたかった。

攻撃ができなくても、盾を持つエミーを守れるぐらいの魔法を覚えられるのなら、ここまで自分の職業《ジョブ》に失望することも、されることもなかっただろう。

しかし、俺の問いへの答えは……ある意味、一番残酷なものだった。

「無理よ、だって——」

シビラは淡々と、その職業《ジョブ》の名を言い放つ。

「——両方とも【聖騎士】専用魔法だもの」

◇

……それから俺は、第一層の魔物を掃討した。大幅に減った口数と、気まずそうなシビラの横顔。それでも淡々と、討伐していった。

シビラもシビラで相当量の魔力を保有しているのか、枯渇する様子はない。ある程度の分かれ道も記憶し、虱潰《しらみつぶ》しに魔物を討伐していく。

「……あ」

「ど、どうしたの？」

あれ以来初めて声を発した俺に、シビラは大きく反応する。

俺は足元に転がるゴブリンの頭を踏みつけて、溜息《ためいき》をつきながら今起こったことを話す。

「レベル、8。覚えたぞ」

「え？」

「《キュア・リンク》」

俺の身体《からだ》がうっすらと光った後、俺とシビラに少し風が吹く。

当然、何も起こらない。俺もシビラも、さっきから毒を一切受けていないからな。

「やはり地味だろ、コレ」

「……」

シビラは、俺の方を指さしながら、ぱくぱくと口を開く。きっと驚いているんだろうなというのは、俺にも分かるが……。

「ま、まさか本当に、キュア・リンクなんて魔法が存在するなんて……！」

「お前が言ったんだろ。第一エクストラヒールのリンクがあるんだから、エクストラヒールより下のキュアぐらい、できるんじゃないのか」

「あのね！　ダメージ用の回復魔法を複数化するのと、状態異常用の治療魔法を複数化するのは、全然違うのよ!?　純粋なキュアの複数化なんて、戦略すら変わるじゃないの！」

突然まくし立てだしたシビラに、俺はひとつ気になる単語を拾った。

「純粋なキュア、って何だ？」

「神官って、いろんなキュアを覚えるのよ。麻痺治療《パルジキュア》、催眠治療《ヒプノキュア》、毒治療《ポイズンキュア》の後に、完全治療《キュア》を覚えるの。それが神官レベル10という、神官にとって一つの壁。このレベル10になれば、お布施をもらうだけの権利があるって分かるわよね」

シビラの言葉に頷《うなず》きながら、自分の覚えた魔法の順序を思い出す。

「……ってことは、俺が覚えていない魔法ってのは」

「覚える必要がないわ。だってあんた、キュアだけでどーにでもなるんだもの」

「さっき言っていたスタミナチャージってのは」

「全部ヒールかキュアの中に含まれてる。だって考えてもみなよ、普通アタシらみたいな術士がこんな足場の悪いダンジョン歩き回ってちゃ、とっくに足が棒よ」

言われてみると……確かにヒールを使い出してから、あまり疲れがない。

「ある意味では、強化魔法よりよっぽど強いわよ。長期戦で疲労しないってのは」

「そう、なのか」

「前のパーティー、あんた含めて誰も気付かなかったのね」

俺が自分の魔法の真価を知ると、シビラが近づいてくる。真剣な表情だ。

シビラは俺の隣に来ると、右手を大きく振り下ろして俺の背中をバシッと勢いよく打つ。

一瞬「うっ」と声が出るほどの衝撃が、身体全体に走る。もやっとしていた俺の頭にある雑念を、吹き飛ばすかのように。

「あんたの気持ちとか、分からないわけじゃないけど……アタシとしては、もうちょっと自分の能力に喜んでもいいと思うわけよ」

「……」

「リンクはね、自分が認識した味方全てに効果がかかるの。確かに病気にならない上層じゃ実感湧きづらいけど、これはどこでも使えるのよ」

「どこでも？　どういう意味だ？」

「極端な話、『死の病魔に襲われた城下町』とかでも使えるの。魔力が枯渇しなければ、そういう国の危機とかいう単位のものを、あんたは魔法一発で治せるわけ」

「そんなことが……」

「アタシもようやく気付いたわよ、これが村を救済した『聖女伝説、女神の祈りの章』の種明かしだって」

聖女伝説、女神の祈りの章。

それは、慈愛に満ちた聖女様が、女神に祈りを捧《ささ》げることによって、村を包む『魔に侵された瘴気《しょうき》』を払うという聖女の活躍を記した一幕。

慈愛に満ちた心優しき聖女様の祈り。それが女神に通じて、村人全員が即日完治。

その代償として、聖女様は何日か寝込んだ――。


「――なんてこたあない、キュア・リンクをこっそり村全体に使って魔力枯渇で寝込んだだけだわ。何が『女神に並ぶ世界一清らかな心の乙女』よバーカ、これ隠してたとか慈愛の聖女とんでもないヤツじゃん、頭の中かなり名誉欲まみれよ」

ああ……なるほど。俺がレベル8で覚えたのなら、かつての聖女が俺よりレベルが上で、更に無詠唱で使えたとしてもおかしくない。

そして聖女は、自分が治療魔法を使ったことを内緒にして女神に並んだことにしたと。

すごいな、この事実。伝説の聖女様のイメージの根幹が崩れてしまうぞ。

「どう？　伝説の世界に肩を並べる力を持って……それでも、強化魔法がないと不満？」

「……いいや」

さすがに、ここまで言われて不平を言うほど腐ってはいない。俺だって、シビラが説明した能力の途方もなさぐらい分かる。

冒険者としては、ダンジョン探索では活躍できないかもしれない。しかし、ここまで伝説の秘密にナイフを入れるようなとんでもない魔法を『地味』と軽く流すことはさすがにできるはずがない。

間違いなくこの魔法は、俺が伝説と並んだ証拠だ。こんなに自分の恩恵に卑屈になっているのが、どうにも小さく思えてしまう。

俺は隣で腰に手を当てている、お節介なパーティーの仲間を見た。

「色々、ありがとうな」

「おっ、ツン十割男子がデレた？　これで完璧アタシに惚《ほ》れたわね！」

俺はすぐに調子に乗り出したシビラの脳天に、軽くチョップをかます。

「きゃん！」

「その台詞を言わなかったら有り得たかもな、だから当分は惚れないと思え」

「ぐへぇ……」

苦い物を食べた子供のような顔をして凹《へこ》むお調子者の魔道士を見ながら、口元を緩める。

……ああ。やはり俺は、知らないうちにかなり余裕ができてきているな。

「このまま第一層の魔物は一旦全滅させる。魔力は十分か」

「ふふん、余裕よ。あんたより先にへばったりはしないわ」

俺はシビラと、再び第一層の探索を再開した。

「上等だ」

二人でしばらく探索して、ようやく第一層の全てを把握したというぐらい歩いた。

目の前には下への階段がある。結果的に次の階層を把握するまでに一通り討伐できたな。

「……ダンジョンスカーレットバットが四体。外のヤツを含めて五体。よく今まで村が無事だったな……」

「あんなにいたんじゃ、再々出てきててもおかしくない。そりゃ門限早い訳よね」

「ああ。だがこれで、孤児院の子供達《たち》も心置きなく夜にも庭で遊びができる」

俺の言葉を聞いて、シビラは口角を上げながらこちらの顔を覗《のぞ》き込んできた。

「あんたって、子供には優しいのね」

「子供以外にも優しいぞ」

「アタシにも優しくしてくれてもいいんだぞー」

「十分優しいだろ」

「どの口が言うのかしら……」

俺はシビラとの軽口を切り上げて、階段を降りる。

ようやく第二層だ。まあ第六層までは上層部、なんとかなるだろう——。

——第二層の地面は、紫一色だった。

壁も、妙に綺麗《きれい》に整えられている。目の前は、広い空間。

「なんだ、ここは？」

ダンジョンは普通、第一層から第五層までは普通の岩肌をしている。

これが第六層からは、青くなるのだ。それが中層と呼ばれる場所。ダンジョン慣れした冒険者を危機に陥れる、強い魔物が出てくる場所である。

「うそ、なんで……」

「シビラ？　ここはまだ上層じゃないのか？」

シビラの方を見ると、こちらに目を合わせずに正面をじっと見据えながら冷や汗を流している。俺も正面を見るが、ダンジョンの奥は暗い。何か、見えているのか？

「おい、シビラ！」

反応がなかったため、強めに呼びかける。しかしシビラは、ずっと視線を変えない。

「……ダンジョンは、上層、中層、下層に分かれるわ。一般的に、ね」

「一般的に、だと？」

シビラはずっと、苦しそうな顔で正面を見据えながら絞り出すように説明を始める。

「中層は、地面が青い。下層は、赤。そして……紫は」

「紫は？」

「……最下層、別名『魔界』」

そしてシビラは、盾を構えた。

——カツ、カツ。

足音が、聞こえてきた。俺がそちらを向くと……全身黒い、シルエットのような人間がいる。目のところだけ赤く、見るからに不気味だ。

あんな魔物がいるのか？　いや……そもそもあれは魔物か？

「一層が黒ゴブリン、二層が魔界って、どんだけフザけてるのよ、このダンジョンは！」

「シビラ、あいつは一体！」

俺の焦った声に答えたのは、まさかの黒い影だった。

「フム、オレのことカ？」

不気味なシルエットが、濁った男のような、聞き取りづらい声を出す。

「イヤア、ワレは一層を難しくするため、時間をかけすぎタ。オレはまだ二層しか作っていないのに、まだワタクシの部屋を作る前にお客人が来るなんて、なかなか優秀ダ」

「だから、お前は一体誰なんだ!?」

謎の影の、あまりにも場違いな独り言の不気味さに、思わず声を荒《あら》らげて質問する。

影は「アア」と返事をすると、ぽんと手を叩《たた》く。

「ようこソ。ワタシはこの『アドリアダンジョン』のダンジョンメーカー」

「ダンジョンメーカー……？」

俺の呟《つぶや》きに答えたのは、シビラだった。

「まあ、まず知らないわよね、ダンジョンメーカーなんて」

「シビラは、知っているのか？」

こちらを目線で少し見ながら、軽く頷き再び視線を前に向ける。

「最下層の別名が『魔界』、ダンジョンメーカーの別名は——」

そして、その名を告げる。

「——『魔王』よ」

◇

魔王——それは、どんな存在なのか詳しく話すことができなくとも……その単語に対して、普通の人ならば一定以上のイメージがある。

圧倒的に強い、人類の敵。英雄の伝説に出てくる、最大の壁。

それが、この目の前にいる存在だというのか？

「……ンン～、お客さん、なんだかテンション低いナ。ワタシに出会えたんだから、もっと楽しむべきだと思うんだがなア」

気楽そうに言ってくれる、目の前の黒い人間の影。魔王だなんてものが、第二層から現れるなんて……あまりにも、想定外の事態だ。

何でもかんでも女神のせいにするのはさすがに悪い気がするが、それでも勇者パーティーから追放されるような【聖者】なんて職業《ジョブ》を寄越《よこ》しておいて、別れた途端に俺が魔王と遭遇するとかどんな冗談だよ。

俺に、勝てるのか？

……いや、こちらから仕掛けるのは悪手ではないだろうか。少なくとも向こうはいきなり襲ってこず、何かしらの会話を望んでいる様子。ならば、下手に戦わざるを得ない状況にするよりは、会話をする方が良い……かは分からないが、マシだろう。

「……お前の目的は、何だ？」

俺の一言に、急に声のトーンを上げて嬉《うれ》しそうに話し出す魔王と呼ばれた影。

「いいね、いいネ！　そうそう、君達人間はワレらダンジョンメーカーを倒して、ダンジョンを魔力氾濫《オーバーフロー》しない場所にすることを目的にしていル。だからオレは、その中でも厄介なところから攻めようと思ったわけだヨ」

「我ら、ってことは魔王同士で情報交換しているのか。……厄介なところ？」

「ワレワレ、もともと一緒のところにいたからネ！　フフフ、こんなに話すのは初めてだから楽しイ。厄介なところというより、厄介な要素の排除、だヨ」

厄介な、要素。……何か、猛烈に嫌な予感がする。

平和なアドリア村で、魔王にとって厄介な要素なんて、限られている。

「お前の言う、厄介な要素の排除というのに、アドリア村が関わっているのか？」

「ご明察ぅ！　そう、この村だヨ！　特にあの孤児院は、おいしいねエ！」

「……孤児院、だと？」

「アア、そうとモ！　ボクがトモダチに教えてもらったところによると、孤児院には勇者を守る聖騎士の、心の拠《よ》り所《どころ》があるんだよねエ」

くそっ、嫌な予感が当たった！　こいつらの狙いは、勇者パーティーのメンバーだ。その中でも、エミーの心の拠り所となる何かを……間違いなく孤児院を狙っている。

同時に、もう一つの緊張が高まる。

呑気《のんき》に孤児院の婆《ばあ》さんと坊主どもの心配をしている場合じゃないぞ。

こいつの狙い……聖者《おれ》も、だ。

「聖騎士を狙うのか？　勇者の方が厄介じゃないのか？」

「勇者は割と身体《フィジカル》も精神《メンタル》もモロいよぉ、知らないノ？　ああいう相手の攻略には、一番大切な部分があるんだヨ。ま、折角だから教えようかナ」

攻略……魔王が、攻略？　こいつは、一体何を喋《しゃべ》り出すんだ？

「ワタシからすれば、勇者パーティーに何をすればいいかなんて分かりやすイ。狙うは回復術士《ヒーラー》、だから盾持ち優先。先に聖女狙えたらいいんだけどネ？　すぐ庇《かば》われちゃウ」

「……なに？」

「アア、神官だ、違っタ。つまり、神官を最初に落とすために、聖騎士を崩して、神官、それから賢者ダ。今回は聖女がいないと聞いているから、勇者の神官はきっと弱イ。聖騎士の心の支えを崩せば、神官を守れず一瞬で瓦解するヨ。これ、戦術の基本ネ。長期戦や耐久力において不利な人類種は、パーティーに回復術士《ヒーラー》がいなくなった時点で雑魚だヨ」

その説明を聞いて、あまりの内容に背筋が凍った。

……俺は、心のどこかで魔王というものに勝手なイメージを作っていた。

醜悪で、乱暴で、頭を使わない存在。……だというのに、なんだ。こいつの話す内容は、そんな舐《な》め腐った俺の魔王に対するイメージを、一瞬で覆してしまった。

勇者パーティーの情報を事前に収集し、構成や種族における弱点を的確に把握。更に直接戦闘の前に精神的に追い込むつもりだ。

――強い。

自らが魔王としての能力を備えていながらも、決して油断せずに確実な勝利を狙っている。こういうヤツが、一番厄介だ。

ただ、一つ。俺が元勇者パーティーの聖者であると、気付いていない。

今代の職業《ジョブ》は【聖女】ではなく、【聖者】が授与された。だから【聖女】の授与を待ったところで観測されることは有り得ないと、まだ気付いていない。

「お前は、俺達をどうする。俺は魔王討伐できるような人間ではないぞ……」

こいつが直接、襲ってくるのは避けたい――そう念じながら、相手の出方を見る。

決して格好良い方法ではないが、いくら魔法を網羅した最上位職だろうと、回復術士《ヒーラー》が魔王に勝てると思えるほど自惚《うぬぼ》れていない。死んだら終わりだからな。

「ンン。そうだね、折角ワタシ自らが喋ったんだ、なんだかジブンの手で倒すのも惜しい気がするし、やりたいこともあるからネ」

……よし、戦闘は避けられそうな流れだ。シビラの方を見ると、あちらも「ふー……」と少し緊張を解いている。やはり魔王との直接対決は避けたいのだろうな。

「それでは、君達をテスト運用の相手にしよウ」

……テスト運用？

俺がその言葉の意味を理解する前に、紫色の地面から光が溢《あふ》れる。その光が形を大きくしていき、やがて徐々に光が収まった後には、身体《からだ》に火を纏《まと》った巨大な生物が現れた。

その姿の迫力に愕然《がくぜん》としていると、シビラが俺の隣で、震える声でその名を呟いた。

「ファイアドラゴン……」

「……な、んだと？　シビラ、おい」

「あいつは、あいつはダメ。ファイアドラゴン。ドラゴンというよりサラマンダーの上位種で、魔界でも最上位級の火属性の魔物……」

ドラゴン。まさか、こんなところでそんな存在が現れるなんて。

「ウム、顕現成功。それでは仕事も終わったので、しばらくは休むヨ。人間とお話できて楽しかった、さようなラ」

場違いなほど呑気な言葉を発し、魔王はさっさと向こうへ消えてしまった。

残されたのは、俺と、シビラと、ファイアドラゴン。

「シビラ！　逃げるぞ！」

「くっ、無理よ！　あいつは『フロアボス』に設定された！　階段が使えないッ！」

悲鳴を上げるシビラの方を向くと、その後ろにある階段への道に、光る壁が張り付いている。ウィンドバリアのような魔法の壁で、触ってもびくともしない。

『グルル……』

ファイアドラゴンが、うなり声を上げながらこちらを見る。

……最悪の状況だ。魔王でなければまだ勝算があると思っていたが、とんでもない。

シビラが使える魔法は、ファイアボール、ファイアアロー、ファイアジャベリン。他にも魔法が使えたとしても、恐らく得意なものは火属性だろう。アレにそんなものを叩き込むヤツがいるとしたら、間違いなくパーティーを瓦解させる『働き者の愚か者』だ。

正面から戦う気はとても起きない。ならば、やることは一つ。

「走れ！」

「え、あっ……！」

俺はシビラの手を摑《つか》むと、猛スピードで洞窟の横道へと進んだ。

ファイアドラゴンが口を大きく開けた姿が、シビラの緊迫した顔の後ろに映る。

焦りもあっただろう。思わず俺は、自分でも予想していなかった方法を取った。

「《ウィンドバリア》！」

（《ウィンドバリア》！）

大声で防御魔法を叫びながら、頭の中でも発動を間に合わせるように必死に念じたのだ。

その結果。

「え、うそ……」

俺のウィンドバリアは、かなりの厚さになってファイアドラゴンが吹く炎を防いだ。あのファイアドラゴンの炎を、強力な風で吹き飛ばしたのだろうか。

二重になった魔法が、想定外の高性能となったのだ。

「風属性で、火属性をこんなに軽減させるなんて……」

そしてすかさず、《ヒール・リンク》を使う。ちょっとの怪我《けが》でも連発だ、スタミナ切れとか、火傷《やけど》で足が遅れるとか、そういう不確定な不安要素は徹底排除する。

最初の炎のブレスで視界が遮られたのか、炎の壁の向こうにいるファイアドラゴンは、こちらを追撃してこなかった。ドラゴンの巨体が入り込めない細い横道で、俺とシビラは音を立てないように深く息を吐く。

……生きた心地がしなかった。本当に、奇跡的な死の回避だったな今のは。

しかし、このままではどうしようもない。上への階段が塞がれているのだ。

第一層を徹底的に探索したから分かる。別の道があるとは思えない。それに、あの頭の回る魔王が、別の階段があったとして塞いでいないというのは考えづらい。

ファイアドラゴンを倒すしかないことぐらい分かっているが……あまりにも無謀で、厳しい戦いだ。

どうすればいい。

――ふと、シビラが俺の至近距離まで顔を寄せていた。

美しい顔が、俺の目をまっすぐ見つめている。

「な、なんだよ急に」

「……」

シビラは俺の言葉には反応せず、真剣な顔で再び俺へとあの問いをする。

「あなたは、女神を信じてる？」

「……前も言っただろ。第一こんな危機にも戦えない職業《ジョブ》を寄越しやがって、信じられるわけねーだろ」

「そう。じゃあ……」

「……力が、欲しい？」

05 幸運の女神を後ろから抱きしめてでも、その前髪を摑め

力。

その意味するものは広義にわたり、様々な事柄に対して使える言葉ではある……が。

大抵は――特に今の場合なら――その意味など一種類だろう。

攻撃力。

破壊力。

殺傷力。

そういったものを指している。

俺は、シビラの目を見つめ返す。

「……」

今度ばかりは、ふざけてやっているわけでもなさそうだな。

「シビラ」

「……」

「お前は一体、何者だ？」

まず俺が質問したのは、そのこと。

轟々《ごうごう》と燃え盛る炎の壁を見るに、まだ多少は喋《しゃべ》る余裕があるだろう。俺の質問に対して、シビラは気まずそうに視線を逸《そ》らした。

……シビラは、随分と俺のサポートをしてくれた。このダンジョン攻略において必要なことを、的確な知識で教えてくれたし、神官の魔法についてなどは、柔軟な考えで俺の殻を破ってくれた。

詳しいな、と思っていた。特に、神官の魔法についてなどは。

しかし、聖女の……聖者の魔法に関しては、あまり詳しくないようであった。その辺りは俺のキュア・リンクのことを考えると秘匿されていたのだろうなということは分かる。


だから、おかしいのだ。

秘匿されている、もしくは解明されていない情報の中には、いくつかの項目がある。

その中でも人類にとって重要なもの。

——魔王。

勇者パーティーは、魔王の存在を冒険譚《ぼうけんたん》に残さないのだ。確か大昔には、勇者パーティーではない者も魔王討伐に成功していたという伝説も残っている。

だから、俺は思った。勇者は『意図的に魔王のことを秘匿している』のではないかと。

攻略情報を教えることで『手柄を横取りされる』と、勇者か聖女が考えたのだろう。

かつての俺ならそんなことは思わなかったが……名誉欲からキュア・リンクのことを黙っていた伝説の聖女のこと、そして何よりその人の性格に向いている職業《ジョブ》を授ける女神が、ヴィンスに【勇者】の職を渡したことを考えると、むしろそちらの方が自然に思う。

人類の危機より、仲間の友情より、自分の欲なのだ。ああ、むしろ人間らしくて逆に信用できるぐらいだな。

……まあ、今はその話は置いておこう。

つまり、今の人類は知らない。『魔王』のこと。そして『魔界』のこと。

そう。

シビラはダンジョンに詳しい。詳しすぎるのだ。

俺が黙ってシビラを見ていると、やがてシビラは黙秘する限界を察したのか溜息《ためいき》をつき、ぽつぽつと喋り始めた。

「本当は、ハモンドであなたのこと、見てた。もっと言うと、各地にいる神官全てを」

「……」

「アタシは、回復術士《ヒーラー》を探していた。慈愛に満ちた回復術士《ヒーラー》が、何かしらの恨みを持つことを。そして、その中でも一番気になっていたのが、あまりにも不当に虐げられているように見えたあんただった。【聖者】だったことまでは、知らなかったけどね」

シビラは、俺のことを元々知っていたらしいが、それで神官の覚える魔法を暗記しているわけだ。

しかし、そうなると一つ疑問がある。

「聖者の魔法には詳しくなかったな」

「アタシが入り込む余地ないもの。だって、かつての【聖女】は勇者に愛されてたんだから、黒い感情なんて湧かないのよ。だから神官には詳しいけど、聖女のことは全く分からなかった。ブラックボックス……全く中の見えない秘密の箱よ」

「俺と孤児院で出会ったのは、俺を狙っていたのか？」

「まさか。あれは本当に、たまたまダンジョンスカーレットバットが子供を脅かしていたって情報を聞いたから助けに入っただけよ」

孤児院を助けに入ったのは、目的とは関係ないんだな。

「だから、あんたがアタシを助けてくれたとき、運命かなって思ったの」

「運命？」

「そう」

シビラは、そこまで言うと……うっすらと見える程度の、黒い翼を背中に生やした。

俺は驚愕《きようがく》に目を見開き、絶句する。

「アタシは……」

「アタシは、女神。でも、現在の女神教で祀《まつ》られている『太陽の女神』とは違うわ。その名も――『宵闇の女神』よ」

「宵闇の、女神……」

あまりの事態に、呆然《ぼうぜん》とその名を呟《つぶや》いた。

ただの冒険者にしては美しい女だとは思っていたが、まさか今まで俺の隣で剣を振りながら肉を焼いていた女が、本物の女神だったとは。

「もしかしたら、『邪神』なんて呼び方の方が、太陽の女神教には自然かしら」

「……やっぱり宗教勧誘じゃねーか」

「ふふっ、そうかもね」

楽しそうに笑うと、再び最初に見せたような真剣な表情になる。

「力が、欲しい？」

「……」

「仲間に裏切られたあなたが、勇者を見返せるほどの、圧倒的な復讐《ふくしゅう》の力が欲しい？」

……きっと、その言葉は冗談ではないのだろう。

「何が、得られる？」

「『闇魔法』。あなたの力を、攻撃に換える闇魔法。アタシは記憶を繋《つな》いで、幾度となくこの世界に顕現して、【神官】を【宵闇の魔卿《まきょう》】に変えてきた。もしもあなたがアタシとの『宵闇の誓約』を望むのなら、究極の攻撃魔法属性である闇魔法を、授けるわ」

本当に、俺にも攻撃魔法が……。

……いや、待て。今、シビラは何と言った？

「攻撃に、『換える』とは？　新たに覚えるんじゃないのか？」

「いいえ、それでは足りないわね。神官の覚えてきた魔法、その蓄積された魔力の叡智《えいち》を全て犠牲にして、闇魔法を覚えてもらうの」

代償は、大したことではなかった。

覚えてきた魔法を、全て犠牲にすればいいだけ。

俺は、かつての勇者パーティーでのことを思い出す。

回復魔法を覚える仲間達《たち》。賢者として攻撃魔法専門になるかと思えば、真っ先に俺と同じ回復魔法を覚えたジャネット。身体能力が高く、回復術士《ヒーラー》に比べて圧倒的に何もかもが強いのに、俺と同じ回復魔法を覚えたエミー。

そして……剣も魔法も強いのに、何もかもが攻撃特化なのに……俺と同じように育ってきたはずなのに、勇者になった上に回復魔法を覚えたヴィンス。

何度、回復魔法を要らないと思っただろう。そして、攻撃魔法を望んだだろう。

究極の攻撃魔法属性。俺にとって、最も必要だったもの。

それを、俺が不要だと思っていたものを犠牲にすれば、手に入れられるのだ。

こんなチャンス、もう二度とないぞ。

俺は、シビラへ向かって返答の口を開き——。

——道の片隅で泣いている、ブレンダの姿を思い出していた。

「すまない、その提案には乗れない」

「……え？」

俺の答えは、拒否。

……なるほど、ようやく自分で自分のことが、本当に理解できた。

俺は、どうやらいくらスレていたとしても、結局泣いている子供を見捨てて好き放題できるような性格ではないらしい。

ここまで見越して、俺に【聖者】なんてクソ厄介なものをなすりつけてきたというのなら、やはり女神……『太陽の女神』は嫌いだ。

「俺が回復魔法や治療魔法を失えば、泣いてしまう子供がいるんだ。だからシビラの提案には乗れない」

シビラは愕然《がくぜん》と目を見開くと、涙をこらえるように辛《つら》そうな表情をして視線を落とす。

「……そう……あんたって、そういうヤツなのね……アタシ、聖者ってやつの素養、侮ってたわ……。ほんと、嫌いよ……嫌い……。……どうやってもあんたのこと、嫌いになれないあたりも、嫌いよ……」

シビラが、俺に伸ばそうとしていた手を力なく落としかける。

俺はその手を摑《つか》み、強く握った。

「ところで」

「何よ、もうあんたに用はないわ……」

「俺には用がある」

シビラは憔悴《しょうすい》しながらも怪訝《けげん》そうな顔で、俺の方を向いた。

その顔に向かって、ハッキリと宣言する。

「それはそれとして、俺に闇魔法を教えてくれないか？」

「えっ……はい？」

シビラは、思いっきり素で聞き返してきた。さっきまでの雰囲気はどこ吹く風、竜に襲われた危機感も、悲嘆に暮れた表情も、遥《はる》か昔の彼方《かなた》であった気さえしてくる。

「いやだから、闇魔法を教えてくれって言ったんだよ」

「……あんたアタシの説明聞いてた？　闇魔法を覚えるには、あんたの回復術士《ヒーラー》としての魔法を全部捧《ささ》げなければならないのよ」

「必要ないんじゃないか？」

「……はい？」

もう一度聞き返してきた。いいぞ、その女神の羽を顕現させて、なお間抜けな表情。

個人的にお前のする表情の中で一番可愛《かわい》いと思うぞ。言ったら絶対怒りそうだが。

だが、そのお陰だろうか。自分が死の淵《ふち》に立っていることを忘れられるだけの、精神的余裕が生まれてきた。

「シビラ。確か、『蓄積された魔力の叡智』を使って、闇魔法を覚えると言ったな」

「え、ええ……」

「闇魔法を覚えた神官は、レベルいくつだった？　エクストラヒールを覚えていたか？」

「覚えている訳ないでしょ。そんな優秀な神官は、そもそも不遇な扱いなんて受けないわ。

アタシが手を出した相手で一番高い神官はレベル13よ。それでも全ての魔法を犠牲にして、覚えた闇魔法は精々二つ」

なるほど、レベル13か。そして、エクストラヒールを俺が覚えたのが、レベル4。

「なあ。俺がレベル8になったとき、どのタイミングか覚えてるか？」

「……今日のダンジョン探索全体なら、結構早い段階だったわよね。ダンジョンスカーレットバットを一体倒して——あっ」

シビラも、ようやくその違和感に気付いたようだ。

「あれからダンジョンスカーレットバットを三体倒した。その間、ラセルは一度も、レベルアップをアタシに報告してきていない。っていうか黒ゴブリンもメイジとかアーチャーとか強いの出てきまくったのに……」

「結論から言うが、シビラの言ったとおりだった。俺はキュア・リンクが覚えられる最後の魔法だったみたいなんだよ」

「……じゃあ、今のあんたのレベルは……」

そう。あれから数倍の魔物を討伐して、レベルが上がらないはずがない。

「今の俺は、【聖者】レベル12」

「12……!?ってことは」

「レベル9から莫大《ばくだい》な魔力の増加を感じるのに、魔法はただの一つも覚えていない」

シビラは難しい顔で返事を言い淀《よど》むが、今は慰めの言葉を選んでもらう場面ではない。

「それともう一つ言っておきたいことがある。歴代の聖女と俺は、同じではない」

「えっ」

そう、俺は先ほどの『聖女伝説』の話をされたときに、違和感を覚えたのだ。

さっきから余裕で魔法を使いまくっていて、節約なんてものを全く考えずにここまで来たのに、全く魔力の枯渇というものが想像できない。

ジャネットから教わったとはいえ、無限にあるだけなのではないかとすら思ってしまうほど、俺にはまだ魔力が有り余っている。だから、思ったのだ。

「俺と同じはずのかつての聖女は、無詠唱でキュア・リンクを使ったからレベルは9以上のはず。なぜ『村一つ程度で魔力が枯渇したのか』ってな」

「……普通枯渇するでしょ、馬鹿じゃないの……」

「そのとおりだ」

「馬鹿にしてる？」

「いや、俺もお前も合っている。まあ、つまりな——」

俺はいろいろ考えた末の、全ての辻褄《つじつま》が合うその結論に至る。

「——かつての聖女と比較しても、俺が普通じゃないんだろう。恐らく俺なら、城下町一つ治療しても気絶はしない。それが俺【聖者】ラセルの本質だ」

自分でこの結論へたどり着くには、少し勇気が要った。俺は散々、聖者としての能力を卑下してきたからな。しかし、ここまで状況証拠が揃《そろ》ったんだ、もう過去の自分から逃げはしない。……間違いない。俺は、かなり特別だ。

驚愕《きょうがく》に尻餅をつくシビラ。その手を、俺は離さないようにしっかりと両手で握る。

「シビラ。宵闇の女神」

「あ……」

「改めてお前に『宵闇の誓約』を願おう。聖者のレベル4つ分。ヒール・リンクを覚えた回復術士《ヒーラー》が、エクストラヒール・リンクを覚える以上の有り余った魔力をお前に捧げる」

シビラは、俺の顔と、自らの手を包み込む俺の両手に視線を往復させる。

やがて目を閉じると……覚悟を決めたのか、もう片方の手を、俺の手の上に乗せた。

「『宵闇の女神』シビラ。【聖者】維持にて、余剰魔力で【宵闇の魔卿】へ。《転職拒否《チェンジ》》……余剰魔力……魔力、確認。《魔力変換》……《天職授与《ジョブグラント》：【宵闇の魔卿】》」

俺とシビラの手の中から、眩《まばゆ》い光が溢《あふ》れ出した。それと同時に、自分の中にある何かが、色を変えていくような感覚に囚《とら》われる。俺は目を閉じて、その感覚に身を委ねる。

俺の頭の中に、【宵闇の魔卿】レベルアップの声が響いた。これが、闇魔法か。

目を開くと、視界には更に驚くべきことが起こっていた。

『宵闇の女神』シビラの黒い羽根が、先ほどよりかなり濃く、心なしか羽自体も大きくなっている。これは……俺が宵闇の誓約をしたからか……。

シビラは、自分の黒い羽に指を這《は》わせながら、視線を逸《そ》らして話し出した。

「……アタシは、ラセルを騙《だま》していた。あんたに黙って、あんたの魔力を狙って近づいた。ねえ、ラセルはどうしてアタシを信じようと思ったの？」

「宵闇の女神を信じたわけじゃない」

「え、あれ？」

ぽかんとした顔で、ちょっとずっこけ気味なシビラ。

女神らしさがぐぐっと上がっても、こういう反応をしてしまうあたり、やはり宵闇の女神の本質は今まで俺が見てきたシビラなのだろう。そのことに、少し安心する。

「思ったんだが、【宵闇の魔卿】への職業《ジョブ》変換、同意を得ずとも無理やりできるだろ？」

「……そこまで分かるのね」

そう。今の職業《ジョブ》変化において、俺からシビラに働きかけた部分は一切ない。

シビラは魔法を使う要領で俺に職業《ジョブ》を授与し、同じように魔法で転職を拒否した。

その、拒否をわざわざシビラが指定する部分を見て思ったのだ。本当は、同意なくとも今の魔法を使えば、他者を作り変えることができるはずだと。

しかし、シビラはそれをしなかった。こんな命の危機であろうとも。初めての【聖女】に並ぶ【聖者】を、【宵闇の魔卿《まきょう》】に作り変えるチャンスだったとしても。

俺を無理やり変えれば助かると分かっていても、俺の意思を尊重した。

……そしてもう一つ、大切なことがあった。

俺はシビラの頭に手の平を乗せる。びくっと震えたが、今度は頭を優しく撫《な》でる。

再び瞠目《どうもく》し、俺を見るシビラに、そのことを伝える。

「俺が信じたのは、宵闇の女神としてのシビラじゃない」

「え？」

「子供達《たち》のために、俺の監視を諦めてまでアドリア村の孤児院を守りに来た、冒険者の先輩である【魔道士】シビラを信じた、それだけだ」

そのことを言うと、俺はシビラの顔を見ずに——俺の顔を見られないように——洞窟の中心へと踏み出した。……いや、さすがにこれをストレートに伝えるのは恥ずかしいんだよ……。でも、今のは本心だ。

いざという時ほど、人は本音が出る。あの時のシビラが、何と言ったか。

『どうやってもあんたのこと、嫌いになれないあたりも、嫌いよ……』

シビラは、闇魔法による復讐《ふくしゅう》より子供のことを優先した俺を、嫌いになれないと言い切った。この土壇場、自分の命がかかっている状況で出た言葉だ。

それが、きっと宵闇の女神シビラという存在を構成する、大切な芯なのだろう。

よし、覚悟が決まった。それじゃ切り替えていくか。

『ヴォオオオオオオ！』

さっきの職業《ジョブ》授与、思いっきり光ったもんな。その時からこいつにとっても違和感はあっただろう。その後に炎の壁がだんだん薄くなってくると、ファイアドラゴンもようやく、俺達を倒し損ねていることに気付いたようだ。

「どう足掻《あが》いても、俺は脇役だったが」

俺はウィンドバリアを二重に張り直すと、竜の巨体の前に堂々と足を進めた。

「お前に並んだぞ、ヴィンス」

左手を、高く上げる。ファイアドラゴンは、再び火を吹くつもりだな。

俺はその中心に狙いを定めて、左手の平を向ける。

「——今日が主役《おれ》の、始まりの日だ。《ダークアロー》！」

その声に応えるように、黒い魔力の矢が竜の命に牙を剝《む》いた。

◇

『ダークアロー』——その言葉と同時に手から放たれた黒い矢は、回避が間に合わなかったファイアドラゴンの口の端を切り裂き、小さく鮮血を噴き出させた。

『ガアアアア！』

明らかに、自らの身体《からだ》についた俺の攻撃魔法の爪痕に激昂《げきこう》しているな。

その恐るべき竜のダメージを受ける姿を見て、身体の中から湧き上がる喜悦、身体の血液が沸き上がる興奮に包まれた。

——俺にも、攻撃魔法が使えた。

しかも、ドラゴンに怪我《けが》を負わせられるほどの、自分だけの特別な属性の攻撃魔法だ。

「……ほんとに、聖者と魔卿、同時運用してる……」

シビラが呟《つぶや》く。いや、お前がやったんだって。ちゃんと自分で自分の力を信じろ。話を聞いた限り、俺が例外だったから気持ちが分からないわけじゃないけどな。

「シビラ、隠れてろ！　仕留めてくる！」

「ッ！　分かった！　死ぬんじゃないわよ！」

「ここまで来て死ねるかよ！」

そう、ようやく俺の第一歩が始まったんだ。長い長い下積みと、奈落の底に落ちるかのような絶望の果てに。ようやく掴《つか》んだ今日が、本当の俺の始まりなんだ。

このドラゴンに……ドラゴンごときに、止められてたまるかよ！

俺はウィンドバリアを二重に張り直すと、空いた左手を前に出す。

（《ダークアロー》）

俺は無詠唱で幾度となく魔法を撃ち出しながら、ファイアドラゴンの周りを走り抜ける。ドラゴンも後ろに対しては攻撃できないと理解すると立ち上がり、素早くこちらに振り向くように脚を動かしながら、俺目がけて口から火を吹こうとしていた。

その攻撃タイミングで、むしろ俺は止まって攻撃を受ける。

「《ダークジャベリン》。……よし、効かないな」

俺はドラゴンの口の中に叩《たた》き付けるように、高威力の闇魔法を叩き込んだ。同時にドラゴンは口から鮮血を撒《ま》きながらも、こちらに向かって炎の息を吹き付ける。

所謂《いわゆる》『肉を切らせて骨を断つ』という相打ち覚悟の攻撃……のようにも見えるが、違う。

ヤツの炎はもちろん、俺の二重ウィンドバリアに防がれている。防げるのは弓矢程度と聞いていたこの魔法は、竜の攻撃すら防いでいるのだ。同時詠唱……二重詠唱といったところか。無詠唱にこんな有効な使い方があったとはな。

先ほどと同じように、ドラゴンの後ろに回るように魔法を撃ち込む戦略で相手の体力を削っていく。火の息による攻撃はバリアで自動的に防ぎ、ドラゴンの脚による直接攻撃が来そうになると、大幅に距離を取って回避する。……距離が近いほど後ろを取りやすいのが、また悩みものだな。まあ、少しでもかすり傷を負ったのなら、《エクストラヒール》で回復。

ファイアドラゴンの肌に向かって、《ダークジャベリン》を連発。

しばらくその攻防を繰り返していると、しびれを切らしたファイアドラゴンが、不安定な姿勢から不意打ちで攻撃を繰り出してきた。

『グガアアアア！』

「いッ――！」

俺は、ファイアドラゴンの捨て身気味の体当たりを受けて吹き飛び、壁に強打した。こちらも相手の頭部に魔法を叩き込めたから、痛み分けというところか。

「ラセル！」

しかし俺は、ただでさえ衝撃を緩和しているウィンドバリア二重がけに、攻撃を受けた瞬間の無詠唱エクストラヒール、そして壁にぶつかった瞬間の無詠唱エクストラヒールだ。

攻撃の手段を持てた途端に、自分の回復魔法と無尽蔵の魔力が、これほどまでに有利に働くとは思わなかった。

「問題ない！」

今の俺なら、長期戦にさえ持ち込めば、どんな敵にだって負ける気がしない。

「おい赤トカゲ、術士相手にその程度か？　俺は即死以外では絶対に倒せんぞ」

『グアアアアアッ！』

言葉が分からずとも挑発のニュアンスは伝わるのか、煽《あお》られて直線的な攻撃をするファイアドラゴンに、再び魔法を叩き付ける。俺が攻撃を受けても、吹き飛ばされて地面を転がる時には、既に俺は回復魔法を使った後だ。無傷で立ち上がり、相手を睨《にら》む。

ファイアドラゴンが、一瞬怯《ひる》んだように見えた。どうした、最上位種。もう攻撃手段はないのか？　お前が何をしてきても、俺は無傷となって立ち上がり続けるぞ。

――そんな攻防を繰り返すうちに、いつの間にかファイアドラゴンは全身から血を流しながら動きを鈍くさせていた。その血が自らの炎で乾いてまだら模様になっている。

このままいけそうではあるが……まだ、決定打には欠けるな。


俺は、シビラの方を見た。

……シビラは、宵闇の女神。女神が授けた闇魔法の能力は、確かに凄《すさ》まじいものだった。

だが、俺がシビラから本当の意味で得たものは、そういう要素ではない。

冒険者として会話を重ねたシビラの考えは、本当に感銘を受けた。

どんな時でも一番良い結果を出すように、柔軟で洗練されている。

俺があいつから得ることができた最大の力が、そういう考え方だ。

きっと闇魔法を覚えなくても、俺は俺として頑張れていただろう。

確かに俺は、今日こそが俺の、始まりの日だと思った。

だが、それは闇魔法を覚えたから、ではない。

宵闇の女神のシビラによって、始まったのではない。

ソロ冒険者のシビラによって、始まったと意識できたのだ。

ずっと剣を握ってきた俺の幼少期を、シビラは肯定してくれた。


あの瞬間から、俺は始まった——だから、俺の右手には、これがある！


「《エンチャント・ダーク》！」

（《エンチャント・ダーク》！）

恐らくこいつは、このまま長期戦で俺が仕留めに来ると思っていたのだろう。ファイアドラゴンは、俺が接近戦で決めに来ると一瞬のうちに判断できなかったようだ。更にその怪我の蓄積も重なって、僅かに反応が遅れた。

「これで……終わりだッ！」

俺は竜の首目がけて跳び、手に持っていた剣を両手持ちで思いっきり振りかぶった。

黒い魔力を纏《まと》った剣は竜の首を易々《やすやす》と切断し、魔力の刃はそれだけでは足らないとでもいうように天井に一直線の跡をつけた。

そして……当然のことながら、俺の身体は飛びかかった竜の首から噴き出す血によって、全身血まみれになった。

「うわきったね、全身浴びてしまったな。クリーンって魔法は俺にはないんだっけか。《ヒール》……違うな、《キュア》。ああキュアが汚れ落とし兼用か」

キュアの魔法で、自分の手や剣にかぶった血の色が落ちていく。しかし何故《なぜ》か、ローブはその血の赤色を吸ったまま乾き、黒っぽくなってしまった。

頭の中に鳴り響くレベルアップの声を聞きながら、俺は一張羅の急激なイメージチェンジっぷりに、軽く溜息《ためいき》をつく。

……しかし、勝てた。俺が、ドラゴンに勝ったのだ。

回復魔法しか使えなかった、田舎村出身の俺が、ドラゴンスレイヤーになった……。実感としては、喜びよりも、安堵《あんど》の方が強い。

いろいろ理屈は考えたが……その全てがシビラから得た力だと今なら言い切れる。

本当に、感謝だな。

ファイアドラゴンの討伐を確認したシビラが、安全になったこちらに歩いてくる。

「……トンビって鳥がいるのよ」

「また藪《やぶ》から棒《ぼう》になんだ」

俺の闇魔法によるファイアドラゴン討伐に、一体どんな声をかけるかと思いきや、この斜め上具合である。ほんとシビラって、話を始めるのがいつも唐突なんだよ。

今度はどんな宗教勧誘なんだ、バードウォッチング教か？

「その鳥は大きくて、勇敢なのよね」

「いやトンビぐらい知ってるぞ、何なんだよ」

シビラは俺のローブを手に取り、その感触を何度も確認する。

「……どうした？　色は落ちないぞ」

「洗浄魔法《クリーン》を兼ねたキュアの効果がなかったということは、これは汚れと認識されていないのよ。熱に強いサラマンダーの血は染め物にも使われるから、グランドサラマンダーとも呼ばれるファイアドラゴンの血は、それ以上の高価な染料なのよね」

鳥の話をしていたと思ったら、この唐突トーク女神、今度は服飾の話を始めたぞ……？

そろそろどこかに話を着地させてほしい。

「元々性能のいいローブに、魔力付与みたいな付加価値がついたようなもの。つまり、今のあんたの服は、それで完成形なの」

見れば、ファイアドラゴンの血で汚れたローブは赤から茶色っぽい黒になり、さらさらとしていた。金色とのコントラストが映えるため、元々こんな色だった気さえするほど。

「はいはい、有り難い物だーってのは十分分かった。で、トンビは結局なんなんだ」

「ラセルを見てたら、その鳥を思い出したの」

ますます分からん……。そんな俺の疑問を見透かしたように、シビラは言葉を続ける。

「……かつて、その鳥を愛したとある国では、金色のトンビが勝利をもたらした、なんて逸話もあったのよ」

血の汚れが綺麗《きれい》に落ちて染まらなかった、金の装飾を撫《な》でる。そしてシビラは俺と目を合わせると、くすりと笑って背中を向ける。

黒く艶のある羽が、ゆらりと揺れて燦《きら》めいた。

「とても美しい、精霊竜の血が乾いた深い色。女神に勝利をもたらした、金色のトンビ」

シビラは振り返り、黒い羽の間から顔を覗《のぞ》かせる。

「あの国の人達《たち》なら、ラセルのローブをこう言うわ――」

そして、人差し指を立てながら片目を瞑《つぶ》った。

「――黒鳶《くろとび》色ってね」

幕間《まくあい》　エミー：足りている時に余っている量を把握していないと、不足してから対策しようとしても取り返しがつかない

今日一日は、もう何もしたいとは思わなかったのに、ヴィンスは探索を強行した。それは、先ほどのケイティさんとの会話が原因だ。

ケイティさんは、レストランでデザートまで全て食べ終えて、席を立った頃に再び言ったのだ。

『ところで、やはり【神官】は雇わないのですか？』

確かに【魔卿《まきょう》寄りの賢者】の問題は聞いたけど、私は何故そこまで神官……回復術士《ヒーラー》にこだわるのか分からなかった。

見たところケイティさんも、詳しいけれどベテラン冒険者ってわけではないし。それに結局のところ、いくら神官より覚えるレベルが遅くてもジャネット自身の【賢者】レベルが高いのだ。

少なくとも私は、神官が必要か必要でないかに関係なく、ラセルを追い出したのに別の回復術士《ヒーラー》を雇うなんて、とても認められない。

……だって、それなら、何のためにラセルは出て行ったのかわからなくなるもの。

もちろん、ヴィンスは反発した。回復術士《ヒーラー》を追い出したことを否定されるよう……というか実際に否定されているに等しい。

でもヴィンスはケイティさんに嫌われたくはないだろうから、ラセルを追い出したことは言わないだろう。

まあケイティさん美人だし、おっきいし、露骨に狙ってるよね。それを含めた上でも、ラセルを追い出した自分の判断が間違っていたように思われるのは、どうやら我慢ならないみたいだ。

『余裕であることを証明してやるぜ！』

ってなわけで、私達はケイティさんを——ヴィンスの熱烈な勧誘により——パーティーメンバーへと組み込んでの探索となった。

しばらく探索してみたけど、ケイティさんは知識があるだけあって、それ相応に手慣れた【魔道士】だった。

なんでこんな綺麗な人がソロなんてやってるんだろうね。

男性トラブル？　パーティークラッシャー？

……余裕で実現できるであろうことが容易に想像できてしまうあたり、美人ってずるい。

まあきっと、ここまでの美人ならそれはそれで苦労もあるんだろうね。

ちょうど中層の中でも、話題に出した第八層まで降りてきた。

「それにしても、私が勇者パーティーと組めるなんて、嬉《うれ》しいですわね」

「へへ、そうだろそうだろ。ケイティ、ずっといてくれていいんだぜ？」

「あら魔物」

「っ……あぁもう、鬱陶しいな！」

ヴィンスもさすがに、魔物を無視して口説くなんてほど非常識じゃないわよね。ダンジョン内で私とジャネットの隣で口説きに行くあたりは非常識だけど。

私は二人が身を寄せ合っているのを呆《あき》れ顔で見つつ、ジャネットの隣へと下がった。

「前まではここまで積極的じゃなかったと思ったんだけど。随分、こう、お盛んになっちゃってる、ね……」

「……ラセル」

「え……!?」

ジャネットが、突然その名前を発して驚いた。

「ら、ららラセルが、どうしたの？」

「ラセルがいたから、口説いてなかっただけ。視線とかと同じ」

「えっ？　あ……」

視線のことを言われて、私はすぐに思い当たった。これは、私達を第三者視点でずっと俯瞰《ふかん》的に観察していた、ジャネットだから気付けた話。

ヴィンスは、ラセルの前ではあまり女の方をじろじろ見なかったのだ。

不思議とヴィンスは、男からは女好きであるという認識はされていなかった。……露骨に狙うような目は、他に男がいない時だけ。そういう『隠れ肉食系』みたいな部分も、ヴィンスの男と女からの評価の大きなズレになっていた。

女の人が『ヴィンスと一緒にいるのが苦手』と言っても、彼は喧嘩《けんか》っ早いがいやらしいタイプではないとか思っている人の方が多かったぐらい。

「……僕も、今日は久しぶりに馬鹿みたいに見られてるね。【賢者】みたいな後衛の術士だから良かったものの、前衛ならこんなもの切り落としてる」

「ぶ、物騒なこと言うね」

「視線、ほんと分かるからさ」

まあ、うん。そういうのは、同じ女としては大いに理解できる。ジャネットは、私と同じ物食べてきたのかなってぐらい違うからね。ちょっと理不尽と思っているのは秘密。

だからジャネットは、露出の少ない服を着ている。それでも同じ暮らしをしていると、当然ヴィンスやラセルには知られていた。

「まったく……僕の胸は磁石じゃないんだっての」

「え？」

「大きく揺れた時にね。ラセルの目とヴィンスの目、同時にぐるっと動くんだ、逆方向に。

ほんと、正反対だよ」

「あ、あはは……」

なんだかそれ、よく分かる。ラセルってばすごく控えめで奥手だったから、一緒に居て心地よかったんだよね。ヴィンスは顔を逸《そ》らしつつも、必ずガン見してた。そんなところも二人は一緒に育ったのに、対照的だった。

私は、こんな会話をしていることが、もう遠い昔のことを話しているようで……どうしても聞きたくなった。

「……ラセル、いなくなっちゃったね」

「うん」

「ジャネットは、ラセルを追い出すのに賛成したと聞いたよ。どうして？」

「……ラセルは、レベルが低い。『職業《ジョブ》レベル』はそのまま耐久力にも影響するから、中層のボスだと即死する危険がある。……ラセル、パーティー探索に向いてないと思ったし、回復は僕がいるから大丈夫だと思った」

「……そっか」

ジャネットは、やっぱりラセルを心配していたのだろうと思う。顔をずっと逸らし続けているけど、照れ隠し、だよね。

「でも、ケイティさんの話は——」

「おーい、新しい宝箱部屋があるぞ！　隠し場所だ、かなり数ある！　ジャネット！」

「ん、わかった」

前を歩いていたヴィンスからの声で、会話を打ち切ることになった。罠《わな》を調べる魔法を使うのは、【賢者】ジャネットの役割だ。

ジャネットと交代して、ケイティさんがこちらにやってきた。

「ふふふ、とっても楽しいです」

「そうですか？　なんだかヴィンスが失礼というか、遠慮がないというか……迷惑をかけて申し訳ありません」

「え？　ああ……はい。それに関して、私は特に気にしてはいないですよ。男性っていくつになっても男の子ですから」

ハイ決定、ケイティさんとってもいい人。それと同時に、絶対パーティークラッシャー。

男二人以上のパーティーだと、一瞬で瓦解するね。

「確かにヴィンスさんは、可愛《かわい》いぐらいに必死でグイグイ来ますね。英雄色を好む、だから優秀な女性を囲い愛せる人が【勇者】になると聞きます」

「はあ」

「それはそれとして、もっとエミーさんとお話ししたかったんですよ」

「えっと、その、光栄です……あんまり私自身は面白くないですよ」

いです」

【聖騎士】でありながら、そんな反応をしちゃうところが既にとっても魅力的で興味深

うう、やっぱケイティさんはケイティさんで、グイグイ来るなあ。

でもまあ、悪い気はしない、かな？　こんなたまたまもらえちゃった職業《ジョブ》でこんなふうに見てもらえるなんて、ちょっと後ろめたいぐらい。

「ところで」

「はい」

ケイティさんは、私の目をじーっと見る。

……ほんと綺麗《きれい》な金色。まるで光っているみたい。

「……エミーさんの目、青い空みたいに綺麗」

「ちょうどケイティさんの目が綺麗だと思っていたところです」

「まあ！」

ころころと笑い、再び私の目をじーっと見つめるケイティさん。

う、うう……な、なんでしょうか……？

「エミーさんは、プロテクション、覚えました？」

「プロテクション、ですか？　知らないです」

「そうですか。防御魔法なので、プロテクションとマジックコーティングは早めに覚えた

方がいいんですよ。どちらもすごく、高性能なんですよ」

「ケイティさんって、職業《ジョブ》にお詳しいですね」

「ええ。特に勇者様のパーティーのお話は興味津々で。沢山集めちゃってます」

私は、私の職業《ジョブ》のことをまだまだ知らない。

そっか、そんなに凄《すご》い防御魔法が後から覚えられるんだ。私、もーっと頑張らないと。

……それこそ、レベル1のラセルと一緒でも、お互い一切無傷なぐらいに。

ケイティさんのお話は、本当にためになるなあ……。

「それに、『スキル』もありますからね」

「え？」

「今代の聖騎士も賢者も女性でヴィンスさんが男性ですから、ヴィンスさんと一緒にいたらすぐに分かりますよぉ～」

ニコニコしながら、ケイティさんは向こうへ歩いていった。よくわからないけど、ケイティさんが言うのなら間違いなさそう。

よーし、もっともっと、強くなるぞー。

そして私達《たち》は、第八層のフロアボスに挑むこととなった。

「以前より、味方も増えた！　ちゃんと力になってくれるヤツだ！」

「ええ、もちろん。ちゃんと力になりますよ？」

「おっと、そうだったな！」

ヴィンスが笑いながら、扉に手をかけた。

待ってよ……何、その言い方。まるで、ラセルが力になってくれないみたいじゃ……。

……いや、さすがにそろそろ、こんな自問自答を繰り返すのはやめよう。

ラセルは、自分がパーティーの役に立てていないことを自覚していたはずだ。だったら私も、今までの流れから気持ちを察知するぐらい、しなければいけない。

ジャネットとの会話を思い出す。その情報と、昨日のことと、今の状況。もう少し、私も勘を鋭くしなければいけなかった。

つまり。ヴィンスは、ラセルのこと、私が想像している以上に邪魔に思っていたんだね。

……扉が開く。今、考え事はやめよう。フロアボスは強い、油断すると命を落とす。

そうだ、ラセルは確かに弱くて、守ってあげなければいけなかった。ジャネットが遠ざけるのも分かる。心配なのだ。死んでほしくないのだ。

だから私は、彼の分まで頑張ろう。そして、最強になって、魔王でも何でも倒して。

帰ってきちんと、謝るのだ。

——フロアボスとの死闘は、長時間に及んだ。

この階層の敵より一回り大きいブラッドタウロスは、頑丈で、力も強くて、なのに少し動きが速い。特に動きの速さが厄介だ、油断していると僅差でやられる。

盾を滑らせるように、掠《かす》めるように、そして大振りの時は避けるように——。

「——エミーさんっ!?」

「しまっ——ッぎぃ！」

しっかり見ていたつもりが、対応が間に合わない！　私はタウロスの直撃を片手で受けてしまった。痛い！　歯を食い縛って痛みに耐えても、身体《からだ》がちぎれそうだ！

痛みに気を取られている場合じゃない、私が次も受けなければ、後衛がやられる！

「《ヒール》」

小さく魔法を唱えて、私は盾を……盾を？

盾が、重い。持ち上がらない。

「何やってる！　《ヒール》！」

ヴィンスの声が飛んできて、私は相手の直撃と同時に、両手で盾を持ち上げた。

「回復しろ、危ないだろ！」

「したわよ！」

「できていなかったぞ!?」

言い争いをしながらも、ボスへの対応は忘れない。集中しないと……！

私が耐えている間もジャネットの攻撃は苛烈で、次に着弾した魔法が弱っていたタウロスの片腕に当たり、ようやく動きが封じられた。疲れた……。

ここまで来たら、消化試合だ。

私は、さっきまでの危ない状況を思い出していた。確かに、ヒールは使っていたはず。

ヴィンスとジャネットが宝箱を調べている中、再びケイティさんが私のところに来る。

「大丈夫ですか？」

「ええ。回復していたはずなのに、失敗したみたいで……」

「いえ、普通に発動していましたよ、二人とも。レベルが高いんだから、もう神官の回復魔法じゃないと、さすがにヒールは一回じゃ足りないですよね。……だから【神官】を雇うように言ったんですけど」

「……え？」

「まあ、ヴィンスさんの言ったとおり、ちゃんと討伐できてよかったです。……あ、宝箱が開いたみたいですね。……うーん……それにしても不思議だなあ……」

ケイティさんが向こう側に歩き出して、燦《きら》めく金髪をさらりと流すように首を傾《かし》げながら、ボソボソと小さい声で独り言を呟《つぶや》き始めた。

「……白魔術師外してパフディンの回復魔法頼りとか、僧を外して勇者の回復呪文頼りとか、縛りの中でも一番厳しいっていうか……いや、有り得ないよね、回復なし魔王討伐パーティー。【勇者】も【魔卿《まきょう》】も【剣聖】もなしで、素手の【武術師】三人で魔王討伐できても、【神官】なしで魔王は無理じゃないかなあ……」

私はその瞬間……目の前の美しい人が、何か得体の知れない別のものに見えた。

理解できない呟き。聞いたことのない単語。

……それでも分かる。

ケイティさんは、回復術士《ヒーラー》がパーティーで一番必要だと思っている。

勇者より、賢者より……恐らく、聖騎士よりも。

私は、フロアボスを討伐して危機を乗り越えたのに、自分の足が底なし沼にはまっているような……そんな錯覚を覚えてしまい、動き出せないほど足が重くなっていた。

06 思いもよらない人が、実は一番救世主かもしれない

宵闇の女神シビラの、美しくもどこか可愛らしい指立てウィンクポーズが決まった。

……というタイミングで、黒い羽をスッと消して、こちらに歩いてきた。

「今の、良かったでしょ」

自分で言ってしまうあたりが良くないと思う。

「……良かった良くなかったで選ぶのなら良かったとは思うが、なんで戻ってきた。階段上がると思ったぞ」

「その前に、やっておきたいことがあったのを忘れてたわ」

一体何をするんだと思っていたら、シビラは手元の剣でドラゴンの方を指さした。

「さくさくっと、胸のところを解体してもらえるかしら？」

「……まあ、構わないぞ。《エンチャント・ダーク》」

俺は二重詠唱で闇属性を手元の剣に纏《まと》わせると、竜の皮膚の隙間に剣を入れていく。

「……それ、威力凄いわよね。こんなに強い闇付与は初めて見たわよ」

「ああ、ウィンドバリアと同じ要領だ。口で魔法を使うのと同時に、頭の中で無詠唱の同

じ魔法を重ねている。二重詠唱だ」

シビラは俺の答えを聞くと、驚きつつも顎に手を当てて、考え込むような表情をする。

……よし、大幅に切り裂けたな。

「ねえ、アタシ思うんだけどさ」

「なんだ?」

「それ、練習して回復魔法と攻撃魔法を同時に詠唱できたらとんでもなく強いわね」

「お……恐ろしいことを考えるなお前……!」

攻撃魔法を一回撃つ度にパーティー全員を全回復する闇属性の魔卿とか、どうやって倒せばいいんだよ! 俺のことだけどな!

「で、解体したけど今から何をするんだ」

「ドラゴンスレイヤーにとって、ある意味では一番の報酬。特に今回はファイアドラゴンってのがいいわね」

シビラは血が溢《あふ》れ出すドラゴンの中に手を突っ込み、何かを引き当てると剣を身体の中に挿して鋸《のこぎり》のように往復させた。

そして竜の体内から取り出したものを見て、俺は納得した。

「竜討伐の報酬の一つ、ドラゴンステーキ。だけどファイアドラゴンは特性上焼けないのよ。だから、生のままいただくわ。その中でも一番がこれ」

大きな竜の姿からはとても想像できないほど小さな、シビラの手の平に乗った肉塊。

「竜の心臓よ。これを生のまま食べるの。劣化が早い上にファイアドラゴンは冷凍不可能。討伐者限定ってぐらいの貴重品で、私も食べたことないわ」

そしてシビラは半分に切り分けて、塩を軽くふりかけた。

半分をこちらに寄越《よこ》してきたけど……食べるとなるとそれなりに量があるし、あと何より生の心臓ってのはさすがにグロテスクだ……。

俺が少しためらっていると、シビラは思いっきりかぶりついた。宵闇の女神っていうより顔のいい山賊頭って感じだぞお前。いや元々そんな感じだったな……。

「……んーっ！　甘い！」

「甘い？」

「果物とかの甘さとは違うんだけど、なんていうんだろ、バターの焼き菓子みたいな？」

半信半疑になりながら、その甘いとかいうよく分からない喩《たと》えの、塩をふりかけただけの目の前の血にまみれた肉片を、半信半疑で齧《かじ》る。

――は!?　なんだこれ、滅茶苦茶《めちゃくちゃ》うまいぞ!?

弾力はありつつも意外と歯で簡単に噛《か》み切れる。シビラがニヤニヤしながら見てきているが、反応する気も起きない。

なるほど、これはかつてのドラゴンスレイヤー達が一番の報酬と言ったのも分かるな。

「……完食してしまった。……ん？」

――【宵闇の魔卿】レベル7《ダークスフィア》――

「レベルが上がったぞ……」

「そうよ。それが本当の、一番の報酬。魔力と生命力の塊である心臓を食べると、何一つ戦いに参加していなくても強くなるわ」

シビラの言ったことをぼーっと考えながら……はっと気付いて正面の顔に震える指をつきつけた。その指の前には、腰に手を当てて、腹立つぐらいのドヤ顔をした山賊女神。

「お、おまえーっ！」

「【魔道士】レベル、21ですって！　上がったわねアタシ！」

こいつ、ドラゴン討伐の心臓経験値、ごっそり半分持って行きやがった！　ていうか21って高っ!?　ここ入る前は8だっただろ！

ほんとこの女神いい性格してるなおい！　そういうちゃっかりしてるところ、いかにもシビラらしいけどな！

……まあ、シビラに教えてもらわなかったら、竜の心臓を食うなんて発想自体なかったし、そもそも俺が闇魔法なんて使えなかったわけだから……対価としては安いぐらいか。

「とりあえず、その肉ぐらいは職業《ジョブ》増やした分のお礼ってことにしておく」

「うんうん、分かってるわね。こちらとしては、【宵闇の魔卿】になってくれたこと自体が報酬みたいなもんだけど」

「そうなのか？」

「ええ。その辺りの『宵闇の誓約』に関する話は後でするとして——」

シビラは、竜の大きな死骸を手の甲で叩《たた》いた。

「——村人総出で、この素材持って帰ってもらうわよ！」


通常、ダンジョンの魔物討伐をしただけで冒険者には報酬が入るようになっている。

これは、冒険者ギルドが一括管理しているものらしく、具体的な方法は分からないが、誤魔化せるものではないらしい。ただ、特定部位を持ち帰ることで証明報酬の上乗せができるようになっており、シビラの携帯用バッグには黒ゴブリンの耳が山ほど入っている。

魔物は動物と同じように肉を食べることもできるし、肉体の一部を討伐証明以外に利用することも、無論できるようになっている。

特に、身体を構成する皮や鱗《うろこ》、牙や爪などは素材となり、武具に加工されることも多い。ドワーフという武具加工専門の種族ぐらいしか扱えないような、非常に扱いの難しいものもある。狩れる者が少ない下層の魔物ほど当然希少で、素材の質も良く価値が高くなる。

そう……例えば、ドラゴンの鱗や牙とかは、まさにその代表例といえよう。

普段は閑散としているアドリア村の冒険者ギルド。しかし、今は一騒動だった。

それも当然だろう。シビラが、ファイアドラゴンの鱗を一つ持ってきたのだ。その残りの巨体が村の近くにあるというのだから、騒ぎもするというもの。

情けない話だが、村の男からは好かれていない俺だけなら、ここまで人を動かせなかっただろう。しかしシビラの美貌とカリスマ性のようなものを以《もっ》てすれば、男達《たち》を動かすなど容易《たやす》い。本当に、顔は滅茶苦茶いいからな……田舎の男は美女には逆らえない、悲しい性《さが》を持った生き物なのである。

シビラの出した提案。運んだ人には、部位一つにつき報酬あり。俺の剣によって切り分けられたファイアドラゴンを、村中の人間で必死になって往復で運ぶ。

洞窟の地図は最初の段階で把握したし、第二層ということもあって比較的近い。報酬目当てで何度も往復を頑張る人達が後を絶たず、晩になる前には全ての部位がギルドの裏へと運ばれた。

それからシビラは、再び魅力的な提案を披露した。それが、アドリアの村人達みんなで集めたドラゴンの肉の大食事会である。

ファイアドラゴンの心臓以外の部位も、火で焼けない上に凍りもしない。下手に腐れば毒だし臭う。だから、腐る前に皆で食べた方がいいという方向にしたのだ。

田舎の村どころか上位職のベテランでも到底食べるチャンスの巡ってこない、ファイアドラゴンの生肉無料食べ放題。お陰様で、夜の村は祭りの時のように大盛り上がり。

そして同時に、シビラの人気も村に来て間もないのにうなぎ登りだ。どこまでも、ちゃっかりしたヤツである。

冗談で女神様と呼んだ赤ら顔の男もいるが、お前そいつほんとに女神だからなー。まあ不敬とかそういうのは何も考えなくてもいいぞ、だってシビラだし。

あとシビラも「そうよアタシは女神よ！」とか肯定するんじゃない。ほんとに太陽の女神教から隠れる気あるのか、宵闇の女神。

俺がそんなシビラを見ながら肉を食べていると、一人の男がやってきた。こいつは……今朝の受付の男じゃないか。

「どうした？」

「ああ、なんていうか、その、な。ラセル……お前に謝っておこうと思って」

「……は？」

謝る？　いまひとつピンとこないが、一体何のことだ……？　第一、朝は好意的な表情ではなかったのに、今戻ってきたらっていうタイミング、あまりに早すぎて分からないぞ。

「俺は……というか、俺達は、ラセルのことを、えーっと……なんて言ったらいいかな、金魚の糞《ふん》みたいに思ってたんだよ」

「謝りたいのか喧嘩《けんか》売りたいのかどっちかにしろ」

こいつも藪《やぶ》から棒《ぼう》だなおい。棒じゃなくて蛇が出てきてるぞ。俺が勝手に表情が動くぐらい不機嫌になったことを読み取った男は、すぐに慌てて否定をした。

「ああいや！　すまない、違うんだ本当に。……お前はヴィンスの後ろにいて、ヴィンスは他の男とよく喧嘩していたからよ。そんで、まあ……お前一人、すごい嫌な手でも使って、実力もないのに取り入ってるんだろうって」

「取り入るって、そんなつもりでつるんでたんじゃないぞ。第一追い出されたしな」

「そうなんだよ。ラセルは【聖者】だったから、ずっと腕っ節もない男だと思っていた。ヴィンスの威を借りてる、そんなヤツだと」

……おいおい、それじゃあまるで……。

「でも、お前自身の力が、まさか竜を倒せるほどだとは。俺達はラセルのことを随分と勘違いしていたみたいだ。お前がそんなに強いんじゃ、そもそもヴィンスに誰かを殴らせる指示とか出してるわけがねえ」

うわ……マジか。どうやら俺が村で嫌われていた理由、ヴィンスのせいらしいぞ。妙な嫌われっぷりがおかしいなとは思っていたが。

……ということは。俺の原初の記憶である部分……つまり認識の前提条件が違ったのか。

俺がかつての村での扱いを思い出していると、更に男は驚くべきことを言ってきた。

「むしろヴィンスの方が、エミー狙いで最初にラセルに声をかけたのかもな」

「なに？」

「エミーってラセルの後ろにいる時とか視界の外だと、ラセルばっかり見てたぞ。当然それってラセルだけ分からないのも無理ないけどな。まあ教えようとする野暮なヤツはいなかっただろうが、こうなっちまえばむしろ教えない方が不誠実だよなあ」

その情報は、あまりにも衝撃的だった。

ヴィンスが俺を連れ出したんじゃない。俺のことをずっと見ていた『エミーを狙って』ヴィンスが声をかけて、俺とヴィンスがつるむようになったから、結果的にエミーが間に入ってきたのか。

だとしたら、完全に順序が逆だ。エミーが後から来たという俺の記憶による考えは、そもそもが最初から間違っていたということになる。

「ちなみに黒い髪についてはどう思う？」

「好きじゃないヤツも多いが……髪が黒いだけで悪人だとは限らないだろ」

「そうか……そうだったんだな。謝罪を受け入れよう。明日から、よろしく頼むぞ」

「おう、もちろんだ！」

ああ……本当に、強くなって良かった。力がなければできないことというものは多く、同時に力がなければ証明できないことも多い。

今日は本当に、俺の全てが変わったと実感できる日だ。

全てを諦めそうになった昨日の俺に言ったところで、とても信じないだろうな。

宴の途中、随分と皆から感謝の声をかけられた。普段は声をかけられること自体が少ないため、それだけファイアドラゴンの肉が美味《うま》かったってことなのだろう。

……いや、それもあるだろうが……やはりこの村に潤いをもたらしたのが、俺であるということに感謝してくれているのだろうな。もう卑屈に物事を捉えようとはしない。

思えば、黒髪で皆に多少の忌避感があったとはいえ、俺から積極的に皆に関わろうとしなかったのも、他の皆との距離になっていたのかもしれない。今の俺なら、そう思える。

だが、さすがに疲れた。宴の途中で抜け出し、孤児院で横になるとすぐに眠った。

今夜はゆっくり眠れそうだ……。

◆

ヴィンスが剣を持ち、雷の魔法を放つ。

ジャネットが杖《つえ》を構え、炎の魔法を放つ。

魔物の経験値でレベルアップを報告する、幼馴染《おさなな じ》み達の声が聞こえてくる。

焦りが生まれた——俺も、経験値を得なければついていけない。

両手に握るのは、魔物を倒すための武器。

だが……分からない。

杖で魔物と戦う方法が、分からない。

魔物が武器を振り上げる。あれに当たると、俺は死ぬ。

その攻撃を防ぐように、エミーが俺の前に立った。

俺は、今日も動けない。ずっと、動けないまま——。

◆

懐かしい夢を見たな……いや、つい数日前のことだ。

シビラと組んでダンジョンに潜ったのは昨日が初めてだというのに、随分と時間が経過したように錯覚する。それだけ俺の中で、大きな出来事だったたってことか。

眠りから覚めると、もう朝を大幅に過ぎた時刻になっていたらしい。相当疲れていたんだな……随分と寝過ごした。

昨日と同じように食堂に行くと、当たり前のようにシビラが肉を焼いていた。あまりにも馴染みすぎていて、元々ここに住んでいたような気さえしてくるな。

「遅かったわね、おはようラセル。お客さん来てるわよ」

「ああ、おはよう。……客？」

シビラが顎で指した先には……ブレンダとその母親がいた。

「まさかラセル君が、あの【聖者】様だったなんてびっくりです……。あ、昨日はお世話になりましたわ」

「……ん？　昨日、じゃないよな？」

「いえいえ、昨日です。ほら、素材。私も元気になったから、運んだんですよ。三往復もしちゃって、いい臨時収入になりました」

驚いたことに、ブレンダの母親はずっとダンジョンでの運搬をしていたのだ。っていうかあの足場の悪いダンジョンで、階段もあったのに、竜の大きな肉体を持って三往復？

この人、実はかなり強いんじゃないか？

「病み上がりなんだから、無茶はするなよ？」

「子供がいると、お金はいくらあっても足りませんわ。ほら、ブレンダもお礼を言って」

「ありがとう、ラセルさん！」

「おう」

ブレンダがお礼を言った後、俺のことをじーっと見る。……なんだ？

「ラセルさん、服変わった？」

「あ、そうだったな」

すっかり忘れていたが、真っ白のローブからほぼ黒のローブに変わったのだ。

まあ、回復魔法専門から闇魔法兼業に変わったのだから、そういう闇魔道士らしい俺の性質に合っているのかもな。

「黒鳶《くろとび》色よ！」

後ろから、料理を持ってきたシビラが満面の笑みで答える。

「黒鳶色……かっこいい！　似合ってるね！」

「そうか？」

「うん！　『黒鳶の聖者』様だね！」

黒鳶色の服に『闇魔道士っぽいな』と思っていたところへ、黒鳶色を否定することなく、はっきり聖者だと付け加えられた。

思えば……ウィンドバリアなくしてファイアドラゴンを討伐できただろうか。

エンチャント・ダークで決着をつけるような判断も、回復魔法がなければ絶対にできなかっただろう。俺があの時、回復魔法を捨てずに踏みとどまれたのはブレンダのおかげだ。

あの日、全てに失望してスレてしまった俺が、泣いているこの子を助けなかったら、今頃俺はどうなっていただろう。ブレンダにとっても、門番の目をかいくぐって街の近くまで一人で助けを求めて歩き続けるには、どれほど勇気が要っただろう。

俺とブレンダの邂逅《かいこう》は、奇跡的な確率によってもたらされた。その結果、【聖者】と【魔卿《まきょう》】の力を同時に行使できる今の俺がある。

もしかしたら、この子が俺にとって一番の救世主なのかもしれないな。

「ブレンダ、ありがとな」

「え？」

「あー……いや、名前をつけてくれて」

さすがにそこまで、考えを明け透けに教えるのは恥ずかしいものがある。だから咄嗟《とっさ》に誤魔化して、名前のことを指した。

しかし……黒鳶の聖者か。なかなかいい名前だな。

本当に、ブレンダのおかげで俺は、宵闇の誓約にふさわしい黒い服を纏《まと》ったままでも、聖者として堂々と立てるのだ。俺を『黒鳶の聖者』にしてくれたのは、半分がシビラで、もう半分は間違いなくブレンダだろう。

「うんうん、ブレンダちゃんネーミングセンスいいわね！　黒がかっこいいって分かってるあたりも最高よ！　今なら『宵闇教』になるチャンス！」

「てい」

「きゃん！」

俺は調子に乗って宗教勧誘しかけたシビラの脳天にチョップをかます。

ほんと油断も隙もないな！

頭を押さえて涙目になった、昨日の神々しい姿は幻だったかと思うようなシビラの顔を見て、小さな笑いが自然と湧き出てきた。

ああ……もう笑うことを忘れていない。俺は自然に笑えている。


窓の外は、雲一つなく晴れ渡っている。

今日もいい探索日和だ、疲れた帰りに降られると『マジで気分最悪』だからな。

そんな俺の気持ちに同調するように、天気を確認した女神がこちらを向き、ニーッと勝ち気に笑って親指を立てた。


——さあ、俺の新しい一日を始めよう。

第2章

07 乗り越えられたわけじゃない、それでも俺は前へ進む

俺の心を表すように、晴れた空。

太陽の光を反射して、眩《まぶ》しさすら覚える服の金糸。そして、同じく太陽の光を一身に受けて、今までとは全く違う高級感を漂わせる黒鳶色のローブ。

俺、【聖者】ラセルが【宵闇の魔卿】の力を持っての、初めての朝。

この半年近くずっと濁った泥が心臓に詰まっていたかのように塞ぎ込んでいたのが遠い昔に感じるほどの、心の中に爽やかな風が流れ込むような感覚。

この職業《ジョブ》をもらった日以来の、世界に祝福されているかのような高揚感。

俺の新たなる始まりの一日。

【黒鳶の聖者】ラセルとして初めての探索。共にするは、精霊竜の血を吸った金糸のローブ。腰には、俺の鍛錬の日々を肯定する片手剣。

そして――――隣には、もっちゅもっちゅと骨付き肉を食べながら頭をぼりぼり掻《か》く、『女神』という事実から目を逸《そ》らしたくなる絶世の銀髪残念美女。

シビラは肉を食べ終えると、勢いよく振りかぶって山の上に骨を投擲《とうてき》する。

……滅茶苦茶《めちゃくちゃ》いいフォームで投げたなおい。あまりに高く飛んだから、木の上で休んでいた鳥が空飛んだぞ。

「みっともないので止《や》めてほしいんだが」

「この歩きながら食べる背徳感がいいのよ。女性にお淑《しと》やかさを強要するような時代は終わるの。アタシは女性の自由の象徴となるってわけ」

「自由すぎるし、シビラの場合はそれ以前の問題だと思うぞ……大体昨日あれだけ男どもの信者を増やしただろ、今のお前を見ると百年の恋すら冷めるんじゃないのか」

「男は美女と巨乳には逆らえない生き物なの。この程度なら、まだ鼻の下伸ばしてるわ」

「……」

否定できないのが同じ男として悲しい。しかし言ったら負けな気がするので言わない。

そして……反論しないということが肯定の意味であることを、シビラなら理解できるであろうことは容易に想像つくあたりもなんとも情けない。

……まあ、それぐらいこいつの頭の回転は速いのだろうなと思う。

でも、それはそれ。何か言い返さないと、俺としては気が済まない。

「胸は大してないだろ、ジャネットの方が大きかったし」

「ジャネット？　あんたアタシに惚《ほ》れないと思ったら、本命の子がいるわけ？ってことは、おっきいほど好き？」

「やめろ、ジャネットはそういう相手じゃない。あとそんな露骨なことを外で喋《しゃべ》るな」

「またまたぁ～、あんたも意外とウブで可愛《かわい》いのね。その子のことを考えて、夜な夜な──グェッ!?」

今回は、今までで一番の力でチョップ。なんつー下品で恥ずかしい女だ……！　晴れ渡った空が曇ってきだした錯覚さえあるぞおい。都会の女ってのはこうなのか？　いやシビラをそういう枠に収めていいのかどうかわからんが……とにかく外でする話題じゃない。

「ジャネットとは、本当に何もない」

「いってて……。……ふ～ん？　じゃあ他に親しい女の子でもいた？」

「親しい、か。……エミー、という幼馴染《おさななじ》みの方が、よく喋ったな」

「おっ！　なになに、本命の子？」

いい加減この話を掘り返されるのも鬱陶しくなってきたところで、ふと気がついた。

シビラは俺のことをずっと観察していた。しかし俺が【聖者】であることは知らなかった。つまり、ジャネットと言ってもそれが誰のことかまでは知らないのだろう。

俺は、調子に乗り出したシビラをじろりと睨《にら》む。

「シビラ」

「え……あっ、はい」

思いのほか、自分でも硬い声が出た。いくら新しい自分を始められたからといって、あの過去を簡単に乗り越えられたわけではないらしい。

シビラも、これが踏み込んではいけない話題と分かったのか、緊張した顔で一歩引く。

「俺は、孤児院ではジェマ婆《ばあ》さんのもと、幼馴染み四人組で育ってきた。一人が【聖者】ラセル、一人が【賢者】ジャネット、一人が【聖騎士】エミー、そして最後の一人が【勇者】ヴィンスだ」

「あ……」

「ジャネットとエミーは、今はヴィンスのところにいる。エミーは偶発的だろうが俺を気絶させ、起きた頃には三人とも姿も荷物もなかった。だから今の俺とは何の縁もない」

シビラから、視線を逸らす。

「……そう。もう俺にとって、何の縁もないんだ」

自分で再確認するように、絞り出すように呟《つぶや》く。

はっきり伝えると、ダンジョン方面へとさっさと進んだ。

「……わ、悪かったわよ……その、ごめん、なさい……」

シビラはよほど悪いと思って反省したのか、とても弱々しい声色で謝った。さっきまでのシビラとはまるで違うその声を聞いて、俺も少し冷静になる。

……シビラはお調子者だが、決して他人を蔑《ないがし》ろにする女ではない。特に、子供を助けるためには自分の目的すら投げ出すような、誰にアピールするでもないところで誇り高い行動を選べる女だ。

恋愛与太話をしたかっただけで、俺の追放の傷をほじくり返したくてしたわけではない。恐らく、今はかなり後ろめたい気持ちになっているはずだろう。

そもそも冷静に思い直してみれば、俺がジャネットの話を振ったのが悪かったよな。自分で振っておいて、自分で不機嫌になるとは我ながら勝手なものだ。

「……いや、俺も事情を説明していなかったからな。これから俺の事情も話していこう。その代わり」

「な、なになに？」

俺はシビラのおでこに、指を軽く乗せる。

「シビラ、お前の話も詳しく聞かせてくれ。それぐらいは『宵闇《よいやみ》の誓約《せいやく》』リーダーであり、宵闇の誓約を交わした俺にも知る権利があるだろう？」

シビラは一瞬呆《ほう》けた顔をしたが、すぐに額にあった俺の手を取って握りしめる。

「当たり前でしょ。不公平にならないように、アタシのことも色々教えてあげるわ。覚悟しなさい」

そう言って、ニーッと不敵に笑った。

そうそう、お前に似合うのは、やはりその表情だ。今日も頼りにしてるぞ、【魔道士】レベル21の先輩。


とりあえず、話はダンジョン探索しながらでもできる。

俺とシビラは、昨日と同様にダンジョンへと足を進めた。

「《ウィンドバリア》」

《《ウィンドバリア》》

頭の中で、音を重ねながら魔法を発動する。よし、問題なさそうだな。

「……昨日も思ったけど、あんたの二重詠唱、すごいわね……」

「むしろ何故《なぜ》、俺以外のヤツがこの程度のことを思いつかなかったかの方が驚きなんだが」

こんな便利な方法、誰か思いついただろ。

俺がそう考えたことについて、シビラも少し考えながら歩く。

「そうね、まず考えられるのは三つ、ああ四つ目もあるわね」

「四つ？」

……すごいな、質問したばかりだぞ。まず、で出てくる数じゃないだろ。

何度か思ったことだが、宵闇の女神であること以前に、シビラ自身の頭の出来が相当いい辺りがこいつの凄《すご》さだよな。

「一つは、無詠唱での発動を知っている人そのものが少ないこと。キャスリーン……ああ、他の魔法に詳しい女の名前ね。アタシとかキャスリーンに教えられた場合ならともかく、二重詠唱を発案する前段階での『無詠唱にたどり着く』という人数が少ない。だって無詠唱が、二重詠唱の最低条件だから」

「なるほどな」

「二つ目、アンタの魔力が無尽蔵だから発動しているわけだけど、普通は魔法って節約に節約を重ねて、探索後半にばんばん使うのが定説ってわけ。だから無駄撃ち同然の二重詠唱という発動方法に、普通はたどり着かないってこと」

「ふむ」

「そして三つ目……は二つ目と近いけど。アンタもピンチになったときに、多分あれ一つが発動しなかった時の保険のつもりで使ったでしょ」

「ああ、そうだな。節約する気などないから、それこそ何度でも使うつもりで発動した」

「それよ。普通の人は、『二重発動してしまったら後がない』から節約するの。だから、ピンチの時ほど無駄遣いするようなことは絶対に避ける。あんたとは正反対ってわけね」

……そうか、俺の視点からの魔法発動とは、考え方が違うんだな。ピンチだから増やすんじゃなく、ピンチだから減らす。それが普通の術士の魔法の使い方だ。

「ほんと呆《あき》れるしかないわね。無計画すぎて笑っちゃうぐらいあんたって頼りになるわ」

「褒めてるんだよな」

「アタシの女神人生全てで、一番の大絶賛と受け取っていいわよ」

シビラは会話を切り上げると、片手を上げて大きく太い炎の槍《やり》を、唐突に洞窟の奥へと飛ばした。その方向を目で追うと、黒ゴブリンの胴体部分が引き千切れて、天井に跳ね返り床にべちゃっと落ちる。

……無詠唱のファイアジャベリンだな。さすがにこのレベルだと、これほどまでに強くもなるか。

「よく見えたな。そういえば魔物は大体シビラが先に見つけていたよな」

「ふふん。レベルアップするのは、またアタシが先かしらね」

「……なあ」

腕を組んで、シビラの方をじーっと見る。

「ん？　何々？　シビラちゃんの凄さに惚れ直したかしら？」

「【宵闇の魔卿《まきょう》】の適性あるヤツを探すのがお前の目的だったんだろ？　そのお前が【宵闇の魔卿】である俺の成長ほっぽり出して自分ばかりレベルアップしてていいのか？」

「…………。……………。……ああああああーっ!?」

頭を両手で押さえて、ただでさえ白い顔を青白くさせながら全身でショックを表すぽんこつ女神。……いや、ほんと、頭の出来がいいと思った矢先にこの抜け具合なんだから、そういうところもシビラって感じがするのがどこまでいってもシビラだな……。

「そういえば、最後の一つってなんだ？」

「とほほ……。ああ、二重詠唱ね。それは『聖女伝説』と同じパターン」

「同じって……あっ」

聖女伝説。それは俺の覚えた【聖者】の魔法が解明した、残酷な真実。

自分が無詠唱で魔法を使ったことを、聖女自らの名誉欲から『女神に祈りが通じた』と嘘《うそ》を言ったという、歴史に書かれなかった事実。

「そう。つまり――」

シビラは不機嫌そうに、腕を組んで溜息《ためいき》をついた。

「――歴代の【聖女】でも【宵闇の魔卿】でもいいけど、仮に二重詠唱を発動して認識していたのなら……自分だけの秘密にしていたってことね」

第一層部分の魔物を、大体片付けた。

そして二層部分への階段のフロアへとたどり着いた。

「俺のウィンドバリアから離れるなよ」

「もちろん、分かってるわ」

前回殺されかけた、紫の地面が広がる最下層――別名『魔界』――となっている、アドリアダンジョン第二層。シビラと一緒に、慎重に階段を降りる。

鬼が出るか、蛇が出るか。

それとも再び魔王が出るか。


――降りた先は、地面が赤かった。

「あ……あ……！」

明らかに昨日とは全く違う第二層を前に、シビラが地団駄を踏む。

「アドリアのダンジョンメーカー！　あいつ、昨日の夜のうちに『ダンジョンメイク』しやがったわね！」

◇

全面真っ赤の地面。そしてシビラの悔しそうな反応。

「魔王……ダンジョンメーカーってヤツに、何か不利なことをされたのか？」

「ええ、見ての通りよ！　今ここのダンジョンはダンジョンメイクされて、『下層』になってる。まー第二層が下層って時点でまだまだ浅いんだけど、それでも間違いなく、魔王は下に下に逃げてるわ」

「ダンジョンメーカー……文字通りダンジョンを作り替えたということか」

「そう」

中層までしか潜れなかった俺にとっては、最下層同様に初めてとなる下層。

シビラは今、『ダンジョンメイク』という聞き慣れない単語を使った。ということは、このダンジョンに起こった変化を知識として知っていることになる。

折角ここに事情通の女神がいるのだ、分かる範囲で教えてもらうべきだろう。

「シビラ。『ダンジョンメイク』について詳しく聞いてもいいか？」

俺の質問を受けて、腰に手を当てながら隣の女が「ふむ」と唸《うな》る。

「そうね、いきなり無条件に知識を授けるのならまだしも、ラセルは既に魔王と対峙《たいじ》している……というより、魔王に挑む以上は必要なことよね」

シビラは自身の言葉に頷《うなず》きつつ、俺にダンジョンの話を始めた。

「まず、ラセルはダンジョンのことをどう思ってるかしら？」

「どう、って……ぼんやりとした質問だな。魔物が出る洞窟、だろ？」

「そうよね。それが一般的な認識で合ってるわ」

ダンジョン。それは魔物の生息する洞窟。深い部分の詳細は上級者だけに開示された秘匿情報として扱われているが、基本的な認識は皆変わらないはずだ。

「じゃあ、どうしてダンジョンにだけ魔物がいるかは分かる？」

「分かるわけないだろ。……シビラは分かるのか？」

「ええ。だって魔物は、魔界から来ているんだもの」

魔界。確か、シビラが昨日言っていたダンジョン最下層の別名だったな。

「最下層とは違うのか？」

「同じというか違うというか……最下層の紫の地面があったじゃない？　あれが魔王達《たち》の住む世界の標準的な地上なのよ。だから、別名が『魔界』なわけ」

「おい、それが本当のことならば、ダンジョンがこの世界に現れているのは……」

俺の言葉に続けるように、シビラは頷きながら宣告した。

「――魔王達の、地上への侵略よ」

それは、あまりにも衝撃的で恐ろしい真実だった。今いるダンジョンが、先ほどとはかけ離れた、全く異質のものにすら感じる。

「もっと本気で討伐させた方がいいんじゃないのか？」

「だから大々的に言わずに、本気で討伐させないようにしているのよ」

俺の考えを全否定するように――実際全否定している――シビラは返してきた。

肩をすくめてしれっと答えるシビラに……怒る前に、そう考える理由を聞くか。

　こいつのことだ、何も考えなしに言っているわけではあるまい。

「……何か、言わないことに意味でもあるのか？　俺にはとてもそうは思えないが」

「意味は今はっきり分かったわ。ラセル、あんたよ」

　そうかと思えば、俺を指差してそんなことを宣《のたま》う正面の女。

「昨日のを見て確信したけど、あんた勝てるかどうかとか考える前に、正義のためなら突っ込んじゃうタイプよね」

「……」

「答えにくい時に黙ってる場合は、十中八九肯定なのよね」

　ぐっ……こういう言葉の駆け引きはやはりこいつの方が得意そうだな。

　そんな俺の表情から内心を感じ取ったのか、シビラは首を横に振った。

「馬鹿にしてるわけじゃないわ。アタシが言いたいのはね……かってはそーゆー魔王討伐の大義名分を掲げて、みんなで魔王討伐をしていたわけ。……でも、それは失敗だった」

「失敗だったのか？」

　意外な答えが返ってきて、シビラの言葉を反芻《はんすう》する。

「急ぎの使命でもないのに、『正義感の強い人』に限って無茶して早死にが続いたのよ」

　ああ、何となくそうなるのは分かるな。使命感に燃える人は長生きしない。話に聞く『いいヤツほどすぐに死ぬ』みたいなものか？

「何他人事《ひとごと》みたいな顔してんのよ。さっきのあんたの反応がまさにそれだったじゃない」

「……そうだったか？」

「あーもー……こういうタイプって自覚がないのが良くも悪くもねー。言っとくけど、せめてレベル1だろうと盾職ぐらいは前衛を連れてきたいぐらいなんだから」

そうか、言われてみると俺もシビラもあくまで後衛の魔法使い。どれだけ剣を扱い慣れたところで、剣の職業《ジョブ》を持ったヤツほど前衛には向いてないってことか。

──一瞬、懐かしい顔が浮かんだが、すぐに頭を振って瞼《まぶた》の裏に映る笑顔を掻《か》き消す。

ずっと隣にいた、最上位職の盾。……もう、俺には関係のない話だ。

「……ラセル、どうかした？」

「いや、何でもない。つまりシビラは、無茶させるよりは魔王討伐という目的を忘れてしまってでも、大多数は無事に過ごしてほしいと思っているわけか」

「アタシというより、神々全ての願いね。それぐらい、人間の使命感や正義感を侮っていたってわけ。だから……もう無茶はさせないわ」

なるほど、な。人類を守るために魔王討伐するというのに、その魔王討伐を急ぐあまり人間が死んでしまうのでは元も子もないというわけか。

理屈を聞くと納得するし、やはり神々は人間の味方なのだと改めて実感できるな。

「で、ここから本題だけど……ダンジョンの魔物は、先日のダンジョンスカーレットバットみたいな個体を除けば、なかなか外に出られないのよ」

シビラの次の話は、ダンジョンと俺達人間の世界との仕組みに関すること。

通常の魔界と人間の世界には、魔物にとって越え難い壁のようなものがあるらしい。だからダンジョンから魔物はなかなか出てくることはない。

しかし、それにも例外がある。下層から中層、中層から上層、そして魔物の数が飽和すると……上層から溢《あふ》れ出すということだ。それはまるで、階段を一段一段上るが如《ごと》く地上を攻略しにかかる行為。着実に、魔物を地上に溢れさせるための方法だ。

同時に、ダンジョンメイクという技を使う理由も分かった。最初は『いきなり最下層の方が人間を滅ぼせるのではないか』と思ったが、違うのだ。最下層から上層には魔物を押し出すことができないんだな。それこそ、二階への階段を経由しないまま一階から三階へは移動できないように。

シビラの話から察するに、このダンジョンが最下層から上層まで二十一階層の通常ダンジョンになり、魔物が新たに出現できなくなった時……あの猛毒の矢を放つ黒ゴブリンが、アドリア村に溢れる。先日初めて見た魔王の目的がそれで、標的が孤児院。

……失敗するわけにはいかないな。

そんなことを考えつつ、俺はこのダンジョンの第二層の変化を見ながらふと思った。

「もしかして、世界中のダンジョンは最初第一層ぐらいしかないのか？」

シビラはその問いに、少し考えながら肯定を示した。

「そうね。魔物を召喚する、ダンジョンを拡張する、というところまでは知っていたけど……山奥でも孤島でもどこに出現するか分からないダンジョンの出現直後に出くわすことは稀《まれ》だから、階層そのものを増やす拡張はアタシも初めて見るわ。魔界と地上が直接繋《つな》がるのは不自然だし、多分第二層が魔界ってのが一番コンパクトだと思うのだけれど」

ふむ……話から察するに、シビラにとってもダンジョンメーカーがまだダンジョンを構築し始めたばかりというのは初めてなのか。

「シビラ、俺はハモンドでは【勇者】のヴィンス達と中層の第八層にいた」

「……ええ」

「そこにいた魔物は、ブラッドタウロスだった。下層の敵は、どうだ？　第二層で下層のここの敵、強いと思うか？」

「間違いなく強いわ」

……やはりか。ヴィンス達は決して弱いわけではない。それどころかレベル20台の聖騎士であるエミーの身体《からだ》にダメージを負わせるほどの魔物だった。

動きが遅いので回避前提だったのかもしれないが、あれより強い魔物が当たり前にいる下層では、そうそう油断はできないな……。

思えば、ヴィンスは魔物相手でも魔法中心で接近戦は意外と苦手だったな。まあ職を取る前は、【聖者】に選ばれた俺に体格で勝りながら剣で負け越すぐらいなのだ。実はあまり剣の技術面は良くないのかもしれない。

攻略を思い出すと、勇者以上に賢者……ジャネットの先制攻撃で多くを乗り切っていた部分も大きいだろう。

「そうか、強いか。だからといって引くわけにはいかないな」

俺が赤い地面のダンジョンに足を踏み出しかけたところで、ローブの裾をシビラがつまみ、俺の身体が後ろに引っ張られる。

「……何だ？」

「あの、さ。ラセル……」

シビラは何か言いにくそうに……しかし、俺の方をしっかり向いて、黙っている。

……何か、重要な話なのだろう。

そう察した俺は、シビラが準備できるまで待つことを選んだ。

「いつでもいいぞ、待っている」

「あっ、えっと、気遣いありがと。……。……ふぅ……。よし」

自身の両頰を革手袋で軽く張ると、シビラはこちらを正面から見て拳を握る。

「このことをアタシがほじくり返すのは、かなりサイテーなことだって自分でも分かるわ。

でもラセル、確認させて」

「ああ」

「アタシだって、あのダンジョンメーカーが言ったことと、アンタが今朝言ったことを組み合わせれば、どういうことが起こるかぐらい分かる。……ラセル、あの金髪で青い目をした、明るい姫騎士みたいな人が、エミー、なのよね」

「そうだ」

「ん。……つまり、ラセルは今からジェマさんと坊主達を守るわけだけど……【賢者】ジャネットや【勇者】ヴィンスはもちろんのこと、最終的に……魔王に狙われている【聖騎士】エミーのために、頑張る、のよね」

さすがの地頭の良さ。遠目に見ていた俺達のパーティーの姿と、魔王が一度喋《しゃべ》った話と、俺が一度喋った話で全部を繋げたな。第三者とは思えない記憶力だ。

それにしても、言われてみると納得だな。俺は今から、ある意味エミーのために頑張るわけか。

「……アタシが【宵闇の魔卿《まきょう》】にしてきた人達は、みんな何かしらの復讐心《ふくしゅうしん》があった。自分を捨てた相手への失望と、【神官】という本来なら歓迎されて然《しか》るべき職業《ジョブ》なのに受けた、理不尽な扱い」

「……」

「でも、その人達の力を利用しなければ、勇者やギルドの把握していないダンジョンの拡張は防げなかった。申し訳ないと今でもアタシは思ってるけど……でも――」

シビラは、そこで視線をしっかりとこちらに向ける。

「――自分のやってきたことを後悔してはいない」

「……シビラ、お前……」

最後、後悔していないと言った瞬間のシビラの目に宿る力が、清濁併《あわ》せ呑《の》んだ女神の長い戦いをその背後に見せた。

……今の話で、少し『宵闇の女神』のことが分かったように思う。

表の世界の住人達……という表現をするのはおかしいかもしれないが、つまり、普段みんなが連《つる》んで表立って攻略しているダンジョン以外の、攻略されにくい世界のダンジョンに挑んでいるのだろう。

この『闇』という、神官の回復魔法を捧《ささ》げる一見悪人用みたいな属性。しかし、あくまでこれは威力を持つ魔法属性の一種類でしかなく、その運用を選ぶシビラの意志こそが大切なんだ。

キッチンナイフは人を殺せるが、キッチンナイフは人を殺すために作られていない。実際世に出回る殆《ほとん》どのナイフが、その能力を持ちながらそう使われていないからな。

シビラの独白は続く。

「みんな復讐心を燃やした。実際に実行した人もいた。それが普通だった、そういう人しか【神官】を捨てることを選べなかったから」

「……」

「その上で問うわ。ラセル、あんたは本当に『【聖騎士】スキルで自分を気絶させたエミー』を助けるために、命を張るの？」

「勿論《もちろん》だ」

問いは予想していた、だから迷わずはっきりと断言する。正直、エミーを恨んでいるかと言われると、まあなんというか……あの明るい女の子に気絶させられたということに対する、ちょっとした気後れみたいなものが全くないとは言わない。いや、正直に言うとかなり気後れしている。盾を持っているだけだったのにあれだもんな。

でも、エミーと俺との付き合いは短くない。余裕のなかった俺の勝手な激昂《げきこう》で勘違いしていたが、最後の最後まで、俺のことを気遣ってくれていた。

それに……ちょうど昨日、村の男に教えてもらったばかりなのだ。エミーがずっと、俺のことを視線で追っていたということを。決して自信満々に自惚《うぬぼ》れるわけではないが……それでも一切気がないと切り捨ててしまうほど、冷徹で鈍いつもりはない。

だとしたら。あの日、俺を気絶させたエミーは、なんと思っただろう。

昨日、俺は新しい自分を始められた。

自分だけが心に傷を負ったと思い込んでいたのは、余裕がなかったから。

自分のことばかりだった。今はようやく、周りのことも考える余裕ができた。

……だから、分かるのだ。

エミーは、既に現段階で、後悔から相当精神的に弱っているはずだ。もしもこの上、あの孤児院が破壊されるなんてことになったら。

それを、助ける検討もせず静観するような選択をしたのなら——俺は、この誇り高い女神の隣に立つ資格を、自分に対して持てるだろうか。

「……ラセル……あんたって、ほんと……心底【聖者】なのね」

「ん？　急にどうした？」

「何も言わなくても分かるわよ。……目が、ね。力を帯びてきた。黙って考え事をしているうちに、エミーを助けることを強く意識したわね」

「……そこまで分かるのか？」

「分かるわ。なんでかって……アタシが知らない目だからよ」

知らないのに分かるって、言ってること無茶苦茶じゃないか？　どういう意味なんだ？

俺の考えに答えるように、シビラは一歩引いて、腰に手を当て呆《あき》れ気味に笑った。

「前を向いてる目よ。正しいことを、自分の信じたことをしようとする、正義の目。闇属性を得た人間がしなかった目。【神官】の力を全て捧げた人が、最後までできなかった目。ほんと、呆れるぐらいのお人好《ひとよ》しね」

「正義の目……なんだか実感がないな」

「ま、そういう自覚がないのもあんたっぽくていいわよ。今回のパーティーは、今までで一番新鮮で刺激的になりそうね！」

最後に明るく笑って、シビラは俺の肩を叩《たた》いた。聞きたいことは終わったらしい。

復讐相手を助けることを、俺に再確認させてくれたんだろうな。きっと、やりたくなければやらなくていいとシビラは暗に言ったのだろう。

……ふと、思った。俺の正義の目が、先ほどシビラが『自分のやってきたことを後悔してはいない』と言い放った瞬間の、あの目と同じだと良いな、と。

ダンジョン探索は、基本的に第一層と同じように慎重に行うことになった。

いくらレベルが上がったといっても、下層には少し厳しいはずだろう。

「ここの敵は……っ！　来たわ、正面」

「……どこだ？」

「しめた、アンデッドの鎧《よろい》ね。いけるわ」

シビラが指差したところを注視すると、薄《うっす》らと赤い光が見える。

……こいつは、全身が黒い鎧だな。ぼろぼろでありながら、どこか高級感の漂う鎧だ。元は上等な騎士の鎧だったのだろう。

「撃って」

「分かった。《ダークジャベリン》」

まずは試しに、ダークジャベリンを飛ばす。ファイアドラゴンにもダメージが通った攻撃だ、効かないはずはないだろう。

鎧はぐらつくと、こちらを見て歩みを速くし始めた。

「効いてるのか!?」

「絶対効いてるわ。撃ちまくりなさい！《ダークジャベリン》！」

「くそっ、信じるからな！《ダークジャベリン》！」

（《ダークジャベリン》！）

同じ魔法を二重詠唱で叫ぶ。すると先ほどよりも大幅に大きくなった、上位レベルの魔法が正面に向かって飛んで行く。

その魔法の直撃を受けると、鎧が痙攣《けいれん》をして片手が崩れる。倒したか……？

「《ファイアジャベリン》」

そう思った瞬間、隣でシビラが魔法を追加で撃ち込んだ。それが命中すると、鎧は胴体からばらばらに崩れて動かなくなった。

「油断は禁物よ」

「ああ。助かった。ところで……」

「ん？」

「思いっきりトドメ取っていったな。で、回復術士《ヒーラー》にサポートしてもらう魔道士様、気分はどうだ？」

「あ……あああぁ～……。……ごめん、ほんっとごめん……完全忘れてたわ……なんかもーそう言われると自分のダメさ加減にへこむわ……アタシってひょっとして結構抜けてるのかな？　駄女神ってやつ？」

「……も、もしかして……今更気付いたのか!?」

「えっあんた今までアタシのことそんなふうに思ってたわけ!?　ひっど！」

愕然《がくぜん》としながら俺の背中をバシバシ平手で叩いてくるシビラをなだめつつ、そんな余裕のあるやり取りをしているうちに、ようやく下層の魔物を倒せた実感が湧いてきた。

「いけるな、下層」

「ちょっとアタシも驚いてる。いけるわね、下層」

アドリアのダンジョンメーカーを倒せるかはわからない。しかし、ここで身を引くような選択肢は俺の中にはない。

俺とシビラは、自分達《たち》の手応えにお互い頷《うなず》くと、下層の探索へと足を進めた。

シビラと一緒に、第二層を探索する。この間に、シビラの知識をなるべく吸収しておきたい。敵が出てきていないことを確認すると、先ほどの敵のことを聞く。

「ああ、リビングアーマーね」

「リビングアーマー……聞いたことないな」

「でしょうね、下層の敵だもの。リビングデッドっていう……まあ『腐った死体』とでも表現するけど、そういう『アンデッド』の魔物がいるというのは知ってるわよね」

「名前だけはな。死んでいるのに動いてる、みたいだが……不死身じゃないのか？」

「ないからさっきのリビングアーマーも倒せたんでしょ。あれを動かすのは『悪意系の魔力の塊』だから、削りきれば消えるわ」

倒せる、と分かっていても、既に死んでいるのに動くというのは不気味なものだった。

しかしシビラ自ら倒せると断言するのなら、信用していいだろう。

「気をつけることは？」

「アンデッドは体力も攻撃力も高くて、まあ単純にクッソ強いわ。一応その前に、攻撃魔法ってものに関してあんたに説明しておくわね」

攻撃魔法……。俺にとって、それはジャネットが使っていた憧れの魔法だ。

しかしその内容は、魔物を倒せる威力がある、以外には詳しくない。

「まず、攻撃は剣や斧《おの》や拳の物理攻撃と、魔法による魔法攻撃の二つに大まかに分かれるわ」

「さすがにそれぐらいはわかるぞ」

「結構。で、この魔法に火とか雷とか、いろんな『属性』ってものがあるのよ。【魔道士】は基本的に一から三種類、魔卿《まきょう》は四種類使えるわね」

「なるほど。【賢者】は？」

「回復魔法を覚えるのが遅かったら四種類、神官と同じなら三程度、早かったら……まあ、一か二種類ね」

なるほど、ジャネットは回復魔法が遅かったから四種類使えるタイプなのだろう。

……いや、ちょっと待て。

「四種類の魔法を使えて回復魔法を覚える賢者は分かる。ジャネットもそっちっぽいからな。しかし、一種類しか覚えない賢者なんているのか？」

「回復魔法の方が、魔法を覚えるレベルが早い……つまり、【聖女】に近いみたいな賢者なら有り得るわよ。滅多にいないけど」

そう、なのか。賢者というのは、俺が想像するより多様性のある職業《ジョブ》なんだな。

「ていうか大変よね、その勇者のパーティー」

「大変？　ヴィンス達の何がだ？」

「いや、ラセルがいなくなったことよ」

……何を言っているんだ？　今、あっちにいるパーティーは、回復魔法が使える攻撃特化のヴィンス、回復魔法が使える防御特化のエミー、回復魔法が使える攻撃特化のジャネットだ。俺の入り込む余地なんてあるのか？

「俺以外も、みんな回復魔法が使えるんだ。シビラは知らないだろうが——」

「いや知ってるわよ」

「——は？」

何だ？　さっきから話がかみ合わない。回復魔法を使えることを知っていて、なお俺がいなくなったことを大変だと言うのか？　暗に俺を煽《あお》っているのかこいつは。

……いや、そんなことをする女ではないということは分かっている。

なら、本気でそう思っている……？

「職業《ジョブ》の覚える魔法ぐらい元々知ってるわよ。そもそも、中層程度で回復魔法とか、覚えていても覚えていなくても使わなくなるでしょーに」

「……は？」

あまりにも予想がつかないシビラの言葉の数々に、今度は先日のお返しとばかり、俺が立て続けに呆《ほう》ける一方だ。

「上層、中層、下層、魔界。せめて下層までは回復術士《ヒーラー》の魔力を温存しておくのがセオリーなんじゃない？」

俺が必要なのかと思いきや、ますます俺がいらないような発言。

シビラの話の先を聞くのが怖いが……黙って続く言葉に集中する。

「で、回復魔法が足りなくなる。勇者も聖騎士も、せいぜいグレイトヒールでしょ？」

「グレイト、ヒール？」

知らない魔法が出てきたぞ。……いや、待て。回復魔法であろう名前だが、俺が知らない魔法。ということは……まさか……。

第一、今シビラは何と言った？　足りなくなる、と言わなかったか……？

「ええ、回復魔法はいずれヒール一回では追いつかなくなる。だからヒールとエクストラヒールの間に、グレイトヒールがある。エクストラヒールを覚えるのは賢者だけでしょーし、それも要求レベルはバカ高いわよ」

「……じゃあ、あいつらは……」

「けっこー苦労するんじゃない？　まあグレイトヒールを覚えた段階なら、しばらくは安泰だと思うわよ」

シビラの驚くべき説明に、俺は愕然とした。

……ヒール一回では、回復が追いつかなくなる？　エクストラヒールの下に、グレイトヒールというものがある？　それを知らないとなると、あいつらは大丈夫なのか？

言い様もない不安に襲われる。特に役割柄怪我《けが》の多いエミーは、万が一……。

「――ラセル」

少し硬く強い声が鼓膜を揺らした。はっとして、俺はシビラの方を見る。

その表情は、真剣そのものだ。

「いい？　今ラセルがすることは、あんたを追い出した仲間に合流することではないわ」

シビラの断定的な力強い言葉を聞いて、俺は少しずつ焦っていた心を落ち着ける。

一見冷たいようだが、片方が焦った時ほど冷静な相棒がいることの重要性を感じる。

「あっちはあっちで【神官】とか雇うかもしれないし、賢者の子がエクストラヒールまで頑張るかもしれない。とにかく、【勇者】の心配じゃなくて、孤児院を優先しなさい」

シビラが俺に一歩近づいた。力を持ったその赤い目が、俺を視線で射貫《いぬ》く。

「さもなくば、絶対に後悔する。だから、『助ける』という選択をしたあんたでも、勇者側《あっち》を助けることは許可できない。歴史に『もしも』はないわ」

そう断言したシビラの言葉をかみ砕くと、理解を示すよう頷く。

……そうだ、俺は何を考えていたんだ。俺より圧倒的に強いあいつらが、どんどん高いレベルになっていっているのなら、心配する方が失礼ってやつじゃないか。

ここで、このダンジョンを後回しにすると、俺はきっと後悔する。

「分かった。ここの魔王を倒すまでは、俺は自分のできることをやろう。あいつらができない分までな」

「ん、よろしい」

シビラは一歩引いて、緊張を緩めるようにふっと笑った。

「それで、あんたの魔法の話ね」

「ああ」

「四属性の他に、勇者の光属性と、宵闇の誓約をしたあんたには闇属性がある。どちらも特徴はあるんだけど、まあ端的に言うと『魔法防御無視』ね」

「魔法防御無視？」

「そ。例えば」

シビラは足元の、崩れたリビングアーマーの鎧《よろい》に剣を打ち当てた。

「ダメージ、これで入ったと思う？」

「いや入ってないだろ」

「そう。これが物理攻撃の防御力、まんま『物理防御力』ね。それと同じような防御力を魔法に対して持っているのが、『魔法防御力』ってわけ。魔王に近い存在とか、デーモンとか、魔法防御たっかいのよ」

「なるほど、よくわかった。……ん？」

俺は、シビラの説明を聞いて、じわじわとその意味が理解できてきた。最初に、俺の属性のことを『魔法防御無視』と言わなかったか？

「理解できたようね。そうよ、ラセルの使う『闇魔法』というものは、魔王に近しい存在ほど真価を発揮する。逆に言えば、アタシの火魔法で倒せるような地上付近のゴブリン相手だと、そこまで差はないってわけ。闇魔法を受けたら、全ての敵がノーダメージでいられない。だからファイアドラゴンにも通じたのよ」

魔法防御無視という能力の凄《すご》さ、そしてその用途の限定的な威力の発揮箇所。

まるで——。

「——魔王討伐に、お誂《あつら》え向きじゃないか……！」

「そういうこと。ラセルの魔法は、まさにそういった『正攻法で倒しづらい敵』を全部問答無用で命の危機に晒《さら》せる魔法。ただし」

シビラは足元の鎧に足を乗せた。下層の魔物、黒く精巧なリビングアーマー。決して容易には倒せないはずの敵だ。

「威力の分、消費魔力が半端ないのよ。神官の覚えた経験全てを捧《ささ》げても1レベルになるほどの個人の魔法リソース、そしてそんなベテラン神官ですら日に十度も使えばふらつく消費魔力。それが【宵闇の魔卿】……そしてっ！」

シビラはその足で、力を無くした胴体部分を思いっきり蹴っ飛ばした。音を立てて、ダンジョンの赤い床をごろごろと転がっていくリビングアーマーの胴体。

次はリビングアーマーの頭を、力強く踏みつける。いつの間に取ったのか、右手にはリビングアーマーの身体《からだ》から出たであろう討伐報酬の魔石が光っていた。

「あんたは一つ前の説明、全部無視してオッケーよ！　ぜんっぜん節約しなくていいわ！闇魔法の牙は、全ての魔物の命に刺さる！　消費魔力以外にデメリットはない！　だからあんたは、今までアタシが組んできた相手の誰にもしなかった指示を出すわ！」

シビラは右手の魔石を掲げながら、満面の笑みで左手の親指を立てた。

「後先考えず、撃って撃って撃ちまくりなさい！」

「ああ！　遠慮なくそうさせてもらおう！」

「このアタシが保証するわ、あんたは一番強くなるわよ！」

最後にそう堂々と言い放つと、シビラは洞窟の奥を見ながら俺の隣まで下がった。そちら側には、今度はメイスを持った黒いリビングアーマー。

それにしても、『一番強くなる』か。それも、女神様のお墨付きだ。

……思えば長い間、こうやって誰かに信頼されたり、期待されたりすることがなかったように思う。そんな俺が、今一番頭脳面で信頼しているシビラに、一番強くなると明確に断言されている。一番になれると、期待されているのだ。

なら――期待通り、『一番』を目指さないとな！

「《ダークジャベリン》！」

（《ダークジャベリン》！）

俺は魔法を二重詠唱しながら、更にその二重詠唱魔法を連発していった。

下層でも耐久力ばかりで鈍重な鎧相手に、俺の魔法の相性は抜群。まだまだ魔力が枯渇するそぶりはない。

倒しかけを見逃すような油断もしない。

【宵闇の魔卿】のレベルは、まだまだ上があるだろう。だから俺はここで、魔王と戦える力を蓄えるだけ蓄えてやろうと決めた。

待ってろよ、魔王。俺の魔法は、どんな命にも牙が刺さるらしいからな。

俺の前で孤児院を狙うと宣言したこと、後悔させてやる。

◇

闇魔法の連射は、相性問題を考えなくていい。ただ高威力の魔法を撃ちまくれば、必ず最後に相手は倒れる。順調に六体目のリビングアーマーを倒した頃、俺はふとした疑問が生まれたためシビラの方を向く。分からないことがあれば、すぐに聞く方針だ。

「下層ということで期待してみたが、黒ゴブリンに比べてレベルアップが遅い気がするな」

「ん、だとすると原因は二つね」

これぐらいの質問なら、考える時間もなしか。

「まず一つ、【神官】でもキュア以上の次元まで到達した13レベルの人が覚えた魔法を全て捧げても、【宵闇の魔卿《まきょう》】はレベル2が限界。むしろあんたが魔法を一切捧げずレベルを4つ捧げる程度でダークジャベリンまで使いこなせたのは、それだけ【聖者】のレベル4つ分が大きかったから」

「なるほどな……職業《ジョブ》によって必要になる討伐数が全く変わってくるというわけか。そういえば、前にレベルアップした時に倒した相手、ファイアドラゴンだもんな」

「最下層でも中堅どころよ。あんなのと再々やり合いたくないでしょ」

「全くだ……」

あの時は、【宵闇の魔卿】となって闇魔法を使えるようになった高揚感で対応していたが、正直攻撃が当たった瞬間の激痛はかなりきつかった。

あの時は死を回避するための必死さで何とかなっていたようなものだ。死ぬことに比べれば、激痛など安い。

……そう考えるだけなら、確かにそのとおりだが。実際にあんな戦いが三度四度と何の感慨もなく日常的に叩《たた》き売りされるような事態は、いくらレベルアップの近道でもさすがに遠慮したい。レベルの果てを見る前に、精神の方が果ててしまいそうだ。

できることならば、次に挑戦するにしても少しは余裕を持って勝ちを拾いに行けるようになっておきたい。術士から術士に職業変更《ジョブチェンジ》した自分に、耐久力を期待するのは無理があるとは分かっているが……。

シビラが話を続ける。

「で、もう一つの理由は……まあレベリングの経験値における悩みどころの一つ。つまり効率が絶対正義でないこと、よね」

「効率が、絶対正義ではない？」

「そ」

俺は先ほど倒したリビングアーマーの大きなメイスを拾って、自分には用途がなさそうなことを確認して置き、シビラの説明に耳を傾ける。

「例えば、経験値1の紫ゴブリンと、経験値300ぐらいの黒ゴブリンがいたとするわ」

「おう」

「弱い人は紫を狩り、強い人は黒ゴブリンを狩るわよね」

「そりゃそうだな」

遠くから攻撃できるのなら、身体が小さいくせに力が強いとか、武器に毒があるとか、そういうの関係ないしな。

「それでは、ラセルが明日までに強くなりたいとするわ。あんたは黒ゴブリンを狩る？」

「当然だろ？」

「もう一度質問。紫ゴブリンが四桁いるダンジョンと、黒ゴブリン三体以外、一切魔物がいないダンジョン。『どうしても明日までに強くなりたい場合』は、ラセルならどちらへ向かう？」

「……ああ、なるほどな」

何故《なぜ》こんな順序で説明をしたのか、今の質問でようやく得心が行った。早くレベルを上げたいのなら当然経験値が高い方を狩るのが早い。それが一番効率がいいからだ。

しかし……いいのは効率だけなのだ。

「基本的に効率重視。だけど、効率と絶対数は違う。だから毎日効率よくやることを心がけている人が、安全に長時間やっている人に追い抜かれるということもある。もちろん、逆もね」

的確な説明だ。確かに高い経験値の魔物を狙うのは、効率の上において当然。しかし、最終的な総経験値こそが、その人の得たものに他ならないということか。

そしてここのリビングアーマーは、黒ゴブリンに比べて出現頻度が低いのに、一体ずつしか出てこない。戦っている回数が多いようで、絶対数はかなり少ないのだ。

「ご教示感謝する」

「ふふん、感謝なさい。シビラちゃん凄いでしょ、これで心の奥底からアタシに惚《ほ》れきったわね」

「その願望自分で言ってて空《むな》しくならないのか？」

「確定事項のつもりで言ってるんだけど……」

どうやったらそんなに自信満々になれるのか、どちらかというとそっちの方が心の奥底から興味あるぞ……。

「ま、実際分かりやすかったと思う。教員なんて向いてるんじゃないのか？」

「生徒は常に『宵闇』の系列だけだから、冒険者用にばかり偏ってるのよねー」

そうか、そもそも俺以外にも何度も【宵闇の魔卿】という職業《ジョブ》を持った名も知らぬ先輩魔卿に対して、シビラは教えているわけか。

なるほど、かみ砕いて分かりやすく教えるのも得意なわけである。

元々頭がいいヤツだとは思っているが、それでも何度か説明しているうちに順序などを効率化したのだろう。

……ん？　待てよ。今何か、気になることを言わなかったか？

「なあ、シビラ。宵闇の……系列って何だ？」

「んんっ？　ラセルも『宵闇の誓約』の数々、知りたい？　知りたいかなぁ～？」

「あ、やっぱ今はいいわ」

「それはね～……って、へ？　あの……あ、あれっ？　えっ!?」

「気にならないことはないが、そんなことすら気にならなくなるぐらいさっきのドヤ顔がウザかった。チョップが出かかるぐらいウザかった。というのはまあ半分冗談で——」

「半分ってどういうことよ!?」

「はいはい黙ってろ——さすがにじっとしてたら魔物に遭遇しない、なんて有り得ないよな」

「あっ……！」

　まずは新たに現れた魔物の相手をしないとな。気になる話もあったが、俺の話じゃないだろうから、覚えていたらでいいだろう。

　シビラも歩く鎧《よろい》の姿を確認して、俺のすぐ後ろに移動する。討伐再開だ。

　経験値効率のことも聞いたところで、ふと俺は試していない魔法のことを思い出した。どういったものであるか、確認しないと用途が分からない。

「そういえば、この魔法も使ってみないとな。《ダークスフィア》」

まずは、基本的な威力を確認するために二重詠唱にはせずに魔法を撃つ。赤黒く光る頭蓋サイズの闇の球体が、大剣を持った鎧に向かって飛んでいく。速度はジャベリンほどではないが、それなりにあるな。

鎧の敵に当たった瞬間、黒い波が広がるように、球体が余波を持って大きく破裂する。威力はありそうだ。

「悪くない。次々行くぞ」

俺は次にダークスフィアを二重詠唱し、先程より僅かに大きくなった球体が、僅かに上がった速度で相手に炸裂《さくれつ》するのを見た。

ダークスフィアがレベル7で覚えた魔法。ギリギリだからか、無詠唱を重ねるのは今ひとつかもしれない。使えただけで御の字か。

……あまり二重詠唱し甲斐《がい》がないな——と思っていたのは、敵に当たるまで。その魔法が、リビングアーマーが防御するように構えた大剣にぶつかった瞬間、最初の比ではないほどの黒い波が大きく広がる。リビングアーマーは防御しきれずに、大剣を取り落とした。

その鎧に向かってダークジャベリンを連続して撃つと、目の光が消える。討伐完了だ。

「二回目は二重詠唱だったんだが……何故着弾まであまり変化がなかったんだろうな」

「……球体は、体積という考え方をするわ」

ん、何だ？　今度は別の授業か？

「縦と横が二倍の長さになった布は、四倍の大きさの布よね」

「ああ」

「これが箱になると、容量は八倍になるの。同じ形の四角い箱が八個固まると、縦横高さは箱二個ずつ。分かるわね」

「……ああ、確かにそうだな」

「つまり、今あんたが撃った弾は、横幅が二～三割程度増えてたわね？　球体は分かりにくいんだけど、あの球の中身はあれで二倍になっている。だから当たった瞬間、威力が二倍である闇魔法の余波攻撃になった。仮に球の横幅が倍になったら、威力は八倍の球よ」

「なるほど……」

　順序立てて説明されたので、俺でも頭の中で理論を構築できて分かりやすい。……どこが冒険者用に偏るんだよ、普通に王都で教鞭《きょうべん》執れるぞこいつ。

　そうシビラの指導に感心していると、唐突に当のシビラが叫んだ。

「じゃなくて！　あんた、宵魔レベ8!?　もうスフィアいってんの？」

「7だ。無詠唱はうまくできたようだな。……ファイアドラゴン相手にダークジャベリンを二重詠唱していた時点で、レベルは高いと思っていてほしいところだったんだが」

「いや今5ぐらいで、今回はすごいわね～とか思ってたわよ！　7って！　ジャベ覚えんの3でしょ!?」

「あのときはそうだったな」

宵魔とかジャベとか、さっきから言いやすそうな略称を言っているということは、今の焦り気味シビラは素だな。

「魔法とレベルといえば、レベル2でダークエンチャントが使えたのはよかったな。これほど異常なまでに強い魔法が低いレベルで覚えられるとは」

いくら二重詠唱とはいえ、ファイアドラゴンを切り裂ける魔法がレベル2というのは異常ではないだろうか。

俺がそのことを言うと、シビラはなんでこんなことも分からないんだとでも言わんばかりに大きく溜息《ためいき》をついた。

「はぁ～っ……。異常、ね。……いちおーあんたの中での再確認ってことで言っとくけど、【魔卿】という普通の術士は基本リーチ長い剣とか扱えないわよ。だから弱い魔法扱いなの、それ。ナイフとかで背後取った時の、術士捨て身の暗殺用と思っていいわ」

ああ、なるほどな……俺がたまたま剣を使えることが、かなり相性が良いのか。

「異常なのは、闇魔法の威力や順序じゃなくて、清廉潔白の権化みたいな聖女と同じ職業《ジョブ》もらっておいて騎士より剣振り回すのが上手《うま》いあんたよ！　分かった!?」

「そりゃ返す言葉もないな……」

説明されると納得するしかない。後から覚えるのならまだしも、俺は剣士になれるような幼少期を過ごしたのに、もらったのはこれだからな。

今はそこまで嫌い嫌い言うことはないが、やはり太陽の女神の考えはわからん。

幸運の女神の後ろ髪がないのは、チャンスを一度逃したら摑《つか》めないという意味がある。

しかしそれ以上に、何かを積み重ねていないと幸運の女神そのものが見つけられない。目の前を通るそれが幸運の女神であると、認識できないのだ。

俺にとって、シビラのもたらした【宵闇の魔卿《まきょう》】は、本当に幸運だった。


自分自身、この職業《ジョブ》との相性の良さを肌で感じている。

序盤に覚える属性付与《エンチャント》と、大きな消費魔力。

どちらも俺向きだ。

「それにしても、ダークスフィアがいけるのなら、もうちょい歩くの速めて集団とかいたら狙ってもいいかもね」

「集団狙い？　この魔法が使えることが、そんなに影響するのか？」

「ダークスフィアの爆発って、範囲攻撃なのよ。あの広がったやつ、ダークアローぐらいの威力は平気で超えるわよ」

それはすごいな……。小さい傷だが、ファイアドラゴンにもダメージを与えられたあの攻撃が範囲で広がるとなると、半端な威力ではない。

複数体の敵が出てきても、ダークスフィアを連続して撃てば、まとめて倒せるというわけか。その説明をした後、シビラは呆《あき》れたように笑った。

「まったく、そのデメリットが範囲攻撃故にダークジャベリンの数倍という消費魔力なのに、あんたってそういうの関係ないものね。……効率と、絶対数。両方有利な条件狙って攻略していくわよ！」

「ああ、了解だ！」

経験値の効率と絶対数、新しい魔法の威力、そして利用方法。さすがの知識と知恵、一通りの知りたいことは教えてもらえただろう。あとは、幸運の女神様のお導き通りってところだな、悪くない。

俺は次のレベルアップを目指して、シビラとともに再び赤い地面に足を進めた。

幕間《まくあい》　エミー：不得意でも穴を埋めようとする同い年の子が眩《まぶ》しくなるほど、自分の暗い影がどんどん濃くなるようで

「グレイト、ヒール？」

私は、目の前のジャネットの言葉を復唱する。

あれから第八層のフロアボスを倒した私達《たち》は、ケイティさんの『ヴィンスさんの勇姿は十分見させてもらいましたわ』という宣言とともに、引き上げとなった。

そして私とジャネットは部屋に戻り、ヴィンスはケイティさんを正式に誘った。

もちろん、ケイティさんは二つ返事で了承。誘われた瞬間はヴィンスに抱きついたりして、なんかもー積極的ですごいなーって感じ。都会の人ってすごい。

後はまあ、換金して食べて、新しい宿に帰還。前住んでたところより大きめのものだ。

そして、当のヴィンスは宿に併設されてある湯浴《ゆあ》み場を使っていて、今は私達が部屋で女子組による懇親会。

「うん。回復魔法の上位版らしいね」

そのことを説明するジャネットは、心なしか普段より嬉《うれ》しそうな気がする。

もしかすると、さっきのボス討伐で私の回復が間に合わなかったのを後ろからしっかり

見ていたのかも。

いやあ、ご心配おかけしました。いざ困った時はジャネットが頼りだなと思う。

私もヴィンスも、頭の方はいまひとつ自信ないからなあ。

「あらあらまあまあ」

と、私達の会話の中へケイティさんが交ざってきた。

「グレイトヒールを覚えたのは良かったですね〜。そろそろ足りない時期なんじゃないかなーと思ってたんです。ところで覚えたレベルは？」

「あ、はい……僕が覚えたのは、30でした」

「ふうむ……」

何か、考え込むように口に手を当てるケイティさん。

「……あの……どうか、したんですか？」

「ん？　あら！　考え込んじゃってましたね。いえいえ〜なんでもないですよぉ〜」

その明らかにはぐらかされたような感じの返答を聞いて、私より先にジャネットがケイティさんの肩を摑む。普段控えめなジャネットにしては思い切った行動に驚いた。

……ちょっと身長差があって肩を摑むの大変そうだけど。

「ケイティさん」

「あ、あら？　何でしょうか」

「教えてください。【神官】はいつ、グレイトヒールを覚えるのですか？」

ジャネットが質問したのは、覚えたばかりの回復魔法のことだった。しかも、ここにいない神官の情報。

……ジャネットは【賢者】という職業《ジョブ》をもらった。しかしケイティさんの話によると、【賢者】とは【聖女】と【魔卿】の間の職業《ジョブ》なのだという。

ジャネットの魔法習得レベルを聞いたケイティさんは、ジャネットを【魔卿寄りの賢者】と断定した。その判断どおり、ジャネットは四属性の攻撃魔法を使い、レベル1から火の魔法を撃ちまくる攻撃魔法のエキスパートだ。最近は習得レベルも高くなって新しい魔法を覚えることは少ないけど、扱う魔法の規模は半端なものではない。

それ故に……回復魔法を覚えるタイミングが遅い。それも、普通の神官よりも。今まではそれでよかったけど、さっきのボスでその回復魔法が全く頼りにならないことに気付かされた。私達は、回復魔法の情報が必要だ。

ジャネットはさっきの防御も回復も当事者じゃないのに、それをすぐに察知して回復魔法の習得レベルを教えてもらおうと思ったのだろう。さすがの頭脳派、頼りになる。

「んんー……グレイトヒールを覚えるのは、個人差もありますが……【神官】だと大体18ぐらいなんですよね。ジャネットさんは、魔卿寄りの中でも少し遅いかなと」

「ふうん、そうなんだ。……あっ、すみません。教えていただきありがとうございます」

「いえいえ～！　分からないことがあったら、何でも聞いてくださいね～、ふふっ！」

ちょっとタメ語が入ろうと、謝られただけでこの楽しそうな顔。ケイティさんってほんと大人の余裕って感じ。

そしてケイティさんから返事を聞いて、ジャネットは少し暗い表情をしていた。私が何か声をかけようかと思ったところで、扉が開く。

そこには、簡素な格好をしたヴィンスがいた。

「おう、上がったぞ」

「ちょっと！　ノックぐらいしてよ！」

「うおっ!?　おいおい、今までそんなんじゃなかっただろ、大体――」

ヴィンスが何か言いかけたところで、ジャネットが大きく手を二回叩《たた》く。珍しい行動に驚き、ヴィンスも私も口を閉じる。なんだか今日は大胆な行動多いなあ。

「お話はそこまで。ケイティさん、今日はお疲れさまでした。湯浴みはお先にどうぞ」

「あら、いいんですか？」

「はい」

ジャネットが返答すると、それですぐに決定ってわけで、ケイティさんは宿の湯浴み場に行った。姿が見えなくなるまで扉の前でジャネットが最後までじーっと見ていて、私もヴィンスもさすがに様子がおかしいなとお互いに目を合わせて首を傾《かし》げる。ちゃんと入浴したであろうことを確認すると、ジャネットは部屋に入って扉を閉め、溜息をつく。

「……ジャネット、どうしたの？　何かあった？」

「何かも何も、あるに決まってるじゃん……」

呆れ顔のジャネットは、ヴィンスと私を手で招きながら、顔を寄せてくる。そして小声で言ったのだ。

「今まではラセルがいたから、女だけって状況にあまりならなかっただけ。ケイティさんにはそれを知られたくないでしょ」

「うっ……！」

「そ、そーだった……！」

うわーっ、とんでもない間抜けっぷり！　今さっき私とヴィンスは、ケイティさんの前でラセルの話題を出しかけたんだ。

ケイティさんには、勇者パーティーがみんなでラセルを追いだしたことを知られたくはない。心の奥底から意地汚いと思うけど……あれだけ憧れの目で見てくれた人に、失望されるような失敗だけは隠したい。

……ほんと、嘘《うそ》をつき続けるのって、泥沼だ……。ジャネットがいないと、私とヴィンスだけじゃどう足掻《あが》いても今の状況を続けるのなんて無理だよ。

「ごめん、ほんと助かるよ……」

「ん。僕も少し油断してたからね。そしてここで皆に相談」

頭の回るジャネット自らの相談ということで、私はすぐに頷《うなず》く。

「ヴィンス、薄々気付いていると思うけど、ヒールは発動した。二回かけないとフロアボスの攻撃では全回復しなかった」

「……俺は——」

「《グレイトヒール》」

ジャネットが、いきなり魔法を使った。私達は誰も怪我《けが》していない状態。魔法を発動したという光はあるが、当然何も効果はない。……そうか、あくまでヴィンスに魔法を覚えたことを見せるためだけに魔法を使ったのだ。

「上位の回復魔法を覚えた。消費魔力は、覚えた高威力の攻撃魔法よりは低い。僕なら、多少は常用できる」

「……っ！　ははっ……そうか！　凄《すご》いなジャネットは！」

「もちろん。僕は【賢者】だからね」

パーティーの危機の空気から一転、ちょっと得意気な顔をするジャネット。

その魔法を使えること、嬉しそうだね。

「そしてここからが提案」

「ああ、何だ？」

「【神官】を雇う代わりに、僕が回復術士《ヒーラー》の役をする」

ジャネットが言い出したのは、驚くことに回復術士《ヒーラー》の役目を買って出ることだった。

「今のままならば、神官を雇った方が良かった。ヴィンスも痛感したでしょ」

「……いや、俺は――」

「言う必要はないよ。僕も、皆も、本当にタイミングが悪かったと思う。……だけど、ケイティさんが入ってきた。あの人、僕も知らないことをいろいろ知っている。魔道士としても、レベル以上に優秀」

確かにケイティさん、ダンジョンでは理解不能な単語を次々喋《しゃべ》ってたから怖がっちゃったけど……パーティーバランスとしては、ケイティさんが攻撃魔法に集中してくれたら私達もやりやすい。

突然押しかけてきた怪しい美女、ただの色仕掛けってのならまだしも、容姿も性格もいいし知識豊富で能力も十分。あんまりにすごすぎて、私じゃ女の子らしい部分以外でしか太刀打ちできなそー。頑丈さとか、筋力とかね……自分で言っててちょっと泣けてきた。お人形さんみたいな可愛《かわい》いお姫様に憧れてた頃もあったのになー……。

「でも、ジャネットは攻撃魔法が……」

「僕は、両方する。無茶だと分かっていても、両方こなしてみせる。回復魔法を優先しつつ戦うから、僕に経験値を集めてほしい」

ジャネットは、何があってもその主張を曲げる気はない、といわんばかりにハッキリと言い切った。今日のジャネットは、なんだか鬼気迫るものがある。私とヴィンスは、代案もないからただ黙って頷くしかなかった。

と、そこで緊張を吹っ飛ばすようにケイティさんが入ってきた。

……なんか、すっごい格好で。

「あがりましたわぁ〜。あら、何かあったんですか？」

「いえ、ヴィンスに女子同士でいる時はノックをするようにと釘《くぎ》を刺していただけですのでお気になさらず。あと……もう少し着込んだ方が……」

「いいではありませんか。パーティーなんですから」

凄い。もうなんていうか、別次元。以前重いメロンを入れた布の袋があんな感じになってた。いやあ逆立ちしても勝てる気がしませんね……。

もう私、ケイティさんの遠慮のなさに、ヴィンスを注意する気も起きないよ。既にヴィンスも目を逸《そ》らそうとする気すらなく、堂々と見てるもんね。

「……まあ……ケイティさんがいいのなら、僕は別に……」

「ふふっ。……その感情が、次の……」

扉に一番近い場所だった私が、小さな独り言みたいなものを拾って後ろを振り返る。

「え？」

「ああいえいえ、なんでもありませんわ。ジャネットさんも、湯浴《ゆあ》み後は私とお揃《そろ》いファッションにしません？」

「ぼ、僕がっ？　その、し、しませんよ……」

「……ふふっ」

私だけじゃなくジャネットにもぐいぐい行ったケイティさん、最後に含みのある笑いをすると、部屋の奥に進んでベッドに入っていった。

「お先に休ませていただきますね」

そう言って、静かになった。

「……私達《たち》も寝よっか」

いろいろあったけど、ジャネットのおかげでなんとかまとまりそうだ。

正直ジャネットの負担が大きすぎると思うけど、それをあんなにしっかり言われたのだ。みんなで支援するしかない。

……でも、ラセルを追い出した翌日に回復術士《ヒーラー》が必要な場面が出てきて、ジャネットがその穴を埋めるように成長かあ。なんだか、みんながラセルを忘れていくようで、ちょっと……ううん、すごく寂しいな……。

……なんだか寝付けずに、起きてしまった。私はベッドから起きると、違和感を覚える。

「……ケイティさん？」

ベッドで眠っていたはずのケイティさんがいない。

私が窓の方に歩くと、外に月光を浴びて輝くケイティさんの後ろ髪が見えた。空を見てぼーっとしているみたい。月の下でも綺麗《きれい》だなあ……。

声をかけようかと思っていたところで……呟《つぶや》きが聞こえてくる。

「……先手？　とられた？　とられたとられた？　いつ？　今日？　ここじゃない？　聖女、どこに？　幼馴染《おさなじ》みの女の子は三人目がいない？　どこに？　聖女はどこに？　故郷じゃなければこの街？　探さないと、探さないと探さないと、先手を取られる、私が、保護、保護しなくちゃとられるとられるとられる――」

悲鳴が出るかと思った。また、だ。

……あれは、ケイティさん？　確かにケイティさんだけど、でも……何？　何を取られたというの？　何を言っているの？　いえ……ケイティさんは、一体何を知っているの？

ぐるぐると頭の中に疑問が浮かび続ける中で、音を立てないように慎重にベッドへ戻る。

暑い。音が出そうで毛布に触れるのが怖い。今気付かれたら、何が起こるかわからない。

……パーティーメンバーは、最上位職ばかり。レベルもいい感じに上がった。だというのに、あまりに不安で……私は……私達は、この先どうなるんだろう……？

今のバランスでケイティさんを外すのはおかしいし、あれだけの決意をしたジャネットに悪い。それにあの美貌と無邪気さ、ヴィンスが外すことを了承するなんて有り得ない。

相談していいのかどうか、全く分からない。

……分からない。

ジャネットは、パーティーの難題を、一日で解決するような成長と提案をしてくれた。

本当に凄い。かっこいいのは私じゃなくて、ジャネットだと思う。

……私は、ラセルが追い出される原因を作って、盾受けを失敗して回復魔法が足りない理由を明確化して、その上でみんなの判断に乗ってばかり。

自分で自分の抱えている悩みの解決方法が、全く分からない……。

……分からない……分からないんだよ……。

どうすればいいのか教えてよ……。

……こんなとき……ラセルなら、どうするのかな……。

08 良いパーティーというのはきっと、こういう関係を言うのだろう

歩く速度を上げていくと、ダンジョンの構造もよく分かるようになってきた。

「さっきから思うんだが、このダンジョンはそれなりに壁はでこぼことしているのに……縦と横だけというか、必ず十字路で直角に曲がるようになってるな」

「曲がり角も九十度……上の階に比べて頭の中でマッピングしやすいわ」

「しているのか？」

「当然。後ろに交差路七つ、左に交差路五つ進めば上の階段に戻れるわよ」

なんでシビラってぽんこつなのに、こういう記憶力と空間把握力は圧倒的に優れているんだろうな。ぽんこつなのに。

「……何か失礼なこと考えてないでしょうね」

「ぽんこつなのに頭いいなって思ってた」

「そこは誤魔化すところでしょ⁉」

「最大限褒めてるつもりだぞ」

そんなやり取りをしながらも、次に現れた鎧《よろい》を吹き飛ばしていく。一体ずつだが、着実

に敵を倒しているという実感があるな。

次は……別の個体だ。少しくすんだ銀色の鎧が槍《やり》を持っている。三体いるな。広い空間でもさすがに三体並ぶと、窮屈に感じる。

しかし、動きにくいのなら好都合。というか、こんなダンジョンみたいな天井のあるところで長い槍なんて、明らかに出現場所を間違えたとしか言いようがないよな。

そして、この固まりっぷり。俺の魔法の、格好の餌食だ。

「《ダークスフィア》」

（《ダークスフィア》）

手元から魔法を出して、相手の着弾まで確認する。槍持ちの銀リビングアーマー達は、当たったと同時に……一体が吹き飛んだ。

「ん？　一撃だったな」

「黒より銀の方が弱いわ。そして直撃したヤツだけ倒した。残り二体も鎧に大きな傷がついてる、ダメージを受けてるわ」

「なるほどな」

シビラと会話をしながらも、頭の中でダークスフィアを撃ち出している。これは喋る内容と頭の中を並行して考える練習でもある。ちょっとコツはいるが、同時でなければ案外いけるもんだな。シビラの提案した二重詠唱の別技、今度実践してみるか。

今の魔法は二重詠唱ではない無詠唱単体のものなので、先ほどより威力は落ちる。それでも着弾したヤツが崩れ、最後の一体は随分と進行速度を落とした。そいつ目がけて無詠唱のダークアローを一度叩《たた》き込むと、銀の鎧は身体《からだ》の関節が外れたようにバラバラになった。

「なるほど、これがダークスフィアの範囲攻撃か。破裂した黒い波だけじゃなくて、直撃そのものの威力が魅力だな」

「そ。ただし滅茶苦茶《めちゃくちゃ》素早い相手とかには当たらないわ」

「分かった、そういう場合はダークジャベリンで――」

「と言いたいところだけど前言撤回」

「――ん？」

もっともらしい意見だなと思ったのに、急にその発言を撤回したシビラに眉根を寄せる。

そんな俺に、シビラも眉根を寄せながら頭を押さえた。

「……いや、ほんとあんたの魔力でできる期待値、あまりにいろいろ思いつきすぎて呆《あき》れるのよ」

「勝手に期待して勝手に呆れるな……」

「……まあ気を取り直して。ダークアローを連発しまくってもそこまで早口で撃ちまくれないでしょう。そんな時にはこれ」

シビラが両手を前に出して、交互に前後運動する。これは……恐らく魔法を撃っている動きのつもりなのだろうな。

「こんなふうに、相手に直接ではなくそこら中にダークスフィアをばら撒《ま》いて、相手の退路を断つ。素早い敵は防御力が低い、だから一撃入れて早い段階で足を遅くすることが肝心。逃げ場がなくなった敵には少しずつダメージが蓄積して、いずれ必ず倒せるわ。逃げ慣れてるヤツは逃げ場を失う攻撃に弱い」

本当に、綺麗な顔してえげつないことを平気で言うおっかない女神だな……。仮に俺が敵だったら無傷で切り抜ける隙がなさすぎて、本当に対策の立てようがないぞ。

「……なるほどな。分かった、少し練習しよう」

「これからも思いついたらいくらでも話すわ」

「遠慮なく言ってくれ」

俺はすぐに、両手を前に出して交互に魔法を撃つ練習を始める。

……くっ、結構難しいなこれは。ダークアローで歩きながら練習しよう、どのみちこのダンジョンに別の冒険者が入ってくることはない。第一層の黒ゴブリン帯を抜けられるベテランなら、第二層の床の色を見た時点で引き返すだろうからな……。

何度かやっていると、少しいけそうな感覚を摑《つか》める。魔法ではなく、『あー』とか『うー』の一文字を伸ばしながら交互に頭の中で無詠唱を試すように言葉を……。

……。…………。…………………。

「ふんっ！」

「きゃん！」

不意打ちチョップ。

「何すんのよ！」

「何って聞き返すお前に驚きだよ！　お前から交互詠唱の話題を振っておいて、横から露骨に面白がって見るんじゃない！」

マジで無言のままそんな顔をしてこっち指差してたからなこいつ！

俺だって客観的に見て恥ずかしいことやってるのは分かってるんだよ！　これでも能力の発揮やダンジョン攻略には信頼を置いているシビラが言ったから、俺も恥を忍んでこうやって練習してるのにな！

この女には、デリカシーとかそういう概念が備わってないのか？

って、そんなものあるわけないよな。だってシビラだもんな！

「んなこと言ってもさあ、ほんっと面白いんだもの！」

「ふんぬっ！」

「きゃいん！」

気持ち強めにチョップ。頭を押さえながら「ぼ……ぼうりょくはんたい……」と絞り出すように呟いていたが、よくそれだけ痛がっていてあんだけ言えるよな……。シビラの提案した強化方法なのに、シビラのせいで身につかないとか本末転倒にもほどがあるぞ。

……シビラに腹立って練習できず、実力発揮できないまま死んだ先輩魔卿《まきょう》も結構いたんじゃないかと、俺は本気で思ってしまうのだった。

練習を始めて、数分か、それとも数十分か。口の音と頭の音をずらして発動させるのは難しかったが、何度かコツを掴むと成功するようになった。

ダーク、という部分を頭の中で何度も数々の発音と並行するように練習する。

例えばジャベリンとだけ言って、頭の中ではダーク。口ではスフィアとだけ言って、頭の中ではダーク。そして次は、口でダークだけを延々言い続ける。その全てのパターンを、頭の中に丸暗記するように反復練習を行う。

シビラが首を傾《かし》げながら見ているけど、すぐに気がついたのか瞠目《どうもく》し、顎に手を添わせて真剣に頷《うなず》いていた。

俺が頭の中で何やってるかまで完全に把握してる顔だよな。その真剣な顔だけ維持できていたら、俺もきっと相当いい女だなと思ったのかもしれないが……。

……まあ、それがダメだからシビラなんだよな。これはこれで、気楽でいいか。

最終的に、両手からダークスフィアを交互に三連続で出せるまでになった。悪くないな。

「いやーすごいわね。言い出したアタシが言うのもなんだけどさ、それよくできるようになったわね？　アタシじゃ無理だと思うわ」

「……信じられないぐらい無責任な後出し宣言を聞いて愕然《がくぜん》としているんだが……。まさか、シビラは俺ができると思って話を振ったわけじゃないのか？」

「全然。勝手に工夫してやってくれたら、その手順をしっかり覚えておこうかなって思ったの。頭いいわねあんた」

頭がいいのはお前だよ！　くそっ、ほんとちゃっかりしてるなこいつ！

いつの間にか、俺の成長がシビラの成長のダシにされていたぞ!?

……とまあ交互詠唱の着想から実践まで散々に言いはしたが。そういうところを除いたら、本当に恐ろしく発想力と知識の化け物だなと思う。

思えば回復術士《ヒーラー》として幼馴染《おさなじ》みの役に立てなかった俺ではあったが、もしもあの中にシビラがいたら、きっと俺は脱退していなかっただろうなと思う。不確定要素のヴィンスがどう出るかはわからないが。

ただ、必要であることは説得力を以《もっ》て証明してくれたと思う。

……当のシビラが、回復術士《ヒーラー》が抜けることを望んでいるヤツだということを除いたら、なので前提条件からダメなのは分かっては居るのだが……。

それでも、一人の俺にここまでの力を与えてくれたのだ。実際、以前の勇者パーティーでは追い出されても仕方ないぐらい、女の背中に隠れた術士だったからな。

あれは、エミーが前に出したがらなかったのもあるが……俺が怪我《けが》するの、すごく嫌がったからなあいつ。

しかし、いつまでも助けてくれるだけというのが相棒ではないのだ。本来の相棒というのは、きっとシビラのように、足りない部分を補ってくれるヤツのことを言うのだろう。

今の俺は、物凄《ものすご》い効率で強くなっていると実感する。

それが、闇魔法に限らない話だということも。


「……ん、何？　じーっと見ちゃって……あ、マジで惚《ほ》れちゃった系？　んっふっふ～」

「笑われたことを思い出してチョップしたくなっちゃった系だ」

「ごめんあのホントさっきのはマジで死ぬかと思ったのでやめて」

顔を青くするシビラの自業自得っぷりに溜息《ためいき》をつき、前を向く。

「シビラ」

「女の子に手を上げるとか信じられ……えっあっはい」

唐突に素に戻った返事が後頭部から来たところで、俺はシビラに顔が見られない位置で口角を上げる。

「また何か、強くなれそうなアイデアがあれば遠慮なく言ってくれ。モノにできるかは分からないが、全部試してみよう」

「……！　ええ、わかったわ！　下層のフロアボスはどんなに強く見積もってもいい。アタシもぼーっと見てるだけじゃ悪いし、着実に勝てそうなぐらいの作戦を考えるわよ！」

お前が考えるのなら、間違いなく最良の作戦になるだろうな。頼りにしてるぞ、相棒。


それから再び銀の鎧《よろい》集団、単体で出てきた黒い鎧などを倒した。

もう何体か分からない頃。


――【宵闇の魔卿】レベル8――


「ん？　今上がったぞ。何も覚えなかったな」

「レベル8はそうね。10ででかいのがどんどん来るから、がんばりましょ」

「そうか……上げるのはなかなか大変だな」

「でもお陰様で、ちゃんと経験値が入ってることも確定した。【宵闇の魔卿】のレベルは本当に上がりにくいんだけど、もしかしたらリビングアーマーが遅い敵だから、下層でも想定より経験値低いのかもね」

言われてみると、確かに毒のナイフを持って飛びかかってくる黒ゴブリンに比べたら、驚くほど安全だもんな。

接近戦は、あの鎧の頑丈さと武器の大きさを見るに、とても挑めそうにないが……。

俺がレベルアップにかかった時間を悩んでいると、むしろシビラは嬉《うれ》しそうな顔をしている。

そのことを質問すると、「当然でしょ」と返されてしまった。

「レベリングって、言ったとおり効率との戦いなんだけど……最後の最後に大切なことがあるのよ。何だと思う？」

「レベリングにおいて大切なこと、何だ……速度か？」

「違うわ。大切なのは『引き際』よ。もう少しでいける～もう少しでいけるぞ～と思って、疲労しているギリギリのところで速度がね、加速しちゃうの。そういうヤツは真っ先に魔物の集団部屋に首を突っ込んで、退路を断たれて命を落とすわ」

なんだか今までより、かなり実感が籠もっている。

恐らく、そういう経験で死なせてしまった宵闇の魔卿がいたのだろう……。

「……本当に……ギリギリが見えなくて、引き際が分からなくて、後悔したわ……」

「シビラ……」

「……帝都のカジノのポーカー……っきゃんっ！」

不意打ちチョップ。最後の最後に台無しだよ！　マジかよ!?

ほんっと……ほんとそういうところだぞお前！

「なんだか真面目に聞くのがだんだんバカバカしくなってきた……行くぞ！」

「ま、待って！　もうふざけないから！　ヒールして！　たんこぶマジでメチャ痛い！」

「はぁ～……仕方ないな、まったく。《エクストラヒール・リンク》！」

「うわ疲労も完璧回復。聖者のままにしておいて心から良かったと思えるわね……」

こんなタイミングで実感されても有り難みも何もないんだが……。

まあ、引き際のことは覚えておく。ある意味何よりも実感が籠もっていたように感じるからな……。

それに、恐らくそろそろフロアボスのこともあるだろう。ファイアドラゴンの件を除けば、自分から初めてボスに挑むことになる。負けるつもりはないが、油断はしない。

俺の魔力は……まだ余裕があるだろう。さすがに全く減ってないことはない感じだが、どの辺りが俺の底なんだろうな。

そのことを頭の片隅に考えながら、俺は次の鎧を狩りに向かった。

地面が赤くていつまで経《た》っても見慣れないダンジョン第二層も、シビラの一言で終わりが見えてきそうだった。

「ざっと歩いたけど……多分全体図が見えてきたわ」

「本当か？」

「ええ。左側に壁があるわよね」

シビラが前へ出てこちらに振り返り、右手で比較的整然とした壁を革手袋の甲で叩《たた》く。

「そりゃまあ……あるな、壁」

「今いる場所って、階段の反対側ってぐらい遠いんだけどさ。こっち向きの壁、さっきから全く向こう側に道がないのよ」

……ああ、言いたいことが分かった。この階層が四角い屋敷みたいなものだとすると、玄関の反対側の壁がこの辺りということか。

「恐らくこのまままっすぐ行くとフロアボスの入り口、もしくはこの階層の真ん中あたりにフロアボスがいるはずよ。まあ経験則だから外れることもあるけど」

シビラが経験則と言ったのなら、過去に複数あったダンジョンでも同じ配置だったであろう信用できる情報だ。階段降りてすぐにフロアボス、なんてことはあまりないものな。

「ま、しばらく行ってみるわ」

シビラがそう宣言して、俺の横まで戻ってきた。

「……そういえば、敵のリビングアーマーは遅いのに、シビラは必ずウィンドバリア目当てで俺の隣に戻ってくるよな」

「当然じゃない」

……当然なのか？

このフロアなら、接近さえしなければ一人で先々へ行っても何も問題なさそうだが。

「あっ、油断してるわね」

「正直なところ全く危機感がないのはまずいと分かっているんだが、本当に遠距離からだと全く危険がないからな」

「……まあね。本来は攻撃魔法ばかりに頼ってると、すぐに魔力すっからかんになるはずだから。んなもんだからさ、こういう場所を魔法だけで切り抜けるっての、なかなかの脳筋プレイよね」

おいこら人を考えなしみたいに言うんじゃない。そもそもお前がそうしろって言ったんだろ。

「……っと！　話題に出したところで、その理由がタイミング良く来たわね！　念のため張り直して！」

シビラはそう言うと、俺の身体《からだ》に寄りかかるぐらい近づいてきた。

「ん？　張り直しってことは《ウィンドバリア》、……これでいいか？」

合っているかどうか、シビラからの返事を聞く前に、その答えが別方向から返ってきた。

甲高い音で、軽めの金属が叩き付けられたような音が耳をつんざく。

「……！　《ダークスフィア》！」

俺は攻撃された方向目がけて、魔法を放つ。一度の魔法では倒しきれないことを想定して、二度、三度……。ダークスフィアの直撃を受けたそのリビングアーマーは、やがてガラガラと音を立てて各パーツがばらばらになった状態で地面に散乱し、活動停止した。

しかし、今の敵からの初撃は……。

「見ての通り、クロスボウタイプよ」

「クロスボウ……！」

ここにいるリビングアーマーは、鈍重で、遠距離魔法に比べれば当然攻撃範囲は狭い。接近前に攻撃すれば、必ずこちらが先制して倒すことができた。

武器は、剣であったり、槍《やり》であったり、斧《おの》であったり。そういった近接武器しか持っていなかった。だから完全に意識の外にあったのだ。

遠距離攻撃の可能な武器を装備したリビングアーマーがいる可能性を、俺は想定できていなかった。……あの勢いの矢なら、飛び道具用の防御魔法を使っていなければ危なかったかもしれない。

「シビラは予想していたのか？」

「なんとなくね。絶対出るとまでは確信持っていなかったけど、もしかするとって一度思うと、それでやられちゃうんじゃないかなーってどうしても思っちゃうわけよ」

あくまで予想だけで、ずっと俺の隣を安全圏と思って近くにいたわけか。危険に対してはさすがの嗅覚だ。

「なるほどな、助かった」

シビラに軽く礼を言って、再び歩き出す。今度は先程より慎重に、足を進めていく。

だんだんと、ダンジョンが暗くなってきたように感じる。すぐ後ろの交差路から、この一角だけ明らかに異様に感じる。

「……当たり、かしらね」

シビラが目の前を訝《いぶか》しげに見ながら呟《つぶや》く。

俺も緊張しながら、両手を前にして歩き出す。いつでも撃ち出せるように。

——途端。

目の前に赤い光が見えたと同時に、妙に軽快な音が響いてくる。

「《ダークスフィア》！」

俺が魔法を撃ったと同時に。

「《ストーンウォール》！」

ここでシビラが、急に魔法を使った。

その魔法はストーンウォール。比較的厚い石の壁が正面に出てきて、目の前の視界を塞ぐ。更にシビラは、俺の身体を壁に向かって飛ばすように力を入れ、自身も壁にバックステップする。たたらを踏みながら壁に手をついた俺の目の前で、シビラの作った石の壁が轟音《ごうおん》を立てながら破壊された。

俺がさっきまでいた場所に現れたのは、これまでとは全く違うリビングアーマー。

──リビングアーマーが、馬の全身鎧の形をしたリビングアーマーに乗っている。

……シビラの咄嗟《とっさ》のサポートがなければ危なかった。石の壁のつぶてを腕で防ぎながら敵を目で追っていると、シビラの叫び声が飛び込んでくる。

「ラセル、退路を塞いで！」

「ッ！《ダークスフィア》……《ダーク──」

（……《ダークスフィア》……）

俺は返事をせずに、すぐに魔法の行使をした。先程までの練習を思い出し、交差路の少し奥、そして左の曲がり道の地面に闇の球を置き爆発させる。

鎧の騎馬兵の馬が後ろ脚で立ち上がるように停止したところで、俺の三発目のダークスフィアが馬の脚に直撃する！

「うっし！《ストーンウォール》！」

シビラが横でガッツポーズ。直後リビングアーマーの退路を断つように、交差路を閉じる形で石の壁を作る。馬は人間ほどその場で方向転換できないようで、俺は立ち止まっているところへ魔法を撃ち込んだ。

見た目の大きさとは裏腹に、騎馬兵はダメージを数度負うと、すぐにガラガラと崩れていった。

「……勝った、のか？」

「そうね。ホラ、早いヤツって見た目ほど頑丈じゃないのよ。騎馬兵って順調な時は強くていいんだけど、障害物とか想定外の事態に対して弱いのよね」

なるほど……それで今の流れでうまく勝ちを拾えたのか。

「サポート感謝する」

「どーいたしまして。今日は出番少なかったから、活躍できてよかったわ」

シビラはお気楽そうに言いながら騎馬兵の魔石を漁《あさ》っているが、さっきの活躍はそんなレベルじゃない。

使った魔法の有用性はもちろんのこと、相手が鈍重ではないとすぐに判断して石の壁を出したその判断。あれがなければ、どちらかに避けても馬が追ってきていた可能性が高い。

何よりも……交互詠唱という技を思いつき、素早い敵が出ると予想した上でこちらに指導した、その危機回避能力が高い。シビラは、こんな敵が出ることも予測していたのか？

——いや、そんなことはもう、聞かなくても分かる。

知っていなくても、予測できなくても、万全で挑む。

緊急事態でも一瞬で判断して、こちらを助ける。

それができるのが、シビラなのだ。

女神である前に、やはり冒険者の先輩である【魔道士】シビラとしての経験に裏付けられた直感のようなものが、その実力になっているのだろう。

これが、俺の相棒。本当に心強い。

「凄《すご》い魔法だったな、本当に助かった」

「……まあレベル20の魔法だし、派手な魔法だけど……あんたの方が百倍ぐらい凄いことやってるわよ？　ま、お礼は受け取っておくわ。ついでにシビラちゃんに惚《ほ》れる権利もあげる」

「よく言うよ、全く」

こんなタイミングでもいつも通りなシビラに、俺も肩で笑う。緊張なんてどこ吹く風、ってな。

馬の鎧《よろい》部分に何もないことを確認したシビラは、もう用は済んだとばかりに騎馬兵リビングアーマーのいた方向へと進む。俺もその横に並びながら、この道の奥を目指す。

奥は……大きな金属の扉だった。

「フロアボスね」

「だろうな」

お互いに予想を一致させると、ここからの判断もシビラに聞く。

「どうする？」

「帰るわ」

なんと、まさかの即答。シビラの返答は帰還だった。

「理由を聞いてもいいか？」

「まず、アタシが言ったことを覚えてるわね？」

「何よりも、引き際が肝心、か」

「そうよ」

シビラは頷《うなず》きながら、大扉を睨《にら》む。

「早いうちに倒せることに越したことはない。だけど襲撃は明日かもしれないし、来月かもしれないし、十年先かもしれない。そのときにラセルが孤児院にいたら、それはそれで守れるわよね」

「……それは、そうだな。だが……」

理屈の上では納得できるが、しかしそうなると魔王が孤児院に攻めてくることになるわけで。

「そうよ、孤児院が危険に晒《さら》される。全員守れる確率は落ちるわね」

「それじゃあダメだ、誰か一人でもやられると……」

……そう、事情を知っている俺だからまだ心の準備ができている部分はある。

しかしエミーは、突然孤児院の誰かが殺されたと知って、理性を保てるだろうか……？

「……ラセルが何考えてるかはわかるわ。でもアタシが言いたいことはただ一つ」

シビラが大扉から、俺の方に身体の向きを変えて、キッと睨んでくる。

「あんたが負けたら、孤児院の全員が死ぬ確率が十割になってしまう」

「――っ……」

思わず絶句するほどの、辛辣な言葉。それでいて、どうしようもないぐらいの正論。

そうだ……今俺がやられてしまったら、この村で他に頼れるヤツはいない。負けるわけにはいかないのだ。

それこそ恥も何もかも捨てて、ヴィンスを呼びに行くなんてことも考えてしまう。……しかし再会は、あまりに気まずい。どうしても俺の心の弱さではあるが、まだそこまで踏み切れない。

更にもう一つ。魔王は、聖女ではなく神官を狙えば弱いと思っている。

違うのだ。今のヴィン人のパーティーには、神官がいない。最初からその優先して倒す相手がいないのだ。

俺を追い出しておいて、新しい回復術士《ヒーラー》を雇うということをエミーが許すとは思えない。

正直に言おう。あの魔王の狡猾《こうかつ》さを見た後だと、神官なしで勝てるとはとても思えない。

それに、できることならあいつらには、俺が一人で決着をつけてから会いに行きたい。

その力は、きっとあるはずだ。

俺が悩んでいるところで……シビラは、何故《なぜ》か俺の身体《からだ》をぺたぺた遠慮なく触り始めた。

「……人が悩んでいるところで何やってんだよ、叩《たた》くぞ」

「ラセル。こういう場合、入念に準備するのが大切なのよ」

シビラがそう言いながら、自分の服を軽く叩く。軽装鎧の硬い音が鳴った。それの意味するところは……。

「ローブの下に、鎧を着けるのか？」

「そう」

「……悪くはないが……」

「いいえ、悪くないどころか、とびっきり良いわよ～。そりゃもう凄《すさ》まじいやつ。『超特別アイテム』なの」

俺が首を傾《かし》げながら、シビラに先を促し待っていると、シビラはニーッと、あの笑みを浮かべた。

「何を持っていたか忘れちゃった？」

「勿体《もったい》ぶらずに言ってくれ」

シビラは俺の顔を見ながら、いたずらっ子のように笑って、その『超特別アイテム』のネタばらしを言った。そして俺はこの、危機回避の女神様の対応力に舌を巻くことになる。

「昨日の夜の段階で早馬依頼して、今ちょうど街のドワーフにファイアドラゴンの加工をしてもらっているの。ラセル用のインナー鎧よ」

それは確かに、凄まじいな……。

◇

シビラの『戻る』宣言により、本日の探索はここまでとなった。

帰りは経験値稼ぎに他の近接武器を持ったリビングアーマーなどを倒しながら、シビラに先導される通りにダンジョンを虱潰《しらみつぶ》しに動く。

ボス直前の騎馬兵リビングアーマーより厄介な魔物は、さすがに現れなかった。

そしてシビラが『第二層の全ての探索を完了したわ』と告げたと同時に、目の前に第一層への階段が現れる。……本当に第二層を丸暗記してしまったらしい。分かってはいたが、記憶力が半端ではない。訓練してどうにかなるのか？　羨ましい能力だ。

思えばエミーは落とし物が多かったが、意外にもジャネットはよく迷子になっていたような記憶がある。あれは不思議だったのだが、いろんな人を見てきたジェマ婆《ばあ》さんはこう言っていた。

『頭のいい女の人は、同時にいろんなことをやったり考えたりできる。だけど頭が良すぎると、思考の糸が絡まっちまうみたいに、道を覚えられないって人が多かったさね』

その『糸が絡まる』という表現がすっと入って理解できたことを覚えている。……まあジャネットは、迷子の時だろうといつもマイペースだったけどな。

特に不安にしている様子もなく、捜し出した後もこちらに淡々と歩いてきていた。昔から大人びているというか、肝の据わったヤツだった。

ジャネットは常に、皆に一目置かれていたように思う。それを考えると、迷子にならないシビラは頭が悪い……なんてことはあるまい。こいつが特別なんだろう。

頭脳面では完璧。ただし時々ぽんこつ。時々じゃないな。

「……何か失礼なことを考えてるわね？」

「勘が鋭いのはいいことだが、失礼なことを言われたくて聞いているわけじゃないよな？」

「もうそれ考えてたって言ってるも同然じゃない!?」

やいのやいのと言い合いながらも、俺達《たち》は第一層までの階段を上り始めた。

この階段を上れば、第一層。黒ゴブリンばかりのフロアだ。後は大丈夫だろう。

「――とか思ってないでしょうね」

「また藪《やぶ》から棒《ぼう》だな」

「防御魔法、減衰してるから一応つけときなさい」

……こいつがこう言う時は、必ず何か考えがある。

「……分かった。《ウィンドバリア》」

（《ウィンドバリア》）

自らを覆う不可視の膜が濃くなったことを確認し、シビラと共に上る。

そして上った先で…………特に何もなかった。

「何もなかったわね。『階段を上ったと同時に猛毒の矢の雨が来る』とか考えてたけど」

「恐ろしいことを考えるな……慎重すぎるというか」

「慎重すぎってほどではないわ。軽装鎧の準備も、退路を防ぐ魔法も、最大限思いついたことは全部やっておく。だって――」

シビラは、俺が行きがけに倒した黒ゴブリンの矢を踏み折りながら呟《つぶや》いた。

「――それでやられた宵闇の魔卿《まきょう》、過去にいたからね」

ダンジョンから出た俺達を迎えたのは、明るい夕日。

太陽の光が肌にかかり、その温かさを伝えてくる。

「ん～っ……！　やっぱり晴れてるって最高ね！　太陽ってヤツはほんと、人間になくてはならないもんだと思うわ」

「……宵闇の女神がそれでいいのか？」

「宵闇って別に暗いって意味じゃないわよ。太陽が落ちて月が昇る前。別に太陽が嫌いってわけじゃないわ」

「それは初めて知ったな……」

そうか、だとすると……。

「……昨日皆で肉を食べた時ぐらいが、宵闇か」

「そーそー。アタシが一番神々しくなっちゃう時間ね。誓約した信徒があんただけだからまだまだ力は弱いけど、それでもあんたの能力自体が凄かったから、神格みたいなものは既に備わってるのよ」

そういえば、【宵闇の魔卿】になった直後にシビラの羽が濃くなっていたな。

「その羽、はっきりと顕現するにはどれぐらいの誓約が必要なんだ？」

「たくさんの信者……と言いたいところだけどあまりおおっぴらにするわけにもいかないから、そうね……ラセルぐらいの能力なら五人ぐらいあればギリいけるけど、正直歴代の聖女を引っ張ってきても、あんたほどの力は得られないわね」

「自分のことなのに、あまり現実感がないな……」

「……そうね、ラセルにはその辺りを教えておくわ。歩きながら話すわね」

シビラから、俺の魔力に対しての考え方みたいなモノを教えられるらしい。

　真面目な顔だ。こういう時はしっかり聞いて身につけないとな。

「まずは、能力の高さが絶対。その上で『頑張って優秀になった魔力』と『頑張らなくて優秀である魔力』だったら、後者の方が『才能がある』と感じるんじゃないかしら」

「……非常に残酷な表現だが、そうだな」

「そうよね。遠慮なく言うわ、あんたのことよ。……重要なのは、ここからの話。こういう場合に、人って前者を使いたがってしまうものなのよ」

「前者を使いたがる……？」

「魔力のところを筋力とか、剣術にして考えてみなさい」

　剣術なら分かる。そりゃあ、誰だって自分の鍛錬の末に得た能力を振るうのは嬉《うれ》しいだろう。基本的に『頑張って得た力』は、長い期間がかかっているからな。

「でも、頑張らなくて得た力の方が、他者に求められている場合の方が多いのよ。これを言い換えると『問題解決に対して、必死に頑張ってギリギリ解決する』と『問題解決を、何の苦労もなく余裕で解決する』よ」

　……ああ、なんとなく分かった。頑張って解決できたとしても、ギリギリなら能力に余裕がない、つまり足りていないのだ。

「自分に求められている力というものを、人は意識できない。簡単にできることを、誰でもできると思ってしまう。多分【勇者】ヴィンスは、回復魔法が後から使えるようになって、余計に先に覚えた攻撃用の魔法を誰でも使えるものに感じてしまったんでしょうね」

「……そこを抉《えぐ》ってくるか……」

「ええ。だからあんたもこれは反省。キュアって魔法を誰でも簡単に使える魔法だと思ってたでしょ」

……確かにシビラの言ったとおりだ。キュアは何もかも治療できる最上位の治療魔法。全く知らなかったし、知ろうともしなかった。自分が早い段階でできてしまったからな。

「こういう皆を俯瞰《ふかん》して見るのを、『神の視点』って言うけど……まあ実際女神だけどさアタシ。その視点からすると、次に強い魔物が出るのにとか、次に覚える魔法がこれなのにとか知ってるから『こいつらバッカでー！』って思っちゃうけど……当事者からすれば分からないのよね。だって」

シビラは俺の方を見ながら正面に回った。

「人はね、『自分が簡単にできることが、他の人はできないかもしれない』って当たり前の事象に、当事者だけ分かりにくいようになってるのよ。だから——」

彼女はその場で立ち止まり、真剣な表情で俺と目を合わせる。

「——それが原因で失敗した人を、アタシは沢山見てきた」

…………。そう、か……。俺は当たり前のように魔法を使っていたが、もっと『普通の人は魔力が枯渇する』という現象があることをしっかり認識した方がいいんだな。

確かに剣は、鍛錬した。しかし、高いレベルで体格が遥《はる》かにいい他の剣士などには到底及ばないだろう。軽々しく特大剣を持つその人を剣士として羨ましく思っても、相手にしてみれば魔力の枯渇がない俺の方が卑怯《ひきょう》とすら思うほどに上。

俺だって、散々思ったじゃないか。戦う力が羨ましいと。きっとそれは……自分にないから羨ましかったのだろう、な。

自分という存在の再認識と、それに伴う相手のこと……しっかり考えないとな。

「まあ、ちょっときつめに言っちゃったけど」

シビラは再び進行方向に向かって身体の向きを変えた。

銀髪を手で掻《か》き上げながら、夕日を見る。

「アタシも、『これぐらい分かって当然でしょ』って視点にならないように、いつも気をつけてるわ」

そう自省するシビラにも、きっと今の俺と同じ気持ちになったことがあったのだろう。

「それに」

そう続けたシビラは嬉しそうに、しかしどことなく悪戯《いたずら》っぽい表情でこちらを向きながら、村の北側方面を指差す。

「そんなアンタが『え、このぐらい簡単でしょ？』って無料サービスでチョーシこいたお陰で、救われた人もいるのよ。巡り巡って、あんたの力になってくれたわ」

その方向には、見知った顔が荷物を背負いながら手を振ってきていた。

俺達は、孤児院の中へと戻ってきていた。途中で合流をした、この荷物を運んだ目の前の女性に話しかける。

「……本当にこれを、全部背負って走ってきたんだよな？」

「届けた後は馬で帰ってきましたけど、武具が到着して村の門からは走ってきましたよ」

「……名前を聞いていなかったように思う」

「あらあらまあ！　そうでしたね」

俺の目の前にいる女性は、そう言って胸元からタグを出す。

明らかに冒険者用のタグを取り出して……想像より大幅に凄《すご》い情報が出てきた。

『アドリア』――ヴィクトリア【剣士】レベル23。

「ブレンダがお世話になっております、母です」

「えっお姉さんつっよ!?」

俺が突っ込む前に、シビラが突っ込んだ。

そんなツッコミにも「まあまあお姉さんだなんて～！」と、料理を出していた時のようにマイペースな反応をするブレンダ母ことヴィクトリア。

……この人こんなに凄い人だったのか。ほんわかした優しい母親って感じでありながら、これだけの荷物を持って、平気なわけだ。

というか、もしかしなくても夜のうちに馬で駆けて、朝に帰ってきて孤児院に来ていたのか。凄《すさ》まじい体力だな……。シビラとはその時にやり取りしたのだろう。

「黒ゴブリンには油断して攻撃を受けちゃったけど、それなりに頑張れるんですよ」

「何故《なぜ》今は畑を？」

「ちょっと疲れて引退ですね。まあまあそれより」

と、ヴィクトリアは自分の話を切り上げて荷物をほどいていった。

そこに現れるは、確かに記憶にある赤い色。鎧《よろい》以外のものもいくつかあるな。

「ドワーフさん、素材を見たら張り切っちゃってましたし、まずは一つ作ってくれたみたいですね。どうぞ」

確かに昨日の夜に馬車が出て、今日にはもう届いてるって異常だよな。ドワーフという種族がいかに特別な能力を持っているかを実感する。

「ほら、それよ」

「ん？」

「アタシから見ても今回はマジ凄い製作速度だけど、ドワーフは『このぐらいの速度で武具を作り上げるぐらい余裕じゃろ、誰でもできるわい』って感覚よ」

「なるほど……」

先程言われたことに納得しながら、ローブを脱いでインナーの上から鎧を着る。

「伸縮性もありつつ軽く、動きやすくなってるらしいわよ」

「……確かに、全く邪魔にならない上に軽い。凄いなこれは」

シビラが軽装鎧を拳で叩《たた》く。

「こんなの生まれつき身体《からだ》に装備してるんだから、そりゃドラゴン様にとっちゃ人間との戦いなんて余裕よ、やってらんないわよねー」

全くだな……普通の剣では歯が立たないわけだ。生まれつきこの全身鎧を着ているようなものなのだから、余裕が全然違うよな。

「さて、どう？　いけそう？」

「ああ。シビラ、入念な準備、感謝する。これなら——」

……下層のフロアボス。どんなヤツが相手かは分からないが、これほどの準備なら……。

「——試してみる価値、あるな」

俺は新しい装備の感触に満足しながら、あの大扉への挑戦に拳を握りしめた。

幕間《まくあい》　エミー：ありふれた日常ほど、小さな違和感を大きく感じてしまう。それでも私は一人じゃない

窓からの眩《まぶ》しい太陽の光を受けて、私は目を覚ます。

宿を上のランクに変えて、ベッドの毛布も厚く柔らかい。……ああ、もう少し……あと五秒……ううん、あと五分だけ……ああやっぱりあといちじか──

「起きて」

「わあっ！」

急に毛布の重さがなくなったと同時に、外気の寒さが迫ってくる。

ああ～ん……私のふかふか毛布～……。

「いつまで寝てるのさ……」

「あ、あれ……今何時？」

「九時半。朝食そろそろ終わるよ」

え、ええっ!?　もーそんな時間なの!?

ていうか、だんだん目が覚めてきたから気付いたけど、つまりみんな先に起きちゃってるってことだよね？　それで先に食べちゃったんだよね!?

「お、起こしてくれても……」

「あと五分って言って、戻ってきたら一時間ずっと寝てた」

「うっ……」

ああ……記憶がないのに、なんだかありありとその様子が浮かぶ……。

「ご、ごめんごめん……」

「本当は二度三度起こしたんだけど、全然起きて来なかったから驚いたよ。……普段は目覚め早いほうだよね」

ジャネットの質問で、私はだんだんと、本当の意味で頭が覚醒してくる。

……そうだ、昨日は夜、みんなでベッドに入って、私は目覚めて……。

そして、ケイティさんが……。

「……やっぱり昨日の怪我《けが》、かなり重かったから精神的に疲れてるのかもね」

「あっ……！　えっと、あ、あー……うん、そうみたい。もう大丈夫だから」

「ならいいけど」

ジャネットはそう言うと、私のベッドから離れていった。そして扉に手を掛けたところで、ふと思い出したようにこちらを向く。

「忘れてた」

「ん？」

ジャネットは、いつもどおりの感情の乏しい表情で首を傾けながら言った。

「おはよう、エミー」

「あっ！　おはよう、ジャネット！」

「ん」

その返事を聞くと満足そうに（といっても表情からは分からないけど）部屋を出て行った。

「……はぁ〜。なんだか最近はジャネットの方が、しっかり可愛《かわい》い女の子してるなぁ」

私も一人で悩んだり落ち込んだりしていられない。

よーし、気を引き締めて、がんばろう！


「おはよーっ！」

「おう！」

「あら、おはようございます！」

食堂ではヴィンスとケイティさんが既に食べていた。

「私のもお願い！」

「はいよ！」

食堂で恰幅《かっぷく》のいいおばちゃんからトレイをもらい、パンと肉とチーズの大皿を確認して満面の笑み。ん〜っ、やっぱり食べるのっていいよね。

私はケイティさんの隣、ではなくヴィンスの隣……でもなく、ジャネットの隣に座った。

ジャネットは少し不思議そうに小さく首を傾けていたけど、特に問わないでくれた。

……なんとなく、まだケイティさんを正面から見るのが怖い。

あの人が分からない。一体何者なのか、何故私達《たち》に近づいてきたのか。……それでも昨日一日一緒にいただけで、はっきり分かることがある。

――今の私達が、ケイティさんなしでパーティーを問題なく運用するのは、現状ではとても無理。その一点だけは絶対だ。

「……あ、食べ終わっちゃった」

私が黙々と考え事をしながら食べていると、皿の上の食べ物はいつの間にかなくなってしまっていた。

「まあまあ。よろしければ、私の分も食べますか？」

私の呟《つぶや》きを聞いて、ケイティさんが料理が半分ほど残っているトレイを持ってきた。

ちょっと緊張しつつ、声をかける。

「いいんですか？」

「はい〜！　前衛の方は特に、しっかり身体を作っていただかなくてはいけませんから！」

「で、では遠慮なく」

私はケイティさんからお皿を受け取り、お肉を食べる。そんな私を、ニコニコと顎を両手に乗せて見る金色の瞳。

……うん、あんまり考え過ぎちゃ駄目だよね。

独り言がちょっと危ないお姉さんなだけで、一緒に会話している時のケイティさんはやっぱり素敵な女性だ。私が拒否するというのは、本当に失礼。

「おいしいです、ありがとうございました」

「はい、どういたしまして！　ジャネットさんも、少し食べてヴィンスさんに渡していましたから、私もどなたかに分けたいと思っていたところなのです」

そう言ってころころ笑うケイティさん。……まあ、それはいいんですけどね……。

なんでジャネットもケイティさんも少食なのに、そんなに、ばいーん！　で、ぼいーん！　なんでしょう……！

ううっ……世界が理不尽でできているよ……。

ギルドに出てみると、なにやらざわざわとした騒ぎ。

ヴィンスがギルドにいる一人に声をかける。

「なあ、何やら賑《にぎ》やかだが何かあったのか？」

「おう、今朝一番でドワーフの鍛冶屋にすげえもんが入ってきたって話題になっててな」

「凄《すご》いもの、か？」

ドワーフの鍛治屋ってことは、間違いなく素材のことだよね。

「ああ。なんとファイアドラゴンの鱗《うろこ》だ！」

「ドラゴンだと……！」

ドラゴン！　魔物の中でも最上位に位置する、下層あたりにいるかもしれないって言われている魔物！　見た人は、伝説上の人ばかり。他の高ランクの人達でも、下層まで潜った際の情報はあまり外に漏らさない。

みんな仲間で、みんなライバル。情報はタダじゃないのだ。

もちろんこれはジャネットの請け売り！　私がそんな賢いこと考えられるわけがないのだっ！　自分で朝の陰鬱な気持ちを掘り返してどうするんだろうね……。

と、話を聞いていたケイティさんがずずいと前に出てきた。

「その話、本当ですか？　確証がありますか？」

「ん？　お、おお……すげえ……」

「本当の、話！　で・す・か？」

「うおっ、あ、ああもちろんですよ！　あの寡黙でモノ作る以外興味なさそうなドワーフ自らが、皆叫びまくってて」

「ふむ……なら本当ですね。彼らの目は誤魔化せません、偽物は素材の魔力ですぐにばれますから」

ケイティさんは、ヴィンスの方を振り返り頷《うなず》く。

「素材に限りがあるでしょうから、必ず手に入れましょう。ファイアドラゴンの素材を使った鎧《よろい》なら、火炎耐性があります。どんなに最上位の装備を手に入れようとも、その鎧が装備の選択肢から外れる日は来ないでしょうね」

「そりゃすげえ、絶対手に入れないとな。しかし予算が……」

……うーん、確かにその装備、話を聞くだけではとても買えそうにないよね。

「でしたら選択肢は一つ」

そしてケイティさんは、ヴィンスに身体を密着させるように正面からひっついた。

「手に入るまで稼ぎましょう！」

ヴィンスはケイティさんにじっと見られつつも、その視線はケイティさんと合っていなかった。……さすがにあれは断れるとは思えないね。

ナチュラルパーティークラッシャーのケイティさん、自分の武器をよく理解していらっしゃる。やっぱりナチュラルではなく意図的なのでは？

まあそれはそれとして、私もお金だけじゃなくて、レベルを稼いでおかないとと思っていたところだ。昨日の分を取り返しに、頑張りますかね！

ダンジョンに連日入ることはあまりない。一応疲れとかはないと思うし、今までそんなことを感じることはなかったから、大丈夫だろう。

すぐに中層の方に到着して、魔物の討伐と探索を開始する。ブラッドタウロスの攻撃を防ぎながら、後ろのみんなに攻撃を任せるという形だ。

チャンスがあれば、私も反撃をする。もちろんレベルはなかなか上がらないけど、それでも大切な私の役目だ。しっかり頑張らなくちゃ。

途中、交差路で二体のブラッドタウロスが現れた。片方は私の方、片方はヴィンスへ。

そこで、ケイティさんの叫び声が聞こえてきた。

「エミーさん！　ヴィンスさんを庇《かば》ってみてください！」

「え？　えっ、はい！」

ケイティさんが私の正面にいた魔物を、土と水の魔法を駆使して怯《ひる》ませた。そのうちに私は、ヴィンスの正面に回って盾を構える。

「そう！　もっと密着して！」

「へっ!?　え、ええと……！」

それって、かえってヴィンスが危なくない？　指示は意味不明だったけど、とりあえず謎の頭脳であるケイティさんの指示だ。やるだけやってみよう。

私は盾でタウロスの攻撃を受ける。大きな音が鳴って、棍棒《こんぼう》の衝撃が腕に伝わる。

……うん、普通。まあそりゃそうだけど、普通の防御でしたね。

「……まだ？」

なんだか変な声を聞きながらも、ジャネットが私に回復魔法をかけて、続けざまにヴィンスが攻撃魔法を叩《たた》き込む。一番近かった方の魔物は倒れたので、すぐにヴィンスと離れる。私とヴィンスは目を合わせながらお互いに首を傾《かし》げた。

「別に普通だったよね？」

「……そりゃまあな」

なんだかまたじろじろ見られている気がするので、私はヴィンスに手短なやり取りを済ませると、ケイティさんの前へと走った。

魔法で上手《うま》く中層の足場を隆起させながら、魔物が前に来るのを防いでいる。近づいたら顔目がけて火を放つ。本当にレベル以上に戦い方が上手い。

「入ります！」

「あっ、はい。助かります」

そしてすぐに、残りの魔物も討伐完了したのだった。ケイティさんは私をちらりと見た後にヴィンスをじっと見て、口が動いていると分からないぐらいの小声で呟く。

「——足りない？　まだ？　でも必ず……ないなんてことはない。いつか、そのうち……絶対……」

……まただ。またケイティさんが、よくわからないことを喋《しゃべ》っている。

ジャネットの方を向くけど、運悪く遠くに居る。ううっ、こういうときに頼りにしたいのになあ。

とにもかくにも、この日の探索も無事に終わった。


夕食もたくさん肉を食べて、宿に戻り就寝時間となった。

今日はケイティさん、特におかしな動きはなくぐっすり眠っている。私はその姿をじーっと見ると、自分もベッドに……入ろうとしたところで、後ろから声がかかる。

「……エミー」

振り向くと、朝と同じようにジャネットがこちらを見ていた。

ぼんやりとした目……のようで、どこか意志を感じる目。

「こっちに来て」

私はジャネットに誘われるまま、宿の誰もいない場所まで来た。

そこでジャネットは振り返り、私の方をじーっと見て口を開く。

「何か、あった？」

「……！」

——ああ。

ほんと、この子にはかなわないや。

ジャネットは私がおかしいこと、とっくに気付いていたんだね。さすが頭脳面では幼馴《おさな》染《じ》み四人組で一番だった子。

……今、一番信頼できる相手。そして、そのことを話す絶好の機会。

部屋はまだドアが開いていない。どこかで起きて聞いている気配はなさそうだ。

私は、意を決してジャネットに報告した。

「あのね、ケイティさんのことなんだけど――」

09 記憶の中の俺ではないことを、肯定してくれるという安堵《あんど》

ファイアドラゴンの鱗でできた新しい鎧を脱ぎ、机に置いて手の甲で叩く。不思議と音らしい音はほとんど鳴らない。打撃や衝撃を吸収しているんじゃないだろうか。

そして鎧の他にも、ここには気になるものがある。

「これは、剣か？」

「そうですね。ファイアドラゴンの牙から作った逸品で、ラセルさん用の武器ですよ」

鞘《さや》に収まった剣は、やや幅広で大き目だ。恐らくファイアドラゴンの素材を見たドワーフが、思うがままに作ったのだろう。

……しかしこの大きさとなると、ダンジョンで振り回すのは些《いささ》か難しいか。

「ああ、ラセルはもしかしてその剣、ダンジョンだと使いにくいとか思ってる？」

「まさにそのとおりだが……実際使いにくくないか？」

「どこまで有効かは分かんないけど、多分エンチャントすると天井も切れるわよ」

マジかよ……いや、確かに竜の首を斬った余波だけで天井抉《えぐ》ってたわ。やはり闇属性の持つ威力は凄《すさ》まじいな。狭い場所でも使えるならば、この剣も明日は持っていくか。

「後は盾だが……こっちも大きいな……」

「ドワーフは力持ちだから、気分が乗ってる時ほど大きめの武器作るのよ。ファイアドラゴンを持ってきたんだから、こういうものになるのは当然ね」

……自分ができることを他人もできると思い込むということの弊害、本当に実感するな。

これも便利そうではあるが、俺向きかどうかと言われると分からん。それに剣と盾で両手が塞がっていると、肝心の闇魔法が使えない。

エンチャント・ダークだけで戦うのも悪くはないが、それこそあのリビングアーマー群と戦うなら遠距離か近距離かなんて、考えるだけ愚かだ。

「今回の荷物の確認は、これで一通り終わったわね」

シビラの発言に頷いたところで、孤児院の扉が開く音が聞こえてきた。

ジェマ婆《ばあ》さんは確かずっと子供の面倒を見ていたはずだし、誰だ？

盗賊か何かかと一瞬警戒もしたが、まず盗賊は正面から堂々と入ってきたりしないし、何より入ってきた人物は小走りで急ぐ足音を隠す様子がない。

俺達《たち》が顔を見合わせながら、足音が近づいてきたことに気づき少し身構える。

ドアノブがゆっくりと開いていった。

「ラセルちゃん！」

目を合わせた途端、驚きに満ちた懐かしい声が聞こえてきた。現れたのは、桃色の髪をシスター服の間から少し覗《のぞ》かせた、久しぶりに見る姿。

ジェマ婆さんと一緒に孤児院のシスターをしている、フレデリカだ。訳あって留守にしていたが、どうやら用事が終わったらしい。

「久しぶりだな、フレデリカ」

「……あ、あら……？　ラセルちゃん、ちょっと雰囲気変わっ——」

「——フレデリカ！」

その声に被《かぶ》せるように、扉の後ろから声が飛んでくる。あれは間違いなくジェマ婆さんだ。

「あ、ジェマさんただいま戻りました。あの、それで……」

「ちょいとこっちに来な！」

フレデリカは俺と扉の向こうの廊下——恐らくジェマ婆さんの姿——を交互に確認すると、少し後ろ髪を引かれているような顔でジェマ婆さんの方に行った。

その流れがいまひとつ分からなかったが、少し考えて合点がいった。

俺は自分ではすっかり意識できていなかったが、自分の言葉遣いや雰囲気が大きく変わってしまったのだったな。フレデリカがあの反応をしたのも当然だ。

ジェマ婆さんは、きっとその事情を説明してくれているのだろう。さすが、気が回る婆さんだ。子供の頃は厳しいばかりだと思っていたが、あれはやはり誰よりも様々な危険に神経をとがらせていたからなんだなと今なら分かる。

そして、シビラもその事情を今のフレデリカの反応でなんとなく察している様子だ。腕を組んで「いい婆さんねー」と肩を上げた。……ああ、まったくだな。

「それにしても、こういうのを第三者が待ってるこーゆー時間って気まずいわよねー」

「えっ？　えっと、そ、そう～……ですかね、ほほほ……」

あとシビラ、その気まずい発言を遠慮なく言ってしまう辺りがシビラのダメなところだからな。特に俺の目の前で肯定なんて、ヴィクトリアが簡単にできるわけないだろ。ヴィクトリア、ほんとすまん。こいつにデリカシーを望むのは諦めてくれ。

と、そんなやりとりを挟んだ直後、ジェマ婆さんと一緒にフレデリカが入ってきた。フレデリカは……どこか気遣うように上目遣いだ。

「ジェマ婆さん、全部話したのか？」

「ああ、ラセルも改めて自分の口から説明したくはないと思ってねえ」

「そうか。一応礼は言っておくが……もうそこまで気にしてはいない」

「……おやまあ」

ジェマ婆さんは俺の顔を見ながら、少しずつ近づいてくる。その瞳が、じーっと俺の方を見ているわけだが……目を合わせるってのは慣れないな、どうにも……。

「……ずいぶんと、良くなったね」

「分かるのか？」

俺の問いに、ジェマ婆さんは目を見開くと、年を感じさせない声で嬉《うれ》しそうに笑った。

「カッカッカッ！　これでもいろんな人を見てきているんだよ。あんたらみたいに若いのから、当時あたしより上だったじいさんばあさんもね」

そして、再び俺と目を合わせる。

「その中で言うよ。あんたの目は、あんな出来事があったのに、もう前を向いたんだね」

「ああ、もう心配する必要はない。後ろ暗いことなど、あいつらに関わること以外なら全て問題なく大丈夫だろう」

「うんうん、ラセルはやっぱり、一番芯がある子だったね」

ジェマ婆さんが満足そうに下がり、フレデリカは少し探るような顔で近づいてくる。

「……本当に、ラセルちゃんなんだよね」

「別人に見えるか？」

「かなり見えるわ。昔はいっつも私の後ろをついてくるような子だったのに」

「半年前どころか十年前だぞそれ……」

「私にとっては、ついこの間よ」

それはそれでどうなんだ……？　まあ、フレデリカはどこかぽーっとしていた印象があったから、時間の経過もあまり関心ないのかもな。

「ねえ、ラセルちゃん。私の目を見て」

「別にいいが……」

フレデリカは、俺と目を合わせる。子供の頃に世話をしてくれた、少し年上の姉代わりのシスター。今では頭半分ぐらい、俺より背丈が低い。

――と、ここで唐突にフレデリカは何故《なぜ》か上半身を揺らし始めた。

俺は、視線を固定しやすいようにジェマ婆さんの方を向く。

「ラセルちゃん？　私の方を見て」

「……拒否してもいいか？」

「だぁめ。もうちょっとだけ」

なんなんだよ、妙にこだわるな……。よく分からないが、久々の再会だし多少のわがままは聞いてやるか。フレデリカがわがままを言うなんて珍しいからな。

再びフレデリカの金色の目と目が合う。相も変わらずフレデリカは上半身を揺らしっぱなしにしながら、こっちをじーっと見ている。

……目を合わせたままって難しいな。視線を、正面に……正面……。

「……。……ふんっ！」

「いったッ！」

俺を横から見ていたシビラにチョップ。

「なにすんのよ、今のアタシ悪くないじゃん！　ていうか視線が外れてるわよ！」

「いや、なんとなく腹立ったので」

「理不尽⁉」

俺とシビラがそんなやり取りを始めると……フレデリカは、笑い始めた。

「ふふ、ふふふ……！　あははは……っ！　あ、脇腹いったぁ……」

急激なフレデリカの変化に、真顔になって俺とシビラ、そして黙って見ていたヴィクトリアとも顔を合わせながら首を傾《かし》げる。

「どうしたんだ？」

「あ、ごめんね。でも……うん。ラセルちゃんは、今はそっちのラセルちゃんなんだね」

「言ってる意味がよく分からないが……」

普段からふわふわしているが、今日は特によくわからないフレデリカに対して再び首を傾げながら見ていると、フレデリカは俺の頭に手を……伸ばそうとして、頰の方に触れる。

「ちょっと寂しいけど……うん、それでもラセルちゃんのままだ。……今のラセル、も、かっこいいよ」

「……そりゃどーも」

「こんなに……もっと私、ラセルのことを、ちゃんと見ておくべき、だったなぁ……」

小さく小さく呟《つぶや》かれた、喜びの中に諦めと寂寥《せきりょう》感を混ぜたような、そんな声が聞こえてくる。頬に触れた指は、少しひんやりとしていた。

しかし、これでも幼い頃は憧れのお姉さんみたいな存在だったフレデリカにそう言われると、どうしても照れるものがあるな……。

お姉さんから、一緒に孤児院を守る仲間になったような、そんな感覚。

——ああ、そうだな。いつまでも俺は、子供のままじゃない。

フレデリカにとっては、ずっと年下の弟みたいなものだったのだろう。

冒険者パーティーの聖者として活躍しようと思ったが、やはり俺はずっと庇護《ひご》される側だったのだ。どこか、弟気分が抜けていなかったのだろうと今ならはっきり分かる。

自分の手を離れたことをフレデリカは『寂しい』と表現していたが、それと同時に今の俺も肯定してくれている。それが、心地よい。

俺とフレデリカの再会は、一つの別れと一つの再出発を表したようだった。

……子供達の避難の話もしよう。俺ももう、フレデリカの隣に立つべき側だ。

俺の力は、俺一人のものではない。これだけのものがあれば、きっといけるだろう。

よし、明日からこの装備で、気持ちを一新して挑む。

待ってろよ、まだ見ぬフロアボス。

そして……魔王。

シビラの提案により、睡眠を長めにして疲れを完全に取る方向となった。

「さすがにまだ早いのではないか？」

「こーゆーの、油断してっと綻び大きいわよ。自分だけは絶対大丈夫と思ってる人が一番普段通りの力を出せなくなるの。ほら、自分は絶対騙《だま》されないって言ってる人を、詐欺師が一番のカモだと判断するのと一緒」

反論しようと思った瞬間に畳みかけられて、街の方でヴィンスが真っ先に魔法剣のパチモノを摑《つか》まされそうになってジャネットが止めたのを思い出した。

あー、確かに言えてるわ。自分が大丈夫だと思い込んでる人ほど危ないってわけか。

……じゃあ皆が頼りにしたジャネットは、あれだけ頭が良くて自分は騙されないと思ってないタイプなんだろうか。十分有り得るな、あのジャネットなら。

案外ジャネットは、自分で自分のことを頭がいいとは思ってないのかもしれないな。

俺はふと、賢者の攻撃魔法を撃ちながら不満そうな顔をしていた姿を思い出す。向上心が強いのか、自己評価が低いのかわからないが、当時ヒールだけで事足りた中層では、俺から見たら嫌味でしかなかったよな。

攻撃魔法があの街でもトップクラスで、なお回復魔法を使えるようになった女。

術士としてのストイックさでは、まだ背中を見ているような気がする。そんな性格含め、本当に心の底から羨ましかった。

……昔のことを考えるのは、やめよう。頭が覚醒してしまう。

俺は自分の身体《からだ》がベッドに沈む感覚に意識を向けて、ゆっくり眠りに落ちた。

◆

ヴィンス、エミー、ジャネットがいる。

パーティーで使っている宿に戻ると、最低限のことしか会話がない。

この空気は俺が原因だということは、誰よりも俺自身がよく知っている。

三人を見ていると、自分一人が取り残されているのが分かる。

このまま、四人で一緒にいてもいいのか。心に焦りが生まれてくる。

俺は、役に立てていない。

……そういえば、フレデリカからは料理を習ったな。

調味料の使い方も、キッチンナイフの使い方も、よく覚えている。

これなら、俺も多少は役に立てるのではないだろうか。

食材を買ってきて、宿のキッチンに立つ。

料理自体も久々だった。

調味料を取り出して、具材を取り出す。

買ってきた肉と野菜を、俎板《キッチンボード》の上に置く。

手にナイフを持った瞬間——耳を劈《つんざ》く悲鳴。

◆

翌朝、突然に眠りから目が覚める。何か悪夢でも見ていたのだろうか……今日はまるで夢の内容を思い出せないな……。

窓から外を見ると、まだ空が薄暗い。随分と早い時間に起床したものだ。

「……宵闇と、似た色だな」

次に来るのが、夜か朝かの違い。

こういう静かな時間ときらびやかさのない色は落ち着くな。

「宵闇の女神、か」

その女のことを思い出しながら、俺は久々に朝の軽い鍛錬を始めた。

新しく手に入れた、幅広の剣を構える。刀身は銀色に輝いており、どこか青白い光を放っているようにも感じられる。

竜の牙ってこんなのだったか？　少し疑問に思いながらも、両手に構えて剣を振る。

見た目の鈍重さと比べて、殆《ほとん》ど重さを感じさせない。あまり使い慣れた感触ではないが、それにしても凄《すご》いな。

「ミスリルコート？　悪くなさそうね」

「シビラ？」

「頑張るじゃない。おはよう、ラセル」

「ああ、おはよう」

後ろから声がかかり、シビラが簡素な服で出てきた。上も下も完全に真っ黒の、だぼだぼとした長袖長ズボンである。完全に、寝間着そのままだ。

こんなファッションでも美人だと似合って見えるんだから、美人というやつは本当にそれだけでいろいろと有利だ。

「……ん？　あらら？　朝からアタシの美しさに見とれてた？」

「お前以外だと指差して笑ってたなってぐらい壊滅的なファッションで、こんなに堂々と外に出てこられる辺り『美人は得だな』と思っていた」

「……いちおー評価してくれてるみたいだけど、もっと素直に褒めてもいいのよ……？」

頬をひくひくさせながら、シビラは近くに来て剣を見た。

「そういえば、この剣のことをミスリルコートって言ってたよな？」

「ええ。魔法銀は知ってのとおり、強化や付与魔法が良く通る高価な金属よ。竜の牙の持つ魔力にミスリルを塗った上で形にしている。見た目以上にすんごい高級品よ」

「……タダでもらったように感じたが……」

「素材全部うっぱらったんだから、差し引きで有り余るに決まってるでしょ」

それもそうか。そもそもあの素材がなければこれが作れないということを念頭に置いていなかったな。

あのファイアドラゴンの素材、大胆に削り落として俺の鎧にもかなり贅沢に使っていた。それでもまだかなり作れるだけの巨体だったはず。……今頃街では、結構な騒ぎになっているんじゃないだろうか。

「とりあえず、武器の確認は終わった。そろそろ朝食にしよう」

「ええ。といっても今日からしばらくはお役御免かしらね」

「今日は……ああ、そうか」

すぐにそのことに思い当たり、俺はシビラとともに食堂へと足を運んだ。

「ラセルちゃん、おはよう！」

そこには昨日の切なそうな表情を振り切った、すっかり普段通りに戻った皆のシスターの明るい顔。

「ああ、おはようフレデリカ」

フレデリカは、料理好きとして俺達《たち》の間では人気だった。少ない食材でもお腹《なか》いっぱい食べられるように工夫したり、多少余裕が出てきたら香草《ハーブ》を自分で栽培したりして料理に加えている。

今日も庭で育てたローズマリーを肉に使いながら、王都で買ったであろう桃色の岩塩と黒胡椒《くろこしょう》を、ミルで挽《ひ》いていた。

「はーい、できあがりっ！　シビラちゃん、子供達呼んでくれる？」

「まかせて、フレっち！」

……俺の聞き間違いじゃないよな？

なんだか俺の知らない間に、女子組がおっそろしく距離詰まってるんだが……。

「はーい、ほらほら坊主どもがっつくんじゃないわよ、肉は逃げないわ」

子供を引き連れて、シビラが帰ってくる。ジェマ婆《ばあ》さんも、ずっと起きていたようだ。

婆さんは俺の顔を見て身体を軽くばしばしと叩《たた》く。

「ん、見た感じ悪くなさそうさね。しっかり休んだ顔だ」

「ああ、連日潜るとしてもこれだけ休んでいるんだ、それに聖者としての魔法もあるから、簡単に疲労したりはしないさ」

「カッカッ、凄いこった！　本当にあのラセルがすっかり頼もしくなっちまったね、それじゃ皆、フレデリカお姉さんに感謝すんだよ」

そう言って子供達の頭を撫《な》でながら、皆で食卓につく。

頼もしく、か。先週の俺に言ってもとても信じないだろうな。……しかし俺からしてみたら、このフレデリカ特製のジャンボステーキを朝から軽々と平らげる婆さんの方が遥《はる》かに凄いって感じがするが……。

やれやれ、この婆さんがくたばるには後百年はかかりそうだな？

本当に健勝なことだ。……これなら孤児院も、しばらくは安泰だろう。

食事を終えた俺とシビラは、すぐに着替えて出発の準備を整える。

「ラセルちゃん」

と、そこでフレデリカが声をかけてきた。

「何だ？」

「呼んでみただけ」

「なんだそれは……」

俺が首を傾《かし》げている最中も、何故《なぜ》か嬉《うれ》しそうに笑うフレデリカ。しかしすぐに真剣な目に変わると……俺の身体を両腕で抱いた。

鎧を着ているから感触は分からないが、密着しているのが分かる。フレデリカの桃色の髪が、目の端で揺れた。

「必ず、生きて帰ってきてね」

「……ああ、もちろんだ。俺は魔力無尽蔵の【聖者】、即死以外では死なないからな。今日はこの鎧もあるし、昨日より安全だろう」

フレデリカが一歩離れて、俺の目を見る。

「……ん、わかった。信じる」

「そうだ。できれば俺のいない間は子供達を連れて離れていてくれないか？」

「何か理由があるんだね？　うん、分かったよ」

それを最後に、「いってらっしゃい」と一言告げて孤児院の中へと戻っていった。

それにしても、何だか大げさな反応だった気がするが……それだけ心配されているってことか。

まあ、闇魔法が使えることを話しているわけじゃないものな。今の俺は、あくまで強い武具を持った回復術士《ヒーラー》にしか見えないだろう。

さすがに育ての親代わりだといっても、太陽の女神教のシスターに『宵闇の女神』の存在を堂々と披露するほど無神経ではない。

俺を庇《かば》えば、フレデリカ自身も危険に晒《さら》される可能性がある以上は……な。

ちなみに当の女神は、何故かダンジョンの時以上に真剣な顔をしていた。

「幼馴染《おさななじ》みちゃんがライバルかと思いきや、あんな露骨に迫るお色気お姉ちゃんがいたなんて、思わぬ伏兵ね……」

何を言い出すかと思いきや、意味不明なことを言っているので無視。

探索は、当然のことながら順調に進んだ。

昨日より装備がいいのだ、最早《もはや》黒ゴブリンが何体出てきても、負ける気はしない。しないが……それでも油断だけはしないよう、ウィンドバリアを重ねがけしている。

「装備ってさ」

ふとシビラが声をかけてくる。

「ちょっとずつ、順調に一段ずつランクアップするのもいいけど、一番高いやつを買って一気に最強！ってのはやっぱり気持ちいいわよね」

「同感だな。こんなにいいものがいきなり手に入るってのは、確かにあの戦いの成果であるとは分かっていても、凄《すさ》まじいものがあるな……」

知識豊富であろうシビラの視点から見て『一気に最強』ってことは、やはりこの鎧は相当いいものであるのだろう。

それに、一気に最強で気持ちよくなるというのは分かる。中層で役に立たなかった俺が、闇魔法を覚えて最下層の竜に勝った瞬間の気持ちよさは半端ではなかった。そういうところ、こいつの感覚は俺と合うなと思っている。

俺は自分の武器や防具に慣れるように、手に馴染む感触を確かめながら、第二層も順調に攻略していく。

敵の足が遅い第二層は、ある意味第一層よりも攻略しやすい場所だ。経験値が豊富であることも含めて、片っ端から鎧を片付ける方針だ。

「そういえば、フレデリカはなんで昨日、あんなに俺を見てたんだろうな」

「あ、ひょっとして分からない～？」

「……シビラには分かるのか？」

「当然」

何故フレデリカと昨日初めて顔を合わせたばかりのシビラにだけ分かるんだ……こういうのも頭脳とか女の勘なのか？　癪《しゃく》なので、黙って顎で説明を促す。

「ラセルって幼馴染みのヴィンスと比べて、胸のおっきい女の子、じろじろ見ないように気をつけるんだって～？」

「──ッ!?　どこで聞いた!?」

「昨日ラセルが寝た後に、女子三人で。あ、ジェマのおばあちゃんももちろん女子組よ、女はいくつになっても『女子』なの」

こ、こいつ……っ！

俺が早く寝るように理由つけて、実際それは有意義な判断だと思ってたが……本命は俺が寝た後に俺の話をフレデリカから聞くためだ！

それを昨日のほんの少しのやり取りで思いついて、即実行したってわけか……。

やれやれ、マジでこいつの狡賢《ずるがしこ》さにいちいち腹立てる自分自身に呆《あき》れるぐらい、頭脳面で裏を掻《か》くことは考えるだけ無駄だ。

……あの二人、変なこと話してないだろうな……？

「ああいや、からかうわけじゃなくてさ。そんな『ラセルちゃん』がスレてしまってつっけんどんになったけど、そんなあんたが『女を遠慮なく見るラセル』じゃなくて『つっけんどんなのに視線を向けないよう頑張るラセル』だったことに安心したのよ」

「……あ、それでか……」

わざと揺らしていたのは分かっていたが、その意図するところは冗談でからかっているわけじゃなかったんだな。

「後はまあ、アタシと言い合ってたのを見て笑ってたでしょ。塞ぎ込んでなかったから、そっちでも安心したんでしょうね。……ほんっと、いいお姉さんじゃない」

そうか。俺が最早自分ではどれぐらい変わったか分からないぐらい、以前と別人になってしまったことを、フレデリカは心配したのか。

それでも芯の部分が変わっていないことを、確認したかった。

「愛されてるわね」

「はぁ……まったくだな」

親の顔は知らないが、俺は本当に、いい環境で育った。

シビラにも、やはり感謝……するしかないよな、癪ではあっても。

どこまでも用意周到で、気が回る時はとことん気が回る相棒だ。

多分、今の俺を見て戦い方を心配したのだろう。捨て身で戦うんじゃないかと勘違いさせるほどに。本当に……そんなことも指摘されるまで分からなかったんだから、自分の鈍感さが嫌になる。

お陰様で、尚更《なおさら》──死ぬわけにはいかないな。

「話も終わった。次へ行くぞ」

「オッケー！　もう二度目は余裕よ！」

そして俺達は、気合いを入れ直してあの騎馬リビングアーマーのところへと向かっていく。

もちろん二度目は、余裕の完封勝利であった。

◇

大きな扉の前で、自分の――黒鳶《くろとび》色だったな――ローブと、その下にある鎧《よろい》に触れる。

「あ、そうだラセル」

「何だ」

シビラは自分のジャケットを裏返して、黒ずんだ裏地を見せた。あれは、ゴブリンの耳が当たって血が付いた場所だったな。

それからシビラは何を思ったか、ジャケットを剣で少し切った。

「キュアを使ってみて」

「わかった。《キュア・リンク》」

俺が魔法を使うと、シビラが見せるように裏返していた血の汚れが綺麗《きれい》になくなっていた。

「次はヒールよ」

「いいだろう、《エクストラヒール・リンク》」

「平気でそっちを選ぶの、あんたらしいわね……」

シビラの呆れ気味な呟《つぶや》きを聞き流しながら魔法の効果を見ると、服の切れ目が綺麗さっぱりなくなっていた。

そうか、クリーンの魔法を俺のキュアが含んでいるということは以前知ったが、ヒールは汚れではなく布地の修復にも役立つことを教えてくれたのか。

「ほんとあんたの魔法どんな仕組みしてるのよ、すごいわねー」

「……おい、マジかよ確証なしに使わせたのか!?」

「そうだけど？」

さもこっちがおかしいと言わんばかりに首を傾げて平然としているシビラに、改めてこいつの肝の据わり方が凄《すご》いなと感心するばかりだ……。

「でも、これで分かったわね。この魔法はローブの破損、そして鎧の欠損やへこみにも間違いなく効く。まー鎧が腕を潰す形のままで身体《からだ》が回復すると、肉体が復元されても自分の鎧のせいで潰れて激痛がするだろうしありえないわよね」

……ああ、それは確かにそうだな。腕を潰すように凹《へこ》んだ鎧に向かって欠損した腕が戻っていくというのは、あまり想像したくはない。

「あとそれと」

「何だ？」

シビラはそこで、いくつか俺に覚えておくことや、討伐後の指示を出していった。

その内容は何の意味があるのかよく分からなかったが……シビラが指示するのだ、きっと意味のあるものなのだろう。

俺はその指示の内容を頭に叩《たた》き込むと、ウィンドバリアをかけ直して大扉を開いた。

——扉の先に現れたのは、大きな空間。特徴的なのは、長い階段があること。

俺とシビラはお互いに頷《うなず》き、その階段を一つずつ降りていく。

本から得た知識を共有していた頃に、ジャネットの話でしか聞いたことのないような、王の謁見の間にあるらしい長い長い幅広の階段。三十段ぐらいあるか？

その階段を、全て降りた。俺は、低い地面から後ろを見上げる。

——開きっぱなしの扉に、薄い魔力の膜がある。

「《エンチャント・ダーク》」

《《エンチャント・ダーク》》

予感とともに剣を構えて、再び部屋の中心を見る。

そこには、さっきまで影も形もなかったというのに、いつの間にか金色の鎧が立っていた。間違いない。ボスのリビングアーマーだな。

やはりシビラの予想通り、その階層と大幅に違う敵というのは現れないらしい。……アンデッドというわりには、随分と派手で煌《きら》びやかな鎧を着ているじゃないか。

音の鳴った方を目の端で追うと、シビラは既に階段を駆け上がっていた。さすがの判断の早さだ。俺もすぐにその後を追うようにしながら、フロアボスへと最初の魔法を放つ！

「《ダークスフィア》！」

二重詠唱した、少し大きな魔法の球。

一見地味な変化だが、シビラに教えられたとおり体積は二倍。この魔法が直接当たれば、かなりのダメージになる。

俺はその魔法の攻撃が直撃するのを確認——できなかった。

「……は？」

リビングアーマーは、腰を落としたと思った瞬間、高速のサイドステップをした。手には、いつの間にか細く長い上等そうな剣が握られている。その剣を数度振り回すと、こちらを見据えながら剣を構えた。

……こいつは、強い。

それも、単純な強さではない。恐らくここまでの雑魚リビングアーマーとは、全く違う戦闘スタイルの魔物だ。リビングアーマーのフロアボス版、ではない。金の鎧をした熟練の剣士という認識に改め直す必要がある。

相手が剣を構えたと同時に、腰の位置が低くなる——来る！

「っ……！」

腕に衝撃が伝わり、両手で構えたミスリルコートの竜牙剣が悲鳴を上げる。

いや、悲鳴を上げているのは俺の剣ではない。

「——」

フロアボスは自身の青白く輝く剣が少し欠けたと判断すると、バックステップ一回で十歩分は離れた。ヤツは離れたと同時にサイドステップ一回で五歩分ほど横に動き、元の位置に戻るようにもう一度サイドステップをする。

表情は全く読めないが、こちらの出方を窺《うかが》っているようだな。

それにしても、アンデッドの印象を根本から覆すようなヤツだ。騎馬リビングアーマーのスピードに人間の小回りがついただけで、こんなに厄介だとは。

しかし……。

「どうやら闇魔法が乗った俺の剣の方が、上らしいな」

「──!」

自分の剣にはプライドがあるのか、兜《かぶと》の奥にある赤い光が強く光ったような気がした。

それと同時に、フロアボスが俺に向かって袈裟《けさ》斬りにするような格好のまま走ってくる。

その程度……ヴィンスやエミーとの模擬戦で、何度も防いでみせたさ。

俺は衝撃を受け流す方向で相手の手元を凝視して──見失った。

「……は?」

すぐに敵にフェイントをかけられたと気付いた。

しかし素早い攻撃を繰り出すこのフロアボス相手には、その刹那の一秒が命取りだ。

はっとして両手で剣を構えた直後……!

「──《ストーンウォール》！」

俺のすぐ後ろから轟音《ごうおん》が鳴り響き、後方から俺の頭上を通り過ぎながら、正面の壁に吹っ飛んでいく金色の残像が目に映る。

フロアボスは甲高い音で壁に両足と片手をつけて、まるで壁面に着地したかのような格好をすると、そのまま壁を蹴って地面に降り硬直した。

「ボーッとしてんじゃないわよ！　すんげー速いサイドステップで後ろ取って、次はバックステップで助走つけてたわ！」

後ろを確認すると、紫の岩肌をした四角い壁が後ろ側に見えた。それはまぎれもなく、ストーンウォールの魔法の跡。

そうか……シビラは全体を俯瞰《ふかん》できる場所から、俺が後ろから攻撃されるタイミングであのフロアボスを打ち上げたのか。

なんと的確なコントロールとタイミング……！　さすがだ、本当に頼りになる。

「すまん、助かる！」

俺はシビラに返事をしながら、剣を構える。

──ん？

一瞬違和感を覚えたが、すぐに正面のフロアボスの動きを察知して目の前に集中する。

しかし、どう対処したものか……。

俺が迷っていると、なんとシビラが階段を降り始めた。焦る俺を余所《よそ》に、シビラは俺と金の鎧の立つ場所、つまりフロアボスの攻撃が届く位置に来てしまった。

急ぎ、シビラが向かったストーンウォールの跡のところで合流する。

「危ないぞ！」

「あんたもアタシも術士でしょ、差はないわ」

シビラは驚く俺を余所に、無理やり俺とボスの間に割って入った。

俺の代わりに、あのフロアボスから狙われる位置だ。

「大丈夫か、あいつは強いぞ!?」

「ラセル」

「何だ！」

唐突な行動に焦燥感を隠せない俺とは対照的に、シビラは不思議と冷静なままだ。

それから落ち着いた声色で、シビラは振り返らずに、それを言った。

「素早い敵は……もう忘れちゃった？」

――ッ！

すっかり相手の強さに翻弄されて、頭に血が上っていた。

そうだ、忘れていた。

回避率が抜群に高い相手が、耐久力も抜群に高いなんてことは、有り得ない。だから俺は、シビラから事前にこれを教わっていたのだ。

俺は自身の防御を、シビラの作った石壁に頼る。ああ……これがパーティーを、相棒を信頼し合う力ってやつなんだな。

フロアボス戦でも、こいつは冷静な熟練の先輩だ。本当に心強い。

両腕を左右に開く。そして息を吸い……その魔法を放つ。

「《ダークスフィア》《ダークスフィア》……」

（……《ダークスフィア》《ダークスフィア》）

交互に放たれた魔法は、何もない場所に落ち、爆発する。一見何の意味もない、地面を攻撃するだけの無駄撃ち魔法。

しかし……その魔法の爆風に、最早《もはや》隙間はない。

少しずつ爆風が作り出す壁が狭まってきたことで、ようやく相手もこちらの意図が摑《つか》めたようだ。

そして、この状況の打開にフロアボスはシビラ目がけて一直線で剣を構えて——！

「《フレアソード》ォ！」

——シビラの高威力短距離魔法に、鎧を貫かれた。

「奥の手は一番いい瞬間まで隠しておくものよ。アタシが石魔法専門だと思った時点であんたの負け」

そして最大の武器であった自身の脚を負傷させたフロアボスは、俺の闇魔法を避けられず全ての攻撃を受ける。数度当たった時には既に、鎧《よろい》は動かなくなっていた。

頭の中に、声が響く。

「やったわね！」

「ああ、助かった。頼りになるな」

「今回ばかりはラセルちゃんもシビラおねえちゃんにメロメロね——きゃん！」

「調子に乗るな。……全く、その言動さえなければな……」

フレデリカ以外に、その呼び方を許すつもりはない。特にシビラには。

なんだか最近はやってはしくて言ってるんじゃないかと思うぐらいの、調子に乗るシビラへお馴染《なじ》みのチョップをし、頭を押さえてしゃがんだシビラの背後に現れた、崩れた地面をぼんやりと見る。

俺がそうしていると……急にシビラが立ち上がり、こちらを見る。

真剣な表情が、俺の顔の至近距離まで近づく。……な、なんだよ急に。

そして彼女は俺の耳にキスをするように触れ——小さく小さく呟《つぶや》く。

「ラセル、プラン二つ目」

俺はその声を確認すると、大きく深呼吸して座り込む。

そして、袖で額を拭きながら階段を見上げる。

扉には、魔力の壁がかかっていた。

「……こんなところにいたとはネ」

俺は、声のした方に顔を向ける。

そこには、あの時見た魔王が、フロアボスだった鎧の傍《そば》に立っていた。

地面で座り込んだ俺は、その黒いシルエットを見る。

俺と同じぐらいの背丈をした、はっきりと姿の見えない謎の人物。どこか不安定な喋《しゃべ》り声の、異質な存在。

間違いない。アドリアダンジョンのダンジョンメーカーであり——魔王だ。

「消費魔力が大きい代わりに破壊力も大きい闇魔法を使う、製作者鏖殺団《メーカーマーダラー》『誓約者【宵闇の魔卿《まきょう》】』で、間違いなさそうだナ。手練《てだ》れが多いと聞くが……フムフム、やはりあれだけ闇魔法を放ったのだから、相当疲れたようだネ?」

「……」

「返事をする余裕もない、カ。フフフ……」

俺の姿を確認すると、嬉《うれ》しそうに肩で笑う魔王。ふと、足元にあった金の鎧の残骸に手をかざす。その瞬間、フロアボスの亡骸《なきがら》――金の鎧が消えた。あれは回収したのだろうか。

「フム、『忘却牢《ろう》のリビングアーマー』の体力はなしト。話通り、本当に恐ろしいね、闇魔法というやつハ……」

「……話通り？　誰かから聞いたのか？」

「エエ、えエ。お元気でしたらボクと会話しようじゃないカ。このシチュエーションにした段階で、オレの勝ちは確定済ミ。決着はすぐについてしまウ。そりゃ面白くないよナ」

何やら余裕そうなことを言いながら、攻撃するでもなく会話を始める魔王。

……さて、ここからだ。

「まずこのダンジョンに来た切っ掛けは、ワタシの友人からのおすすめだったのだヨ」

「友人からの薦め……ということは、お前達《たち》魔王はダンジョンを作る前に集まっているのか」

「魔王……あまり聞き慣れないが良いだろウ。その通り、ワレワレ、メーカーは皆同じところに住んでいル。そこで、こちら側の動向を探りながら誰が向かうかを相談しているのだヨ」

……驚きだな、魔王は一カ所に集まって俺達のことを相談しながら、能動的にダンジョンを作り上げているのか。

そして今回は、その集まりの中でこいつがやってきたと。

ここを選んだ理由は、孤児院の破壊及び住人の殺戮《さつりく》。

目的は、聖騎士の――エミーの精神を折ること。

「……フフフ、まさかオレがすぐに出てくるとは思わなかったよナ。ボスの連戦はありえないイ。しかし、それを可能とするルールがあるんだヨ」

魔王はゆっくりと、シビラの作った石壁のところまで歩く。その石の壁を破壊すると、赤い地面に紫の破片が広がり、斑《まだら》模様を作り出す。

――そうか、そういうことか。

リビングアーマーのフロアボス……『忘却牢のリビングアーマー』だったか。そいつと戦っているとき、素早い判断が求められて焦っていた俺は咄嗟《とっさ》に気づけなかったが、今なら何がおかしいかなんてちょっと考えれば分かる。

上層は普通の土や岩の色。中層は青色で、下層は赤色。

ならば何故《なぜ》、シビラの使ったストーンウォールで、紫の岩肌が出現するのか――その答えは、一つしかない。

「お前、この地面を塗ったのか」

「正解ィ！」

実に嬉しそうに、魔王は指を鳴らす。目の前でダンジョンの壁が動き、赤い壁面の間から紫の壁が現れる。なるほど、これが『ダンジョンメイク』というやつか。

そして、フロアボスの広間に入る際の、この仰々しい謁見の間みたいな階段は何なのか。ボスと戦うにあたって、俺達が階段の上側に陣取ればボスの不利になるような場所だ。

ハッキリ言って意味がない。だが……この階段の長さを冷静に考え直すと、理解できる。相当降りたよな。そう……ちょうど一階層分ぐらいは。

「そうとも、この地面は全てボクが君達を騙《だま》すために、最初から下層だと思い込ませるために塗ったのだヨ！」

……なるほど、な。つまり俺達は、最初からあの『忘却牢のリビングアーマー』という、最下層のフロアボスと戦っていたということだ。

どうりで強いわけだ、吹き飛ばしたところで天井付近の壁を蹴って着地できるほど身軽なボスなんて、工夫したところで普通の剣士が戦えるとはとても思えない。

しかし、それが故に――あの声。

「……それにしても、君も難儀だねエ」

「何がだ」

「いやいや、まさか後ろの女が味方だと思ってるノ？」

後ろで、一歩動いた音がした。生唾を飲み込む音も聞こえたような気がする。

俺は、シビラの方を振り返らずに魔王を睨《にら》み付け、顎で先を促した。

「そもそも、素材回収をしてもゴブリンの討伐部位は何にもならなイ。ギルドも支払金をひねり出すのは大変だヨ？　どこからお金が出ていると思っているノ？」

……何だこいつは？　シビラのことを疑えみたいに言い出した途端、人間の社会勉強の話を始めたぞ？　俺らみたいな連中が、そこまで考えて働くわけないだろう。

「君は、そこの……女神だろウ。使われっぱなしでいいのカ？　よく考えてみなヨ」

「……」

「ナア。どうせメーカー……魔王だっケ？　ワレワレを殺すように誘導されてるんだろウ。知ってるヨ？　君みたいな『女神の誓約』を受けた人間は、同時に『女神の制約』を受けル。近くにいるほど、影響は強イ」

「……」

「君にはもう、魔法があル。わざわざボク達を殺さなくても、強大なその魔法があれば、余裕の暮らしをできるんだヨ。危険もなく、中層を余裕で無双し、肉を喰《く》らい、酒を飲み、女を抱き、その全てでどんなに金で失敗しても、君はやり直せル。裸一貫でも、老後まで余裕の現役だヨ」

「……」

「………。ナア。何かいったらどうだイ？　まさか、オレの今の話を聞いて、君は……オマエは、首を縦に振らないト？」

……。

「──アッソウ」

急に、魔王が雰囲気を変えた。

「つまらないヨ。やっぱりオマエら誓約者は、完全に狂わされてるナ」

会話は、終わりか。俺は立ち上がり、シビラの方を見る。

シビラは……無表情で俺を見る。

──ああ、分かってるよ。

「ホラ、下がってろ」

「ん」

シビラが離れたのを確認し、剣を構え直す。

「《エンチャント・ダーク》」

（《エンチャント・ダーク》）

ミスリルコートの竜牙剣が、暗く光る。

「フフ、魔力を失った術士が、苦し紛れにエンチャントだけ使うとはネ！　これなら『ペット』を持ってこられなかったことも問題なさそうだヨ」

一瞬、後ろで空気の音がした。……おい、抑えろよ？　まだ待つんだ。

「それじゃあ……オレの本当の姿を最後に拝ませてやるよォ！」

黒いそのシルエットが、魔王自身から吹き出す風によりぶわりと吹き飛ぶ。その中から現れたのは……未知の姿。

シルエットの時は見えなかった顔は、若い男であるが眉がなく厳《いか》つい。

まるで話に伝わるデーモンの如《ごと》し。……いやデーモンっつーか魔王だったな。

肌は全て紫色。目は少し血管が浮き出たようになっているが、真っ白である。魔王って瞳がないのか、あれでよく見えるな。

「フフフ。驚きに声もでないカ」

まあ確かに、初めて見るので驚いてはいるな……。

俺が黙っていると、魔王は片手を上げてこちらに構えた。

「まずは手慣らしダ！　《ファイアボール》！」

そう言いながら、口にするのは弱い火の魔法。

その攻撃を剣の側面に当てて、弾《はじ》き飛ばす。

「どこまで持つかなァ！」

その姿を見ながら、俺は幅広の剣の裏で……口角を上げた。

さて――――勝ちに行かせてもらおう。

◇

魔王の初手は、ファイアボールという簡単な魔法。

本当に言葉通り、遊ぶ感覚で来るらしい。

「《ファイアボール》。……フフフ、それでも剣で防いでるだけでは、勝てないヨ？」

遠く離れた場所から、魔法を淡々と撃ってくる。慌てることもなく、片手をこちらに向けてゆっくり歩くように。

それはもちろん、強者としての余裕。このアドリアダンジョンを統べる、ダンジョンメーカーとしての自信の表れなのだろう。

俺は攻撃を、ひたすら防いでいく。相当舐《な》めているのか、まだまだ防ぐだけなら余裕だ。

「フム、粘るネ。ならばこれならどうかな、《ファイアスプレッド》」

シビラが使っていなかった火魔法を使ったので、警戒しながら腰を低くする。次の瞬間、魔王の手から現れたのは、小さいファイアボール。

しかし弱そうに見えたそれが、散らばって広がるように、一斉に俺に襲いかかってきた。

「――チッ」

「フフフ……」

俺は聞こえるように舌打ちをし、自分の顔を防ぐ。細かい火の玉がローブに当たり、僅かに何かが触れた感触が伝わる。結果は……無傷だ。

シビラがこのファイアドラゴンの血で染まった黒鳶《くろとび》色のローブを『これで完成形』と言った理由もよく分かる。

いくら弱い魔法を小さくして散らばらせた魔法とはいえ、魔王の魔法攻撃を受けて焦げ付きもしないとは。火蜥蜴《ひとかげ》の最上位種の血、まだまだ侮っていたらしい。

これなら、まだまだいけそうだ。

「……ホオ……なるほド。オマエはあのサラマンダーを自身の装備に利用したカ。それでは火の魔法に強いのも納得ダ」

「そうか。近づいて接近戦する気になったか？」

「ハハ、まさかまさかカ。安全に削らせてもらうヨ。でもそのローブがどれぐらい頑丈かは見てみたいネ」

両肩をおどけるように竦《すく》め、俺のローブに目を細めながら薄い唇の口角を上げる紫の男。

その右手がこちらを再び向く。

「《フレイムストライク》！」

……明らかに上位の魔法を撃ってきた！　俺は視線で攻撃を確認すると、再び手元の剣で自分の顔を守る。

俺の魔力を付与したミスリルコートの竜牙剣は、魔王の魔法を打ち破る。むしろ剣で防いだすぐ後ろにある、俺の顔がまずいな。目を閉じて多少息を止めていたが、吸った瞬間身体《からだ》の中が焼けかねない。

いや、実際少し吸ってしまったなこれは。喉が焼けると普通魔法は使えない、声が出ないからだ。そして当然、この狡猾《こうかつ》な魔王がそんなことを分からないわけがなかった。

「……う……」

うめき声を上げて、俺の膝が赤い岩肌につく。……ふん、近くで見ると結構雑な塗装じゃないか。冷静だったら色を塗っているとすぐに分かるな。

アドリアの魔王が、抑えきれないように笑い出した。

「今のは、衝撃も入る高威力の魔法だったガ……ククク、ククククク……！　あの魔法で全く燃えていないローブは見事なものだが、オマエ自身の身体はファイアドラゴンほど強くはなかったみたいだなア！　ハハハハハ！」

立ち上がり、ふらつきながら魔王を避けるように横に歩く。

両手に剣を持って構えながら、後ろにじりじりと動く。

「いやいや、そんなので受けられるノ？　同じ衝撃、今のふらふらなオマエにはどれぐらい耐えられるかナ？」

「……チッ……」

「ククク……実にいい反応ダ……その反応が見たかったヨ」

魔王が片手を上げて、こちらに手の平を向けた——。

「《ストーンジャベリン》！」

——その瞬間、魔王の側頭部目がけて石の槍《やり》が高速で飛んでいく！

シビラは先程まで戦いには静観を決め込んでいたためか——それとも女神が人間を助けるとは思っていないのか——全く想定していなかった方向からの攻撃に回避が間に合わず、首が大きく横に曲がる。

頭から紫の血を噴出させた魔王は、表情を消してシビラの方へと首をぐるりと向ける。

そのまま流れた血を気にしていないかのように、首を交互に傾ける。

「やれやれ、今回の女神は水を差してくるんだネ……」

シビラからの攻撃魔法に、魔王は眉毛のない眉間に皺《しわ》を寄せて、剝《む》き出しの白目を細くする。遠距離攻撃で一方的に俺で遊ぶつもりが、遠距離攻撃ができる敵の出現に、一気に機嫌を斜めにする魔王。

「《フレイムストライク》」

先程とは違い感情の読めない顔で、俺の顔を見ずに手だけ向けて、高威力の攻撃魔法を放つ。その衝撃に剣を取り落とし、カランカランと剣が落ちる音がする。

残るは俺のうめき声のみ。

「フン、それでもう立ち上がれまイ。後ろから斬られることはなさそうダ。……しかし、女神。オマエは厄介だノ」

「……」

「誓約者を使う女神など他人任せな八方美人ばかりだと思っていたが、なかなかオマエは嬲《なぶ》り甲斐《がい》がありそうダ」

魔王が、シビラを敵と認識して足を進める。

シビラは腕に取り付けた小さな盾で自分を守るような格好をし、魔王を睨み付けている。

魔王がシビラの方へと、片手を上げた——

——ここだ。

「ッグアアアアアァァ——！」

俺は油断しっぱなしの魔王の背中の真ん中にある、赤い宝石のようなものにダークスフィアを無詠唱で叩《たた》き込んだ。

そして当たった瞬間に、もう隠す必要はないと立ち上がって両手を使い魔法を放つ。

「《ダークジャベリン》」

（《ダークジャベリン》）

周囲の光を吸い尽くす強力な闇の槍が、振り返る魔王へと高速で刺さる。

更に追撃をしようと思ったが、魔王も俺を警戒しながらバックステップで離れる。

「お、お、おお、お……オオオおオオオレの、ボクの、ワタシのワタシの、『ダンジョンコア』がああああアアア!?」

愕然《がくぜん》とした顔で、左手を背中に向けて掻《か》きむしるように忙《せわ》しなく動かす血まみれの魔王。

その頭から流れ出る血を毛ほども気に留めていないという様子で、しきりに背中のことばかり気にしている。

「なるほど、やはりそれがこのダンジョンを維持する宝石ってことだったんだな」

「な……ナゼ……なぜ……ナゼ……」

「何故《なぜ》ってお前な、俺は【聖者】だぞ。回復魔法が使えないわけないだろ馬鹿か？」

「ば、バカ!? この知略に長《た》けた、ワシを、ワラワを、ワガハイを、馬鹿だと、バ……いヤ、待テ。オマエ。おイ。今、なんト」

「聖者、だ。俺は元々回復術士《ヒーラー》だっつーの」

「せ、聖者が、勇者パーティーにいなイ。回復術士《ヒーラー》が、単独《ソロ》で、回復魔法と闇魔法ヲ……あ、ありえなイ……想定外ダ……こんなノ……」

「有り得ない、か」

俺は、床に転がっている剣を拾う。……やれやれ、負けたフリも大変だな。

俺が無事なのは、なんてことはない。

《エクストラヒール》

喉がどんなに焼けようと、シビラに教えてもらった無詠唱なら回復魔法も使える。結果、術士の喉を焼くことに最早《もはや》何の意味もない。

魔王は、俺が回復魔法をいつ使ったかすら分からなかっただろうな。

「想定外。そういえば、このボス専用フロアを最下層にしたのも、俺達《たち》にとって想定外の事態……というつもりでやったんだろう？」

「……あ、たりまえ、ダ……」

「想定していた、と言ったら？」

「——ハ？」

想定されていたことを全く想定していなかったらしい。

随分と間抜けな顔を晒《さら》したものだな。まあ俺も、戦っている最中は分からなかったが……このボスフロアに入る前に想定していたヤツがいる。言うまでもなく、危険予測に長けた冒険者先輩だ。

「シビラから、事前にフロアボスと魔王が連戦になる可能性を示唆されていた。そして俺は、シビラの指示通りのプランを遂行したに過ぎない」

「プラン、だト……」

「そう。フロアボスの入口にある魔力壁が維持されたまま出られない場合、息切れして座り込めという指示だ」

あの瞬間、確かに『忘却牢《ろう》のリビングアーマー』目がけて魔法を放つのは大変だった。

大変だったが……それだけといえばそれだけなのだ。

俺の魔力は無尽蔵。どんなに闇魔法を使っても、まだまだ底が見えない。

普通はバテてしまい、魔法をもう使えないと思ったことだろう。聖者の俺が闇魔法の適性が一番ってどうなんだよって話だけどな。太陽の女神に会ったら問い詰めたいところだ。

とまあそんな『常識』に囚《とら》われてしまった結果。

そして、勝ったという『油断』に囚われてしまった結果。

今の、シビラから事前に聞いていた魔王——ダンジョンメーカーの持つダンジョン維持のための魔石『ダンジョンコア』を破壊する作戦を防げなかった。

「身体のどこかに付いているだろうと聞いていたが、あんなに狙いやすい位置にあったとはな。正面から戦うなら厄介だが、背中を見せる馬鹿がいるかよ」

「……グ……」

「要するに」

俺は右手で剣を掲げ、再び闇魔法を付与する。

剣は命を刈り取る光を放ち、俺はその先端を魔王に向けた。

「お前は終始、『想定外を全部想定』したシビラの手の平の上だったたってことだ。俺の勝利の女神を出し抜こうなんてお前の頭脳じゃ百年早いってことだよ三下！」

「お……ノ……レ……！」

「いいか、あの孤児院は【聖騎士】エミーの大切な場所であると同時に、【聖者】である俺の育った場所でもある。そんなこともわからず俺の前でペラペラと喋《しゃべ》った時点で……そう、俺の居場所に手を出した時点で、お前は何としてでも滅ぼすつもりだった」

その剣を握りながら、片手を相手に向ける。


あの時は、回復魔法しか使えなかった。

逃げ延びるだけで必死だった。

だが、今の俺にはシビフという世界一ずる賢い勝利の女神がついている。

その女神からもらった刀がある。


今の俺なら、勝てる。

「さあ——ここからは『黒鳶の聖者』の番だ」

10 魔王との戦い、自分の本心、そして変化

俺の手から、不意打ち気味にダークスフィアが飛んでいく。

爆風だけでもダメージがあることは向こうも理解しているようで、左側――相手から見て右側に着弾したダークスフィアを避けるように魔王が動く。

「ツッ……！」

そして魔王は、俺に腕を浅く斬られて再び血を流す。

ここに来る前に、シビラから教えてもらったことの一つだ。

『ダークスフィア、直撃じゃなくてあんたの目の前の地面に落ちてきたらどうする？』

『……後ろに避けるだろ？　当たり前じゃないか』

『そうよね。――だからこの魔法は厄介なの』

爆風が、小威力の魔法攻撃。しかも防御無視の闇属性。だから敵は、この攻撃がどんなに小威力だったとしても、あまり無視はできない。

その結果、どちらに回避するか、相手の動きをある程度こちらで操ることができるのだ。

フェイントだと理解したところで、爆風に当たれば当然ダメージを受けてしまう。

ダークスフィア……自分で使っておきながらだが、本当に恐ろしく厄介な魔法だ。こういった魔法を使える相手とは戦いたくないな。

それじゃ、もう一発。

（《ダークスフィア》）

「グ……ッ！」

魔王は俺が撃ったダークスフィアを避けるようにしつつも、今度は俺から離れるように逃げた。そしてその逃げた先の更に奥に、ダークスフィアを飛ばしている。

直撃ではないが、当然ダメージが入る。

ほんの僅かな……そして、最も恐ろしいダメージが。

『ダークスフィアがフェイントだと分かっていても、避けないわけにはいかない。だってフェイントじゃなくてダメージだし、直撃したら笑えないぐらいダメージ喰《く》らうし』

だからダークスフィアの攻撃は、完全回避しか有り得ない。

俺はシビラから受けた説明を思い出していた。

『……普通はね、有効な戦法じゃないのよ』

遅い魔法だし、消費魔力もある。普通はこんな無駄な戦略は立てない。

だが、俺なら。

『ラセル限定で、この戦法は活《い》きてくる』

次のダークスフィアを連発しながら、右手の剣は常に相手の動きを追っている。

さすがにこのエンチャント・ダークの竜牙剣には近づきたくないらしく、後ろに何度も逃げながら爆風を受ける。

そんな攻防が続けば、相手も気付くだろう。この、シビラが考え出した攻撃方法がどれだけ恐ろしいか。

『小さい小さいダメージ……そう、真綿でじっくり絞め殺すような、本当に弱い攻撃。でもね、無視していいダメージに対応できないのに、そんな継続ダメージが終わらないと気付いた瞬間、必ず焦りを生む。相手の頭がいいほど、精神に攻撃を与えられる戦法ね』

……相も変わらず、えげつないことを考える女だ。本当に女神なのかと疑いたくなる。

だが、そんな攻撃的なところも含めて、俺はあいつのことを気に入っている。敵を倒すということ。効率的に、安全に、そして徹底的に。そのための最強の攻撃力と防御力を、最速で俺に提供してくれる。

その理由は一つ。俺《ラセル》なら勝てると信じているからだ。

きっと……そうだ。俺は、認められたかったのだろう。

ラセルなら、成功させてくれる。

ラセルなら、任せてもいい。

ラセルは——いつも探し出してくれた。

……一瞬、懐かしい記憶が引っかかる。いや、今は昔の思い出に浸るのはよそう。

つまり俺は、【聖者】となった俺の力をもっと役に立てたかったのだ。

だから、勇者パーティーとして魔物を討伐できなくても、ブレンダの母親を治せただけで少しは満たされたのだろう。

そういう俺の本心も含めて【聖者】になったのだろうか。

誰かを治したかったというわけではないんだがな……役に立つのなら、攻撃魔法の方が役に立ったのだから。

まあ、そういう細かい人間関係までは太陽の女神も知ったこっちゃないのだろうが――ひとつ、言えることがあるとすれば。

シビラと誓約した今の俺には、その両方があるってことだ。

「調子にッ、乗るナ！　オマエはこれで死ネ！　《ポイズンミスト》！」

魔王が腕を振り回して、手から血の色そっくりの霧を吹き出す。これ流血じゃないんだろうな？　なんて思っていると、魔法の効果が俺の身体《からだ》に出始めた。

しかし……次に起死回生のように使った魔法がこれか。吸い込むだけで喉を侵し、体力を削ってくる魔法。かなり強い猛毒らしい。

こんな魔法を使ってくるということは――。

「――やっぱりお前馬鹿だろ」

「マタ、言ったナ……！　コノ、この、このワタクシ様に向かってええエエエ！」

「毒だろ、これ」

「強がっても、喋るだけで、オマエの身体は毒ニ！」

「いやだから俺、【聖者】だっつってんだろ」

「……あ、ア……」

《キュア》、《エクストラヒール》

「無詠唱で回復するのは、攻撃魔法を使うより余裕なんだが」

啞然《あぜん》とした顔で、俺の言葉が聞こえているのか聞こえていないのか首を小刻みに左右に振る、すっかり血まみれとなった魔王。

本当に分かっていなかったみたいだぞ。闇魔法に比べて、半年ぐらい回復魔法の付き合いの方が長いんだよ。頭の中で使うぐらい、何も難しくはない。

「フ……フフフ……」

俺に剣を突きつけられ、不敵に笑い出す魔王。何だ、魔王も現実逃避したいお年頃か？

「そうやって、女神の言いなりになり、武器を振るう、カ……」

……どうにもこいつ、俺がシビラに使われているのが気に入らないらしいな。シビラからは、ここから先の指示はあまりない——ならば。

「なあ、お前はなんでそんなに女神を憎んでいるんだ？　あと勇者とかも」

後ろで、動いた気配がする。……ここから先は、さすがに想定していないだろうからな。

いや、案外想定しているのか？　シビラがどれぐらいのところまで考えているのか、俺には分からないからな。

「なぜ、ナゼだっテ？　オマエな、おい、オイ。オレはこうやって、せっかく勇者を殺すために、ここまで来たというのニ。今のワタシは、このざまダ」

「……そういう答えを聞きたいわけじゃないんだが」

「ナア、オマエも、頭の中でレベルアップの声を聞くんだろウ？　オレ達《たち》が知らない、魔物達も知らない、さっきの鎧《よろい》も、誰も、聞いたことがない、そんな声ヲ」

「まあな」

「教会に祀《まつ》られている女神の声だとでも、思っているのカ？」

違うのか？　こんな状況でそんないい加減なことを言うなど、とてもではないが信じられないというか……時間稼ぎとしか思えないな。

……いや、こいつがそんなことを言うだろうか。結構いろんな情報をべらべら喋っている。今の言い方からすると、案外本当のことかもしれないな。

「お前は誰だか知っているのか？」

「イイヤ？　ただレベルアップの際に声を聞いたとお喋りしたからネ……」

お喋り、か。それも同業者からの情報らしいな。しかし……今の情報は、先程喋った内容を含めると少し違和感があるな。

俺は魔王を見つつも、ふと頭の中で先程の会話を思い出して考え込む。

目の前には、ふらふらとしている魔王。

「全ク……」

何か呟《つぶや》いたかと思うと、頭を押さえている手の平を一瞬でこちらに向けて目を見開いた。

「油断はするモノじゃないヨ馬鹿メエエ！」

魔王は、俺が考え込んだ隙に、魔法をこちらに向かって放ってきた。

「《フレイムストー――》ッグアアアアァァ!?」

しかし次の瞬間、魔王の頭には、もう一つの紫の噴水が生えていた。

それを為《な》したのは、最も狡猾《こうかつ》で、頼りになる俺の相棒。ストーンジャベリンを無詠唱で後ろから魔王の頭に叩《たた》き付けたのだ。

俺はようやく理解した、先程ストーンジャベリンをわ、ざ、わ、ざ、叫んだのは、この状況を作り出すためなのだと。ここまで読んで動くとは、本当に心底恐ろしい女だ……。

「無詠唱をラセルが使えて、アタシが使えないわけないでしょ。『奥の手は最後まで取っておくもの』って言ったのに、ちゃんと盗み見た時に学習しなくちゃ駄目よ、馬鹿ね」

「グウウウゥゥ!?　女神のぶんざイでエエエ!?」

「馬鹿なあんたに教えたげる。『お喋《しゃべ》りなヤツは大体馬鹿』よ。勉強になったわね」

「オノレエエエェェェェ――！」

魔王が激昂《げきこう》し、シビラが口角を上げる。そして……こちらを向いて片目を瞑《つぶ》った。

ここまで織り込み済みかよ。やっぱり――お前は最高の相棒だな！


「《アビスネイル》！」

（《アビスネイル》！）

黒く紫に光る魔力柱が、地面から生える。完全に油断しきっていた魔王は、地面から少し時間をかけて現れるその魔法を回避することができず、大ダメージを受けた。

そう、俺が『忘却牢《ろう》のリビングアーマー』討伐とともに覚えた魔法だ。

「最下層の強いフロアボスをありがとう。【宵闇の魔卿《まきょう》】レベル10を告げた声が誰かは分からないが……俺の役に立つのなら、そして孤児院を攻撃するお前を殺せるのなら、神でも悪魔でも今は構わない。……なるほど、確かに『切り札は最後まで取っておくもの』だな。どうだ、自分が調子に乗ったせいで受けることになった闇魔法の威力は」

「……」

圧倒的な攻撃の直撃を受けて、魔王はもう返事もできないようだった。

◇

俺は魔王の倒れた姿を確認し、シビラの方へと向かった。

満面の笑みで腰に手を当てながら、俺の方を見てうんうん頷《うなず》く。

「いやー、二重詠唱のアビスネイルって初めて見たけど、たまんないわね！　魔王を一撃でここまでできるなんて、アタシの長い生でも『黒鳶《くろとび》の聖者』だけよ、どーなってんのよあんたは」

「いや、チャンスを作ってくれないと二度は当てられない攻撃だなこれは……そっちこそ、無詠唱をあんなタイミングで使ってくるとは思わなかった。魔王を出し抜くとは、さすがの狡賢《ずるがしこ》さだ」

シビラは、俺へ。俺は、シビラへ。それぞれの行動を、捻《ひね》くれた感想で述べる。お互い真顔になって見つめ合い……どちらからともなく静かに笑い出した。

そして、シビラは革手袋を外して右手を挙げ、その病的なまでに白い手の平を向ける。

知略の魔王を頭から爪先まで完全に手玉に取ったとは思えない、その細く美しい手を、俺は自信を持って自分の手の平で叩く。

「あいたっ！」

シビラは手首を振りながら、少し赤く腫れた手に息をふーふーと吹きかけ出した。

……いやいや、そこで痛がるか普通？　なんだか締まらないヤツだな……。ま、でもこの緊張感のなさこそがシビラなのかもしれないな。

どんな危機でも、横にいるだけで乗り越えられそうな気がしてくる勝利の女神。

俺自身がどれぐらい強いのかなど自分ではハッキリとはわからないものだが、こいつが勝てると断言すれば、勝てる気がしてくる。それが、シビラという女だ。

「自分で手袋脱いでおいてそれはないよなあ、《エクストラヒール》」

「うう、もうちょっと女の子はいたわってあげた方がいいわよあんた……アタシ以外の子だと泣いちゃうわよ」

「大丈夫だ、シビラ相手にしか叩いたりしないからな」

「ひどっ!?　いや、これはもしかして信頼の証《あかし》……？　露骨な好意の表れ!?　そう、まさにこれはアタシ限定で、夫婦漫才する気があるラセルからのぞっこん愛情のうらがえきゃいん！」

当たり前のように俺の腕がチョップをやったな今……。それにしても、どうやったらそんな妙な方向に連想していくのか、不思議でしかたがない。

なんつーか、よくもまあここまでポジティブになれるもんだ。最初にパーティー除名されてスレた俺も、ある意味こういう無駄に前向き思考なところは見習うべきか……？

……いや、こいつのポンティブ具合を真似《まね》たら本格的にただの能天気だな。

「聞こえてるわよ！」

「聞こえるように独り言を言ったからな」

「なんでそんなにアタシに対して明け透けに喋るのよあんたは……他の孤児院の女子組も長い時間一緒に居たのに、全然そんなんじゃないじゃん……」

がっくりと溜息《ためいき》をつくシビラを見ながら、ふとそんな何気ない一言を改めて考えてみる。

確かに、こいつとはすっかり距離も縮まった。縮まったというか、まあ正直あっちから縮めてきたのだとは思うが。

それでもパーティーにいた頃は、俺ももう少し大人しかったように思う。少なくともエミー相手にも、ここまで言いたい放題言うほどの仲ではなかったな。

……まあエミーにここまで言うとすぐ涙目になってさすがにできないだろうが……。

だが、この全く経験したことのない女性との距離感がどうかと言われると……悪くないのだ。シビラと冗談を言い合うのは、気分がいい。初めての経験なのに、まるでずっとそうしてきたようにすら感じる。

腹立たしいことに——本っ当に腹立たしいことに——どうにも俺は、こいつとの不思議な距離感を、相当気に入っているようだ。

ようだ、というのは自分でもはっきり分からないから。

「……まーいいわ。あんたは本当によくやってくれた。【宵闇の魔卿】としては、職業《ジョブ》を変えて三日目で魔王討伐はさすがのアタシでも新記録よ」

「シビラが言うのなら、そうなんだろうな。悪い気はしない」

「最高評価よ。まったく、我ながらとんでもないもの生んじゃったわね」

全く、本当にこんなことを成功させてしまうんだからな。自分が【聖者】のまま【宵闇の魔卿】としてレベルアップしている感覚は、未《いま》だに不思議なものがある。

そして何より……俺自身の魔力の謎も。

一体俺の身体《からだ》はどうなっているんだろうな。消費魔力が高いらしい闇魔法だが、何をどれだけ使っても、全く枯渇する気配がない。それでいて、ちゃんと魔法が使えている。

……ある意味、聖者になったことや闇魔法使いになったことより、遥《はる》かに大きい謎だ。

「全く、それにしても魔王も、ラセルのことを知りもせずにお供の『ペット』を連れるのをさぼるなんてね」

「……お前そういえば、いないと分かって鼻で笑いかけてただろ。油断させるって言ったのはお前なのに」

『ペット』……それはシビラが事前に言っていた、魔王の戦闘補佐の魔物。

魔王はこいつを引き連れて現れることが度々あるらしい。

「うっ、まあ……ね。あんまりにもおかしくて笑っちゃったわ。……フロアボスは基本的に複数戦ほど怖いものはないからね。一体の強いボスをパーティーで連係してたこ殴りにするのが基本、これが自分一人で複数のボスに近接戦を挑むような状況になると、も1勝つのは絶望的よ」

なるほど、あの魔王に近接戦闘ができるお供がいたら、一気に勝ち目が薄くなるな……。

なんとなく、魔王とはいうが、戦うことを一番の専門にしている雰囲気ではなかった。

だが、その名の通り王として造る技術に関しては、他の追随を許さないのだろう。

それでも、俺だって剣やローブで魔法攻撃を防いだというのに、二度の強力な攻撃で剣を取り落とすほどの魔法を投げつけてくる魔王は強かった。

「複数戦はね、基本的に勝てないと思って真っ先に逃げること。それが無理なら階段や細道を利用して、例えばそいつが――」

シビラが視線を動かした途端、その目が驚愕《きょうがく》に見開かれる。その瞬間、猛烈に嫌な予感がして、俺もすぐに振り返る。

魔王が倒れていたはずの場所には、何もなかった。

「――ク、クク……」

そういえば……ここのフロアボスで、場所が打ち止めというわけではない。フロアボスを倒せば、必ず次の扉が開くのだ。

すぐに魔王が現れたから、気にすることもなかったが……奥の方を見ると、今まで閉じられていたであろう向こう側の部屋が、明るく光っている。

「あ、あいつ……ッ！」

シビラの焦りを余所《よそ》に、魔王は満身創痍《まんしんそうい》でありながら余裕そうに笑う。……強がりではなく、本当に何か、精神的余裕があるか……もしくは少し壊れているか。

「死体の残像を残した移動だヨ……ハハハ……！　また、会おウじゃないか、宵闇の魔卿……いや、『黒鳶の聖者』、だったかナ……！」

「やられたッ！　ラセル、逃げるわよ！」

シビラが叫ぶと同時に、俺は階段を急いで上る。

フロアボスの扉に魔力の壁はなく、部屋からすぐに脱出することができた……が。

「『奥の手は最後まデ取っておク』よイ経験だっタ……こういうのモ、一興、だナ……」

その最後の言葉が、どうにも頭から離れなかった。

第二層には既に魔物の姿はなく、目の前には真っ直《ます》ぐの道があるのみ。

シビラは迷いなく、左に曲がって走って行く。そういえばこの女神、ダンジョン全部の地図を頭の中で作っているんだったな。

シビラは前方を走りながら、苛立《いらだ》ち気味に叫ぶ。

「あの馬鹿魔王、自滅魔法使いやがった！」

魔王が使う、『自滅魔法』なるもの。何のことか知らなくても、その名前でどういうものなのか、そして今がどれほどヤバい状況なのかぐらい、俺でもわかる。

後ろを振り返ると、光がどんどん明るくなっている気がする。マジかよ……！

「そろそろ一階！　ラセル、回復！」

「分かった！」

頭の中で《エクストラヒール・リンク》を使い、スタミナチャージを兼ねたその魔法で体力を回復する。まだまだ全力疾走を止《や》めるわけにはいかない。

一階部分まで上り、俺はふと立ち止まり、シビラの腕を摑《つか》んで叫んだ。

「《ウィンドバリア》！」

（《ウィンドバリア》）

シビラが怪訝《けげん》そうな顔をした直後、壁に矢の当たる音がする。驚いているシビラを余所に、俺は《ダークスフィア》を叩《たた》き込んで全ての黒ゴブリンを黙らせた。

「なんで分かったの？」

「いや、今のは本当になんとなくだ。俺自身、あまりに危険な状況すぎて、危機感がかえってなくなって冷静になっているのかもしれない」

「頼りになるんだかならないんだか！　でも、今あんたはアタシを頭脳で抜いた、悪くないわよ！」

こんな時だが、褒められて悪い気はしない。シビラに頭脳を褒められるのなら、自信を持っていいことだ。遠慮なく受け取っておこう。

俺達《たち》はダンジョンを出ると、立ち止まらずに走りながらも後ろを振り返る。

「ラセル、壊して！」

「《アビスネイル》！」

（《アビスネイル》！）

ダンジョンの入り口に魔法を使い、大きな魔力の爪が入り口部分を崩落させていく。

しかし……入り口が塞がったぐらいではこの自爆魔法は抑えられないのか、光が岩の隙間から漏れ出して、周囲を焼く。

「……どう、しよ……これ、止まらない……」

「くそっ、まだだ！」

俺がここで諦めるわけにはいかない……！　このままでは、村ごと呑《の》み込むんじゃないかというほどの魔力の破壊攻撃でアドリアは壊滅する。ここで止めないと……！

村付近まで下がった俺が、覚悟を決めて目の前の光に対抗しようとした瞬間――！

「《マジックコーティング》！」

——懐かしい声が、聞こえた。

目の前が真っ白になり、熱なのか何なのか分からないものが吹き荒れる。しかし不思議なことに、衝撃などは全く届かなかった。

やがて光は小さくなり、俺が目を開けると目の前にあった山はなく……。

……腕の中には、身体を殆《ほとん》どボロボロに崩壊させた、かろうじて幼馴染《おさなな じ》みだと分かる姿が俺に倒れかかっていた。

エミーは、その激痛に苛《さいな》まれた姿で何故《なぜ》そんなに優しい目ができるのかというほど穏やかに目を細めて俺と目を合わせると……。

「——」

言葉を形成できない息の掠《かす》れた音、喉から何かごぼごぼと湧いたような音を立てて、そのまま目を閉じた。

俺の両腕に、力を無くした身体の重みが伝わった。

幕間《まくあい》　エミー：自分の心の負担の軽減、頼りになる友人の考察、そして……善意という名の……

ジャネットと少しお話をした、翌朝。

普段のふわふわとした寝起きの感覚がなく、妙にすっと頭が覚醒する。被《かぶ》っていた毛布を外すと、窓から差し込む光は青く薄暗い。一瞬まだ夜なのかなと思ったぐらい。

一昨日は、なんだかいろいろと考え込んでしまって、頭痛が止まらなかったのだ。回復魔法《ヒール》って、こういう時には意外と効果がないんだね……もしかしたらジャネットにキュアを頼んでかけてもらった方がよかったかな。

悪夢にも苛まれた気がする。まあ夢って覚えてないから、どんな夢だったか全く分からないんだけどね……。

昨日も考え事をしていたけど、それでもすぐに就寝した。きっと、ジャネットに相談したからだ。自分が溜《た》めていた悩みみたいなものを、ジャネットと共有することで負担を軽減してもらっているような気がする。

誰かにこうやって考えを共有してもらえることが、こんなに楽になるなんて思わなかった。特に、頭のいいジャネットなら、ちょっとおバカな私の分からない部分まで、しっかり考えてくれそうな気がするから。……共有というだけあって、ジャネットが私の分まで悩んでしまう、という部分に関しては、非常に申し訳ないと思うけど……。

それにしても、本当に朝早いね。昨日寝坊したのとは大違いだ。

なんだか、気分すっきり。

……それにしても、なんだっけ……この暗い空のこと、ちゃんと言い方あるんだよね……ジャネットにかっこいい名称教えてもらったんだけど……。

……闇？　闇宵とか、そんなだった気がする。うん、宵だ。よいぞーよいよい。

「暁《あかつき》だよ」

「へ？」

口に出してた？

隣を見ると、私と同じようにベッドの上で起き上がっている女の子。

見慣れた半目で私を数秒じーっと見て、呆《あき》れ気味に溜息《ためいき》をつく。

「宵闇《よいやみ》、薄暮《はくぼ》、黄昏《たそがれ》は日暮れ。朝は暁《あかつき》、東雲《しののめ》、曙《あけぼの》。……もう寝る気なの？」

「あ、あはは……」

起きていきなり私の一日が終わりかけてた。ま、まいったなー……完全にボケかましてたね。そして私の間違いにも突っ込んでくれる、頭が良くて優しい一番の友達。

「おはよ、ジャネット」

「ん、おはよう」

　やや眠たいのか、手で目を擦《こす》りながら左右にふらふらっと動く。

「まあ、お早いのですね──」

　と、もう一つの声が聞こえてきて、私とジャネットはびくっと飛び跳ねて振り返る。

「──あ、あら？　えっと、すみません、そんなに驚かせるつもりは……」

　頭を掻《か》きながら、毛布の中から顔を見せる、金髪の女性。

　ジャネットに対して一部分の敗北感を持っていたかつての私のことを狭い田舎の人間だと理解させられた、本物の完璧美女。

「あ、あはは、ごめんなさい。おはようございます、ケイティさん」

「はぁい、おはようございます、エミーさんっ」

　やっぱりその姿は魅力たっぷりで、怪しさなんてかけらもないケイティさんのニッコニコ笑顔。ううん、疑っている私がだんだん、自分って性格悪いのかなとちょっとへこみかけるぐらい。

　ケイティさんが、次に視線を動かした先は、もちろんジャネット。ところが……ジャネットは全く声をかけない。居たたまれないのか、ケイティさん、私の方とジャネットの方とにしきりに視線を往復させて瞬《まばた》きを増やす。うわー、まつげ長いなー。

　じゃなくて、ジャネット、なんで黙ってるんだろ。……ま、まさか昨日私が相談したから、もうケイティさん疑ってかかってるの!? それは早くない!?

緊張しまくる私とケイティさんが動向を見守る中、ジャネットが立ち上がる。

ま、待って――!

「……着替え、部屋にないんですけど……」

――え?

ジャネットがケイティさんの毛布をひっぺがすと……なんかもう、すんごいセクシーな服だった。胸とお尻だけ布地が濃くて、残りが半透明のカーテンみたいな、スケスケの……いやあれお尻とか見えてない……?

「ケイティさんの着替えが部屋にないんですが……まさか、そのネグリジェ姿のまま朝から浴槽へ行くつもりだったんですか……?」

「えっと、まずいでしょうか?」

「男がまっすぐ歩けなくなるので、やめてください……。というか昨日その格好のまま歩いてたんですね? はぁ……僕のマントを貸すので、必ず浴室へは着ていくように」

「あ、あらあらまあぁ……! ジャネットさんは、わざわざそのことを? ふふっ、気が利いて、素敵な女の子ですね!」

ケイティさんはニコニコ笑顔で、ジャネットを抱きしめながら青い髪を撫《な》でる。それをジャネットは「やめてください……」と少し嫌がるように身をよじっていたけど、照れ隠しなのかあまり止めようとはしなかった。

……ほっとしたぁ……。いや、私ですら聞くのはまずいと分かってるんだから、ジャネットがそんな迂闊《うかつ》なことするわけないよねー……。

「じゃ、向かいますわね」

そしてマントを着たケイティさんは、朝から浴槽の方へ向かっていった。お湯あるのかな……と思ったけど、あの人自前でお風呂焚《た》くぐらい余裕だったね。

ケイティさんを見送ったジャネットが、こちらを振り向く。

「びっくりしたよ、何か聞くかと思っちゃった」

「さすがにそんなことしないよ。でも、見てた」

「えっ、何を？　ネグリジェの模様？」

「……えい」

ジャネットから、チョップが飛んでくる。全く痛くない。ていうかかわいい。

「あの人の目。綺麗《きれい》だと思ってはいたけど、あまりこの辺りじゃ見ない目だなって」

「目？　あー、綺麗だよねー」

「うん。あんな綺麗な目、なかなかいないよ。それこそ……なんであんなに目立つ美しさを持ったソロの冒険者が、勧誘相手の噂《うわさ》にすらなってないのか分からないほどに、ね。この辺りに金色の目を持つ人、フレデリカさん以外にいたかなって……」

……やっぱりジャネット、私のボケっぷりとは全然違ってものすっごく沢山のことを考えてくれている。さすが私の大親友、とっても頼りになるよ。

「ケイティさんの謎は置いておいて、私達もそろそろ着替えよう」

「そうだね」

私とジャネットは、着替えて部屋で会話をした。久々に遠慮なくお喋《しゃべ》りをして、いろいろとお互いが覚えた魔法の情報交換もして。

途中からお風呂上がりのケイティさんが参加して、私達の会話に入ってきた。

ケイティさんも一気にレベルが上がったからか、頼もしい魔法を覚えていた。

ジャネットとケイティさんが魔道士として攻撃魔法の情報交換をして、お互いに使用感などを言い合っている。……そうだ、以前言われたことがあったんだ。

「私、プロテクションとマジックコーティング、ついに使えるようになりました」

「まあ、それは素晴らしいですわ～！　それで、もっと活躍できる秘策もあるんです！」

「そうなんですか？　それは楽しみですね」

「ええ、ええ！　これからが【聖騎士】エミーさんの本領発揮ですねっ！」

……うん、やっぱり考えすぎはよくないのかもね。

ケイティさんが不思議ちゃん系なのは今に始まったことじゃないし……うんうん、大丈夫、大丈夫。この人そのものに、悪意はないのだ。

まだまだ朝は長い。

私達《たち》はヴィンスが起きてくるまで、のんびり三人で女子らしい会話を楽しんだ。

それから、えーっと曙だっけ？　その辺りを過ぎた頃に宿の周りも賑《にぎ》やかになってきて、みんなで朝食。

あんまり避けても変なので、今日はヴィンスと隣同士で座って、黙々と食べる。ヴィンスはこっちを見たけど、軽く朝の挨拶をして後は無視。

「……お二人、会話はあまりしない方ですか？」

「ん？　ああ……まあ、馴《な》れてるからな」

「馴れてる、ですか。ふふ、そういう熟年の関係もいいですね」

ヴィンスがケイティさんと会話している。なんか変な勘違いを添えて。とか思ってたら、ケイティさんはヴィンスではなくて、じーっと私の方を見ているのだ。

「……あの？」

「いえいえ。会話に入ってきたいなーとか、思ったりしません？」

「特にそんなことは……まあいつも一緒ですし」

「いつも一緒！」

その言葉の何が嬉《うれ》しいのか、ケイティさんはまたニコニコしながら私とヴィンスを見ていた。……やっぱり不思議ちゃんだなあ、ケイティさん。よくわかんないや。

食後は部屋に戻って、今日もダンジョンに潜るかどうかという話になった。

ケイティさんは、ドラゴンの鎧《よろい》を欲しがっていたから無理するかなと思ってたんだけど、あっさり休みを決定した。

「疲れは蓄積します。必ず休むようにしましょうね」

「んー、ケイティは経験豊富っぽいし、そういうことなら構わないぜ。俺も連戦は久々だったからな」

ケイティさんの判断は信頼できるし、ヴィンスも経験者としてその意見を尊重しているようだった。

まあそうでなくてもヴィンスがケイティさんの判断を否定するとは思えないけど。

そのヴィンスは、今日一日は街に出ていろいろ見て回ると言っていた。……遊ぶだけかもしれないけど、お金は無駄にしないでよね？

用意も終わったヴィンスは、出る前に「ついてくるか？」と聞いてきたので、私は……もちろん拒否。

細かい言動の節々、それらが全て蓄積した結果。

私はさすがに、ヴィンスの考えを察知してしまっていた。それに、女の子は男の視線に敏感なのだ、これは頭がいい悪いとか関係なく。

今は、ラセルを追い出したヴィンスの顔を、どう見ればいいかわからない。

正直、あまりいい感情はない。


結局ヴィンスが出るのを適当に見送り、再びベッドのある部屋になんとなく戻ったところで、中にはケイティさんが一人座っていた。

「ケイティさん、ジャネットは？」

「声を掛けたんですが、用事があるとかで今は外に出てるようです。……あっ！　ちょうどいいのでエミーさんにお話があります。どうですか？」

私はその問いに、特に深く考えずに答えた。そして、心構えをすることなく頷《うなず》いた自分に後悔することとなる。

……こんなんだから、私はダメなんだ。

ケイティさんの話す内容は……私の運命を左右する情報。

「これから、勇者パーティーとして役に立つ最強の防御魔法プロテクションを、最大限に活用できる秘密をお教えします！」

「秘密、ですか？」

「ええ！　きっとエミーさんなら使いこなせるはずです！　昨日は試してみて駄目だった

んですけど、今朝のエミーさんを見たら大丈夫だと思いましたっ！」

そして私は、嬉しそうにテンションを上げるケイティさんから、全ての真実を聞かされる。

それは、どんなに私の頭がバカだったとしても、私が今までしてきた全てのことを理解するのに、十分すぎる内容だった。

私は、全てを理解したのだ。

自分の、業を。

最強の防御力を持つ【聖騎士】という職業《ジョブ》。

勇者パーティーの、守りの要。

その精神《こころ》を壊すには——。

「【聖騎士】には特殊なスキルがあってですね。発動すると盾が光って、どんな強い相手も凄《すご》い力で弾《はじ》き飛ばしてしまう、強力な技があるんですっ！　発動条件は、なんと好きな相手のことを意識した瞬間！　きゃっ！　愛の力、ですね〜っ！」

——善意一つで十分。

◇

誰もいない山の中に、私はいる。

ケイティさんから、話を聞いた。

それから私は……自分でもどうやったか分からないけど、表面上は何もなかったかのようにケイティさんから離れた。何を喋ったかすら覚えてない。

私は、一人になったところで、紙に無心で文字を書いた。内容は、自分のやってきたこと。そして、自分が今後どうするかということ。

感情の扉を厳重に施錠したように、驚くほど冷静に書き切ることができた。

何を書いたかすら覚えていない。

託す相手は……託せる相手は、もう一人しかいなかった。

「エミー……？　どうしたの……？」

探したら、ジャネットはポーションの販売所にいた。マジックポーションを、ジャネットは頻繁に使う。今は攻撃魔法も回復魔法も、一番ジャネットが使っているから。

正直、働き過ぎなんじゃないかと思うぐらい。

だけど、今はそんなことをじっくり考えている余裕はなかった。

ジャネットに、無言で折りたたんだ紙を渡す。

「これ、誰にも見られないところで読んで」

自分の口から、自分とは思えないほどに無感情な声が漏れ出す。

「ねえ、本当に、何が……」

「読んだ後は燃やして。ジャネットなら言わなくてもそうすると思うけど」

ほんと、今この口からすらすら喋ってる人誰だろって思う。本当に私なのかな。

「ね、ねえ……？　一回、落ち着こう？　エミーは、今……」

……ダメ。それは、駄目。今は……動いているから、保っている。冷静になったら……

多分……私は……。

……だから。

「ジャネット」

「……ま、待って……！」

もう振り返らない。

「──さよなら」

私は脚に力を入れ、ジャネットの手が届かない店の屋根へと飛び乗った。

「エミ――――っ！」

……なんだ、ジャネットもそんな声出せるんじゃん。頑張りなよ、引っ込み思案の親友。

私はその声に一切の反応を示さず、屋根伝いに街を出た。

そして今、街から村を繋《つな》ぐ道をわざと離れて、山の中にたった一人でいる。武器と、盾と、お金。持ち物はそれぐらい。

山には、時々ダンジョンから溢《あふ》れた魔物がそのまま逃げ込むことがあるし、全くの未明ダンジョンがあるという話すらある。道にはまず現れないけど、山には頻繁に現れる。だから山道を歩く人というのは、普通はいない。

誰の声も聞こえないし、虫の声も聞こえない。風も吹いていない。音らしい音がまるでない。

ああ。だめだ。こんなに何もないと。

――冷静になってしまう。

ちょうどその時、私の目の前に黒い毛並みをした狼《おおかみ》らしき牙の大きい獣が現れた。体長は、立ち上がると私と同じぐらいの大型だろう。

間違いなく、ダンジョンから溢れた魔物。かなりの数だ。

ちょうど考えてた時に現れた。

ちょうど。

ちょうどいい。

「——あああああアアアアアアア！」

魔物の群れ目がけて、私は剣を持って飛びかかる。盾は……背負ったまま、使わない。

「アアアアアアアアア！」

両手に持った剣が、一撃のもと魔物を背骨ごと切断する。

間違いなく【聖騎士】という職業《ジョブ》の加護を得たレベルによる、能力値を上乗せした威力。

普通の女の子では、絶対に有り得ない威力。

「アアアア！　アアアアアアアア——！」

私達《たち》の中で剣を持てば一番強かったラセルが、ついに得られなかった威力。

一人で突っ込んで来た私を見て、感情があるのかないのか分からない魔物が一斉に飛びかかり、昨日清潔にしたばかりの服や肌に噛《か》みつく。それを防御することもなく、身体《からだ》に牙が突き立てられているのを無視して、次々に目の前の魔物を切り飛ばしていく。

痛みは、あるのかもしれない。ないのかもしれない。正直、よくわからない。

「アアアアアア！　アアアアアアア！」

かわいい女の子になりたかった。

昔から、お姫様になりたかった。たった一人のための、お姫様になりたかった。

なりたかったのです。

「アアアアアアアアアア――――！」

残りの魔物が二体になった時、剣が血で滑り、手から落ちる。

こちら目がけて身を低く屈《かが》め、勢いを付けて飛びかかってきた魔物の口に、私は自らの両手を差し込んだ。

――あれは、ラセルがまだ九歳ぐらいの時だった。

私達の中でも、みんなのことを大切に考えてくれているというか、ちょっと大人びたところがあったラセルは、その日フレデリカさんにお願いをしたのだ。

『料理の手伝いを、したいです……』

そんな可愛《かわい》い『お願い』にフレデリカさんはすっかり喜んじゃって、ラセルはキッチンでフレデリカさんと並んで野菜を切り始めた。

まだまだ不器用で、危なっかしい子供のラセル。だけど二人で並んでいる姿が、親子というよりも、もっと別の関係に見えて、とても羨ましかったのを覚えている。

ところがラセルは、野菜を切っている途中でキッチンナイフを取り落とし、びくっと震えて自分の口元に指を当てていた。

『まあ、大変！』

フレデリカさんが手を取ったラセルの指からは、血が流れていたのだ。

私はその瞬間——猛烈に怖くなった。

ラセルの血が、流れている。あの血が止まらなかったらどうしよう。

今でこそ馬鹿な子供の考えだと笑い飛ばせるけど、あの頃の私は本気でラセルがそのまま死んでしまうんじゃないかと思い込んでしまった。そして、ラセルの後ろでわんわん大声で泣き出してしまって、かえってラセルよりも心配されてしまった。

……いや、今のは嘘《うそ》だ。

今でもあの頃のことは笑い飛ばせない。ラセルの指に、ほんの少しでも切り傷が入ろうものなら、私は怖くて、悲しくて、子供のように泣き出してしまう気がする。

ラセルの指の皮が一枚切れるぐらいなら、私が代わりに腕を切り落とされた方がマシだとすら思えるほど。

——ああ、そうか。だから、私は、【聖騎士】になったのだ。

世界最高峰の防御力。最上位職としての恩恵。それらは全て、『ラセルに怪我《けが》をさせたくない』から、女神様が私に与えてくださったものなのだ。

ラセルのレベルが上がらなかったのは、当然だ。剣より杖《つえ》を持たせたら、前衛で戦わなくなるだろうと思っていた。私が魔物を通さなければ、ラセルは怪我をしない。だから私は、ラセルが戦わないように、前に出ないように、後衛へと押し込めたのだ。

ラセルのレベルが低いままだったのは、私のせいなのだ。

——目の前の魔物の顎が、引き千切れる。

ああ、脆《もろ》いな。もっと……もっと私を、痛めつけてほしいのに。

「……アア……」

身体の中に溜《た》まった自らの黒い感情を吐き出すように叫んでいた声も、気がついた時にはだいぶ嗄《か》れていた。そして私は、こんないい加減な戦い方でも倒せてしまう魔物達に油断して、いつの間にか後ろから飛びかかっていた魔物に気付くのが遅れた。

「あ——」

それは、走馬灯のつもりなのか。一瞬、ラセルの懐かしい笑顔が浮かぶ。

その瞬間、私が構えかけていた盾が発光し、魔物が遥《はる》か彼方《かなた》へと水平に吹き飛んでいく。木へと衝突した魔物の頭部が、衝撃により歪《いびつ》に拉《ひしゃ》げる。途轍《とてつ》もない威力だった。どんな剣より強力な一撃で、魔物は絶命した。

今の技は、見たことがあった。

「あ……ああ……」

私は、全てを理解したのだ。

自分の、業を。

「ごめんなさい……ごめんなさい……」

私は……私は全部もらっていたのだ。

男の子の隣に立って不自然のない、普通の容姿も。

好きな男の子を怪我させないための、世界一の職業《ジョブ》も。

私は、全部、もらっていたのだ。

好きな男の子を守るための、世界一の技も。


「ごめんなさい、ごめんなさい、ごめんなさいごめんなさ……っ……グスッ……」

話しかける切っ掛け作りに持った剣で、ラセルより戦う力を得てしまった。

結果的に、ラセルのレベルが上がらないように仕向けてしまった。

そして、ラセルを助けるためだけに得た力で……ラセルだけを傷つけてしまった。


全部……。全部、私が、壊しちゃったの……。

私に、ヴィンスを責める資格なんてない。

ケイティさんを疑う資格なんてない。

ジャネットの親友だなんて言える資格なんてあるはずがない。

……私は――。

「《ヒール》」

――なんだろう、少し冷静になってきた。手に持つ盾を見ると、光り輝いているけど、どこか、黒っぽくなっているような気がする。自分を構成する何かが作り変わってしまったような……。

理由はわからないけれど……でも、冷静になったことで、今自分が何をするかということが、はっきりと分かった。

ラセルには、謝ろう。すぐにでも。そして、ラセルの盾になろう。

私はもう、ラセルに愛されるような権利のある女の子じゃない。

一緒にいたとしても、一切会話できなくてもいい。

私の望みは一つ。

ラセルの盾になって死のう。

――ふと、記憶の中に、黒髪の小さな子供の姿が現れる。

その子はおろおろしながら、わんわん泣いている私の下へと近づく。

すると、頭に大好きだった重みが戻ったのだ。

あんなにお気に入りだったのに、無くしてしまったおもちゃのティアラ。それをその子は捜し出してくれて、私の頭に乗せてくれたのだ。

まだちょっとぐずる私に、思い出の少年は言う。

『えみーちゃんは、その……えと、ね。かっ……かわいい、し……おひめさまに、なれる、と、おもう……よ？』

すっかり泣き止《や》んだどころか、顔があつくてたまらなくて。

でも、そんなことを言っちゃった男の子も、私に負けないぐらい真っ赤で。

そんな、一番大切だったのに今まで忘れていた記憶を思い出して——私はとっくに凍り付いたはずの心に僅かな亀裂が入り、自分が無言で涙を流していたことにも気づけなかった。

11 今日が俺達の、再出発の日

自分の腕の中にいる、変わり果てた少女。

いや、少女と言うにはすっかり成長した、お転婆で泣き虫だった幼馴染《おさなな じ》み。

頭の中が真っ白になりながらも、辛うじて震える声で呟《つぶや》く。

「《エクストラヒール》」

(《エクストラヒール》)

見た目はすぐに、綺麗《きれい》になった。

「《キュア》」

(《キュア》)

服の汚れもなくなった。だが……その目は覚めない。

おかしい。

俺の【聖者】の魔法は、全ての魔法を内包しているんじゃなかったのか?

二重詠唱をした。疲れが全て吹き飛んだり、不治の病が完治したり……眠りから、目覚めたり……するものじゃ、ないのか……。

なあ、おい。何黙ってるんだよ。

「《エクストラヒール》」

（《エクストラヒール》）

「――ラセルッ！」

突如、パァンという大きな音が耳元から響く。

……いや、違う。俺が叩《たた》かれたのか。

「二度目の完全回復魔法に意味はないわ、気をしっかり持ちなさい！　あんたには、アタシがいるでしょう！」

「……シビラ……」

「大丈夫、落ち着いて。このシビラ様の持っている知識を総動員して、できる限りどんな手を使ってでも何とかしてみせるわ！　こんなところで……こんなところで、この子を終わらせやしない！　終わらせるものかッ！」

少し現実逃避気味になっている俺と違い、シビラはしっかりとした目で叫んだ。それは、俺のどこへ行けばいいか分からないような目ではない、絶対に助けるという強い意志の目。シビラの、知識。

それは何も分からない今の俺にとって、間違いなく何よりも頼りになるものだった。

――ああ、これが相棒か。

なんと心強い。

「すまない、シビラ。呆《ほう》けていた」

「仕方ないわよ、ずっと一緒だったんだものね。それで、今この子はとても危険な状態。生命力というものがないし……それに」

「それに、何だ？」

シビラの発言を一字一句余さずに聞くように集中する。

「……なんだろ、まるで……生きる気が、ないみたいな……」

「生きる気が、ないだと……!?」

俺は起き上がってこないエミーの顔を見る。

声を上げないお転婆な女の子は、本当にお姫様みたいで……。

……ああ、くそっ、よりによってこんな時に思い出すなんてな……。

「それに、聖騎士としての生命力の加護が、ものすごく濁っている……え……なんで、これ、聖じゃなくて、闇……自力で、闇に……？　なんという、深い、深い絶望……どうやったら、こんなに無残に心が壊されるというの……？」

「エミーは、そこまで恐ろしい目に遭ったのか!?」

「この場であんたを助けに来たことを考えると、何かに遭ったというより……十中八九あんた関連のことだと思う。けど、それでもここまで真っ黒になんてなるはずない。誰かに壊された？　いえ、気付かされた……？」

シビラは少し考えるように顎に手を当てたが、すぐに首を振って自分の両頬を思いっきり張った。

「とにかく、このままだとエミーちゃんは起き上がってこない。本人にも起きる気がない。だとすると……」

シビラは、エミーのまぶたに触れて、目を確認する。

手を離すと、腕を組みながら宣言した。

「嫌がっていようと、あんたが無理やり起こすしかないわね」

それは一体どういうことだ……そう俺が質問する前に、シビラは畳みかける。

「今のスキル、【聖騎士】のスキルだったはずよ。盾が光って、目の前のモノを吹き飛ばす最強の技」

「……ああ」

俺は、あの光を覚えている。間違いなくパーティーを追い出された日、エミーが俺に向かって無意識に使ってしまったものだ。

「あのスキルは、ちゃんと発動していなかった」

「……そうなのか？」

「ええ。こういう相手の攻撃が大きければ大きいほど、敵の攻撃とか全部吹き飛ばして、マジで自爆魔法含めて山ごと盾の光が吹き飛ばすぐらい強いのよ」

エミーが使ったのって、そんなスキルだったのか。俺はエミーに一撃で気絶させられた自分が情けないと思っていたが、今はよく殺されなかったと思えるな……。

その事実を俺に教えてくれたシビラに、ある意味救われた形かもしれない。

「でも、スキルには発動条件があるの。今回は、何かしら」

「発動条件？　そういえば以前も発動していたな」

「……その時の事を話してもらっていいかしら。ヒントがあるはずだわ」

俺は頷《うなず》くと、あの日エミーの盾に振りかぶったことを話した。盾に剣を叩き付けて、そのまま押し込むようにして、エミーの顔が目の前に来るぐらいになった後に……そうだ、エミーの顔を見ながら、盾が光ったことに気付いた直後に、気絶したんだったな。

だが、この情報から何が分かるというのだろうか？

「……それ、間違いないわね？　だとすると……恐らく、見当がついた、けど……」

俺が頷き、次を促す。しかしシビラは、なかなか次を言わずに難しい顔をして俯《うつむ》く。

「おい、早くしろ、時間がないんだろ!?」

「……そうね」

何故《なぜ》か言い渋るシビラにイライラしながら、少し声を荒《あら》らげる。

シビラは複雑な表情をしながらも、ようやく顔を上げた。

「これをアタシが言うのは、本当は駄目なこと。だけど、今は緊急事態。覚悟しなさい」

シビラの様子が変わり、至近距離で俺の目を射貫《いぬ》く。

その尋常ならざる様子に生唾《の》を呑みながら頷くと……顔を離してシビラは溜息《ためいき》をついた。

「好意、よ」

「……は？」

聞き間違えたのだろうか。

「いいえ、間違いじゃないわ。好意による発動……好きな相手のことを考えると、愛の力〜とかなんとかいうやつで、パワーアップするっていうチャチな英雄譚《えいゆうたん》の一幕向けの技よ。エミーちゃんが使ったのはそれ。……だから言いたくなかったのよ」

……エミーが、それを使った？　好きな相手のことを考えると、使える技を？

先日の、受付の男が話していた『エミーが目で俺を追っていた』内容を思い出す。今使ったスキルのこと。そして……俺に対して使ったこと。

確かあの日、久々に至近距離で見るエミーの顔が随分と変わったと思って……。

……ああ、そうか。何を呆けていたんだ俺は。

俺が至近距離でエミーの顔を見たんだから、エミーだって俺の顔を見たんじゃないか。

その結果が……あのスキルだった。そして、今の俺を守ったスキルだった。

「ラセル」

「ああ」

「あんたは今、知ってしまった。この子がどういう気持ちで今のスキルを使ったか、どんな気持ちでパーティーと別れたか」

「ああ」

「間違いなく、元の勇者パーティーとは円満に別れていない。勝手にやってきたと思う。あんたのために……あんたに命を捧《ささ》げるためだけにッ！」

「……ああ」

「だから、この場限りでアタシは、一つのことを許すわ」

シビラがそう言うと、再び腕を組んで俺から離れ、俺をまっすぐと見る。

「あんたがこのアタシ、最強かわいいシビラちゃんにベタ惚《ぼ》れしていること、シビラちゃんが一番であるという順位を今だけは変えることを許可するわ」

「最初から一番じゃないから安心しろ」

「その上で——」

シビラは、俺のツッコミにも一切反応を示さなかった。

……これは、本当に本気のシビラだな。

俺が職業《ジョブ》を変えたとき以上の、今までで一番の本気。

「——あんたには、聖女になってもらう」

「聖女？　聖者じゃないのか？」

「近いけど違う。あんたが参考にするのは『聖女伝説、一途《いちず》な愛の章』よ」

「一途な、愛……」

「そう。『愛慕《あいぼ》の聖女』よ」


聖女伝説、一途な愛の章。その名も、愛慕の聖女。

それは数ある聖女伝説の中で最も有名な、冒険者全ての憧れである聖女のお話。

魔王討伐に出向いた勇者パーティーは、最強の魔王との死闘を繰り広げる。

仲間は傷つき、再起不能になり、勇者も聖女もギリギリの戦いを強いられていた。

いよいよ互いに限界の時、魔王が聖女に狙いを定めたのを理解した勇者は、聖女を庇《かば》い魔王と刺し違える。

聖女は嘆き、悲しみ、そして祈りを捧げる。

自分はどうなってもいい。だけど、愛する者だけでも生き返らせてほしい。

そう祈った聖女に、奇跡が舞い降りる。聖女が授かった奇跡の魔法が、勇者を死の世界から呼び戻したのだ。

二人の愛が、魔王に勝った瞬間だった——。

「──そんなものないわ！　奇跡なんてない！」

シビラはその世界一有名な話を、ばっさりと切り捨てた。

「真偽不明だけど、そういう伝説もあるのかもね、程度に思っていた……でも違う！」

組んでいた腕が離れ、指が俺につきつけられる。

「ラセルが『女神の祈りの章』の種明かしをした！　つまり聖女の伝説は、全部【聖女】という職業《ジョブ》の能力に過ぎない！」

そこまで言われて、ようやく俺はシビラが言いたいことが分かった。聖女の伝説が奇跡じゃないのなら。『女神の祈りの章』と同じように、俺にも使えるのなら……！

「そうよ！　エミーちゃんが太陽の加護のスキルを使ったように、あんたにも……【宵闇の魔卿《まきょう》】じゃない、『黒鳶《くろとび》の【聖者】』であり続けてくれたあんたになら、使える！」

そして、シビラはその名を宣言する。

「愛慕の聖女、最後の魔法は──リザレクション！　ラセル、あんたがエミーちゃんのことを大切に想《おも》って……エミーちゃんがずっと踏み躙《にじ》られて、磨《す》り潰されてきた心の傷に、本気で寄り添えたなら、必ず使えるはずよ！」

シビラの言葉が、心に染み渡っていく。

……そう、か。俺は、本当に自分のことばっかりだったな。

多少は傷ついているだろうなと思っていた。だが、そんなものじゃなかった。

　復讐《ふくしゅう》に燃えるかつての【宵闇の魔卿】と同じように、闇の世界に全てを投げ出すぐらいの絶望をエミーは味わっていた。

　俺には、シビラがいた。エミーには……ジャネットだけでは、頼りにならなかったのだろうか。俺にはどうも、そうとは思えない。それとも、ヴィンスや、もしかして他の誰かが……覚えてない夢に……いや、今考えるのはよそう。今は、エミーだ。

　腕の中の幼馴染《おさななじ》みの顔を見る。……至近距離で俺を見て、無意識にスキルが発動したんだったか。それって、つまり、その……そういうこと、なんだよな。

　ああ、今更なんだが……本当に、自分で呆《あき》れるぐらい今更なんだが……。

　多分、あの時の俺は……きっと……エミーと……。

『おひめさまに、なれる、と、おもう……よ？』

　本当は、お姫様になってほしいわけではなかった。

　お姫様になると、遠くに行ってしまう。

　俺は王子様じゃないから、エミーの隣にはいられない。

　——その理由は。

　……そうか……。俺も……とうの昔に……。


「《リザレクション》」

自然と、言葉が出た。

シビラに教えてもらえたこともあるが、まるで知らなくてもその言葉が自然に出ただろうと思えたほどに、自分の口から魔法の名が現れた。

だとしたら、女神は……俺にこの魔法を寄越《よこ》してきたんだろうか。

詫《わ》びのつもりか？　もうそこまで嫌ってはいないぞ。

ああ……シビラ、やはり奇跡ってやつは、あるのかもしれないな。

「ん……んん……」

自分の腕の中から、小さな声。懐かしい声だ。

俺はエミーの至近距離まで顔を近づける。エミーは少しずつ目を開いていく。

「寝過ごしすぎだ、起こしに来たぞ」

俺が声を掛けると、エミーは目を見開いて、反射的に俺から離れる。

結構強い力で抱きしめていたつもりが、肩が外れる勢いで腕が開くほど一気に振りほどかれた。……やっぱり聖騎士ってやつは滅茶苦茶《めちゃくちゃ》に身体能力が高いんだな。

「おはよう」

「……あ、あ……」

「朝の挨拶も忘れたのか？　ああいや、もう朝じゃなかったたな」

俺が軽口を叩《たた》いたところで、だんだんと状況が呑み込めてきたのか、エミーは自分の身体《からだ》を確認する。

「治したぞ。服や鎧《よろい》も、俺の回復魔法で直るからな」

「……」

先程から、俺に何と喋《しゃべ》ったらいいのか分からないように、声を発さない。

「……エミーは、もう俺と話もしたくないか？」

「そんなことないっ！」

今度は、全くのノータイムで叫びながら、俺の言ったことを否定した。

「あ……」

「そうか、それを聞いて安心した」

エミーは、恐る恐る、といった様子で俺に近づく。

綺麗《きれい》な顔立ちだが……ほんの僅かな間会っていないうちに、どこか年齢不相応というか、大人びた影を帯びた気がするな。……ここまで変わるほど、追い込まれたのか。

「ら、らせ、る……」

「ラセル以外に見えるか？　まあ印象が変わったとよく言われるが……俺自身は今ひとつぴんとこなくてな」

「ああ、ラセル、ラセルだ……」

ようやく俺の下まで辿《たど》り着いたエミーが、俺の身体に触れる。といっても、ローブの下に鎧を着ていたな。

「ねえ、私、ひどいこと……ラセルを、レベル低いまんま、後ろに押し込めて……あの時も、反撃しないつもりだったのに、スキルを使って、本気で殺せるような攻撃で、ラセルを——」

「気にしてない」

「——えっ」

エミーが自己嫌悪に陥りそうなところで、独白を遮る。

「気にしてない、と言ったんだ。俺はお前が嫌がっていたとしても無理やり一人でもレベルを上げて、ちゃんと活躍するべきだった。そして、お前の気持ちを汲《く》んで……気付いてやるべきだった。何もかも、間違えていた。お前が思っている以上に、俺自身が俺のことを悪いと思っているんだよ」

エミーが、どこか呆然《ぼうぜん》とした顔で俺の独白を聞く。

「今な、魔道士の冒険者先輩と組んでいる。そこで気付いたんだ、助け合わずに頼りきりなのは、良いパーティーじゃない……相棒じゃないんだって」

そのことを聞くと、一瞬シビラの方を向いて、俺の方に視線を戻す。何か余計なことを考える前に、俺はしっかりエミーに意識してもらうよう畳みかける。

俺はエミーの両頬を自分の両手で包んだ。

「エミー」

突然の行動に驚くエミーに、俺はしっかりと自分の意思を伝える。

「ひぁっ……!?」

「それでもあいつも俺も術士でな、今日みたいなことがあると、すぐに危機に陥る不完全なパーティーなんだ。だから、お前も俺のパーティーに入らないか？」

言われた意味を理解するように、ゆっくりと瞬《まばた》きをして、エミーは声を絞り出す。

「……い、いいの……？　私、また、ラセルと組んでも、いいの？」

「俺が組んでほしいんだ。多分相棒というのなら、エミーと俺の方が本来相性がいい。お互いを熟知してるし、今の俺は回復魔法も攻撃魔法も剣も使える。だがな、防御力だけが心許《こころもと》ないんだ。つーかさっきも正直危なかった、ほんと助かった。そう……それをカバーする能力は、世界中でお前が一番のはずだ」

はっきりと告げたが、エミーはまだ心ここにあらずといった様子だった。

「……なあ、エミー」

俺は、一歩離れて右手を差し出す。

「もう一度、幼馴染みをやり直さないか」

「……幼馴染みを？」

「ああ」

幼馴染み。それは、俺とエミーにとっての原点。

あれから様々なことに巻き込まれて、使命を負って……短い間に随分と遠くに来てしまった気がする。だけど思い返せば、無邪気に遊んでいたあの頃が一番尊い時間だったのだと、今だからこそ理解できる。

答えはいつも、自分の中にあったのだ。

パーティーよりも。相棒よりも。

「なんかさ、俺達《たち》……教会の期待の星だの、世界を救う勇者パーティーだの……もうそんなの疲れたよな？　だから、幼馴染み」

エミーは、俺の右手をぼーっと見て……。

……そして、目からぼろぼろと涙をこぼしながら、俺の手を取った。

「わ、わだじも……らせ、る、と……もういちど、幼馴染み……したい、です……っ！」

軽く挨拶できればと思った俺の片手を、エミーは大切そうに両手で包み込んだ。それ故に涙を拭くこともできないまま、エミーが俺に向けるのは泣き笑いの顔。

それは、最近見慣れてしまっていた他人行儀な顔とは違う、取り繕わない本心からの顔。

俺には……そんなエミーが今までで一番、綺麗に見えた。

幕間《まくあい》　ジャネット：悪意を身構えて防げる人はいても、善意を身構えて防げる人はいない

喋り慣れていない喉は、慣れている人のそれに比べて痛くなりやすい。僕だってそうだ、普段は声を張ることなどない。それこそ、魔法を使う時ぐらいか。

腹から声を出す方法も碌《ろく》に解《わか》らぬ身で、不慣れなただの一度の叫び声による喉の痛みに果敢無《はかな》く噎《む》せる。届いたかも判《わか》らぬ声と、振り返らぬ親友の背中。自らの滑稽さを、心の内で酷烈に罵倒する。……違う、そうじゃない。これは自虐による心の保身に過ぎない。

頽廃《たいはい》的な日常の喧噪《けんそう》に不釣り合いな、緊迫した叫声。醜聞の臭いを嗅ぎ付けた奇異の視線が、針となり刺さる。だけど、そのような些事《さじ》を気にする精神的余裕はない。

自分の全力だった声が幼馴染みを振り向かせる力もなかったことに、忸怩《じくじ》と苛立《いらだ》ちを綯《な》い交ぜにし、げほげほと咳《せき》をしながら人集《ひとだか》りを縫うように走った。

ああ、マジックポーションを買い損ねた。違う。今はどうだっていい。

瞼《まぶた》の裏に突如押し寄せる異物感……ああ、違う。そうじゃない、そっちじゃない。

——今、堰《せき》を切って咽《む》せび泣くわけにはいかないんだ。

第一、彼女に寄り添えなかった僕に、その資格があるわけないだろう。

「……はぁ、はぁ……」

情けないかな、元より体力がある方ではない。人気《ひとけ》のない民家の境目に身を潜ませると、ズルズルと壁にもたれかかりながら冷えた地面へと座り込んだ。

息を整える。落ち着け、落ち着け……。

この息切れは、身体的な疲労なのか、それとも精神的な緊張なのか……。

——覚悟を決めて、握りしめたエミーの手紙を開く。そこに書いてある内容は、まるでエミーのものとは思えなかった。落ち着いた文体、事実を淡々と書いた文面。

だけど、その内容は……。

「エミー……」

僕は、幼馴染《おさなな じ》みの思い出の品になりそうな、その手紙を迷わず燃やした。次に、残った黒い灰も原形を察知されないよう、風の魔法で吹き飛ばして跡形もなく散らしていく。

見られるわけにはいかない。特に、あの女には。

エミーが【聖騎士】になった時、僕はエミーに対してなんとなく、しっくりくるというか……聖騎士になるだろうな、と思っていた。

かなりのお転婆姫で、だけど友人の怪我《けが》で泣くほどの優しさで……ほんっと、同い年としてちょっと凹《へこ》むぐらい、可愛《かわい》いお姫様だった。

親昵《しんじつ》なる友。僕には無い物を、溢《あふ》れんばかりに持っていた、純粋な幼馴染み。

――だからだろう、エミーがああなってしまったのは。

あの日、あの瞬間……エミーが一番守りたかったものを、エミー自身の手で壊してしまった。その事実からの心理的負担と呵責《かしゃく》を想像するだけで、吐瀉物《としゃぶつ》が出かねない。

……ケイティ。僕の中で、今最も恐ろしい女。


僕は昔から、書物を読むのが好きだ。

知識を得ることは何よりの楽しみでもあるし、それに――我ながら性格が悪いなと思いつつ――優越感もやはり知識欲の一つに含めるべきだと思う。

勇者の話、聖女の話、そして……ダンジョンの話。

難易度が上がれば上がるほど、その情報は金になる。だから上級者は迂闊《うかつ》に外に漏らすことはないし、過去の勇者パーティーなんていよいよ何も残していない。

彼らの活躍は、勇者の『英雄譚《えいゆうたん》』と、聖女の『聖女伝説』という、派手に活躍したことだけを喧伝《けんでん》する物語でしか出回っていない。

攻略に関する情報を、彼らは残していないのだ。

それらを全て含めた上で言おう。ケイティさんの喋る内容は、明らかに書物に記されている内容ではない。

あの人は、今までどこにいた?

あの人は、どうして話題になったことがない?

あの人は、何故《なぜ》あの好色なヴィンスが街を歩いていて、一度も出会ったことがない?

何より、昼間にあれほど金糸の髪を輝かせながら堂々と外を歩く貴族の令嬢すら霞《かす》みかねないような女が、誰にも注目されることなく、どうやって僕達に接触した?

そして……どうして、僕達に接触した?


何も、分からないのだ。


……僕は昔から、書物を読むのが好きだ。

知識がないまま新たなる事象に触れるのは不安だし、それに――我ながら性格が悪いなと思いつつ――劣等感もやはり知識欲の一つに含めるべきだと思っている。

ケイティさんは、間違いなく僕より知識がある。あの人の持っている知識は、恐らく書物にないものだ。

最低な性格を自認する僕が、自分の本音を言おう。

あの人の、一切濁りのない慈愛に満ちた、くすむ想像すらできない黄金の瞳が……どこか僕を見下しているみたいで、ただひたすらに怖い。

屋根の隙間から顔を覗《のぞ》かせた鈍色《にびいろ》の雲が、今晩にも泣き出し街を濡《ぬ》らすことを知らせる。

呆《ほう》けている場合ではない……これから、何をすればいいか。

まずは、ヴィンスに話を合わせてもらわなければならない。先日の竜鱗《りゅうりん》入荷の話から武器でも見て回っていると最初は思ったが、ふと思い直して買い食いの露店へと足を運んだ。

直感でそうだろうなと思った通り、ヴィンスは串焼きの店近くで目に入った。

「ヴィンス」

「ん？　ジャネットか。どうした」

食べていること自体は悪びれもしない辺りも、なかなかの大物だ。もちろん、悪い意味で。

「これから、ケイティさんに会いに行く。ヴィンスも来て」

「なんかあったのか？」

「あった。ただ一つ……ヴィンスは僕の頭脳のこと、信用してる？」

「ったり前だろ、俺らなんて昔からジャネットなしだとやべえ場面ばかりだぜ」

ん、信用されているのは悪くないね。やはり知識を持って頭を回転させ、パーティーの役に立てることは嬉《うれ》しい。それに……普段の信頼は、こういう場面で活《い》きてくる。

「それを聞いて安心した。いい、絶対僕を信じて黙っていて。僕を信じていたら何もかもがうまくいくから」

「お、おう……分かった」

戸惑い気味なヴィンスを無理やり頷《うなず》かせて、ケイティさんの待つ宿へと足を向けた。


「あら、おかえりなさい」

「おうケイティ、帰ったぜ」

部屋の中心には、窓の外の曇り空すらものともしない、太陽の如《ごと》き美女が座る。

ヴィンスには事前の打ち合わせどおり、一言挨拶をして後ろに控えてもらう。

「ただいま戻りました。それでケイティさん、お話があります」

「はい？　改まって何でしょうか」

僕は、ケイティさんにエミーのことを話した。

「エミーには、『特に何の変哲もない』男の子の友達がいたんです」

ヴィンスが後ろで、喉を鳴らす。……黙っててよ、お願いだから。

ケイティさんは、驚愕《きようがく》に瞠目《どうもく》し、口に手を当てた。間違いない、今の一言で察している。

やっぱりこの人、頭の回転がかなり速い。

「そして、エミーは……自分のせいで幼馴染みの男の子を怪我させてしまったと言っていて、謝らなければならないと、切羽詰まった様子で脱退を決めました……」

「そんな……私、なんというひどいことを……！」

それだけで、僕の言いたいことを全て理解して、泣き出してしまったケイティさん。

不躾《ぶしつけ》且つ不謹慎ながら、彼女を凝視する。落涙すら絵になる姿。……間違いなく本気泣きだ。どこかのパーティーの女盗賊が嘘泣《うそな》きしていたから、本気で泣いているのとの差は分かる。

助言は、善意だろう。だから僕は……余計にケイティさんが怖くなった。

敵対していると分かる相手には、誰しも事前に警戒しているものだ。

鎧《よろい》をつけて、攻撃を盾で受ける。そうすれば、どんなに強い攻撃でも軽減はできる。

でも、もしも友好的な相手から不意打ちを受けたら。

自分の内臓の中から、ナイフを持った手が生えたらどう防げばいいのだろう。

……ケイティさんは、そういう女だ。

百パーセントの完全なる善意だけで、相手を切り裂いてしまう。

これはエミーも思っただろうけど、僕もケイティさんのことを『男を惑わすパーティークラッシャー』だと思っていた——その程度にしか思っていなかった。

……僕の知識と知能と考察は足りなかった。迂闊すぎたんだ。

この人は、男女関係なく無自覚でパーティークラッシュしていく、本物の破壊者だ。

それは穿《うが》ちすぎだと言われそうだけど、それでも僕には、エミーから教えてもらった『ケイティさんの独り言』というものがある。

あれはまさに『未知への恐怖』そのものだ。


僕達《たち》の『勇者パーティー』が今後どうなっていくかは分からない。

だけど。

エミーが教えてくれた情報、そしてエミーの心身に起こったこと。

それらを頭の中で整理して、僕が果たさなければならない義務は分かった。

幼馴染《エミー》のためにも——
——この人を、ラセルに会わせてはいけない！

12 シビラとエミーの初顔合わせ、そして今後の俺達の行く先は

自分の表情があまり動かなくなったといっても、さすがにここまで子供っぽくぐずるエミーを見ていると、頬も少し緩んでしまうな。

俺は苦笑しながら、エミーの頭を撫《な》でようと手を離……って手が全然離れないぞ……？

ああ、そういえばこいつ【聖騎士】だったな。術士の俺ではどう頑張っても筋力じゃ勝てないってやつか。

前言撤回。やっぱり太陽の女神は嫌いだ。

誰が好き好んで、お姫様みたいな女の子に手も足も出ない職業《ジョブ》を有り難がるかバーカ！

……いかんいかん、シビラの口癖が移りかけているな……。

「うっ……うぇえっ、ズズっ……」

「なあ、もうそろそろ手を離して欲しいんだが……」

「やだぁ……はなれぢゃやだよぉ……」

「そういう意味じゃないんだが……」

参った……さすがにこのままというのもな。ただ泣き止《や》むまで待ってもいいが……。

頭を掻《か》きながら少し視線を逸《そ》らすと——目の前には、ものすっごく嫌らしいニヤニヤ顔でこっちを見る、『女神』という事実から目を背けたくなる絶世の銀髪野次馬美女。

「おいこら何見てるんだ」

「べっつに〜〜？　ただ、ラセルって、幼馴染《おさなな》み《じ》相手には、そーんな、そーんな、そぉ〜〜んな柔らかい表情もできるのね〜とか思ってはないわよぉ〜」

「思いっきり言ってるだろ！　一発殴らせろ！」

「その幼馴染みちゃんを引き離せたらね！」

くそっ、俺が動けないの分かって言ってるな！　ああもう反撃できないのが腹立つ！

お前、後で覚……うおっ、急に身体《からだ》が自由になって躓《つまず》きかけた。見ると、エミーがすっかり泣き止んで、じーっとシビラの方を見ている。

ってそりゃそうか、シビラは俺達のパーティーを観察していたらしいが、エミーはシビラのことは全然知らないもんな。

「エミー、紹介しよう。こいつはシビラ、今こっちでパーティーを組んでるヤツだ」

「え、え……？」

「ちなみにダンジョンが村のすぐ側《そば》に現れた時、俺より先に孤児院を守るためにハモンドからこっちのアドリアまでやって来た人だぞ」

「えっ!? あ、えっとその、ありがとうございます」

エミーは最初困惑していたが、シビラが孤児達の恩人と知るや、すぐに姿勢を正して何度も頭を下げてお礼を言う。

シビラは、腕を組みながら何やらエミーを無言で値踏みしている……っておいこら何だその態度は。

「エミーちゃん、ね」

「は、はいっ!」

「あなたは今、ラセルに相棒として、パーティーとして認められた。そして幼馴染みをやり直した。ここまでちゃんと理解してるわね」

「はい……私なんかが」

「ストーップ!」

「はひっ!?」

エミーが自省しながら言葉を紡ぐ最中で、シビラは唐突に話を遮った。

「ラセルは幼馴染みだからって、簡単に味方に引き入れるヤツじゃないわ。エミーちゃんが弱かったら、間違いなく術士の自分が前に立つようなヤツよ。アタシが見た限り絶対。だけどね……」

一呼吸置いて、組んだ腕をほどきエミーに向かって指を突きつける。

「女の子だろうと、自分の盾になってほしいと願い出たのは、エミーちゃんがラセルにとって『自分より強い』と認めたからなの。その判断をするのって、男としてはとっても勇気の要ることなのよ」

そして、その突き出した指を開き、手の平をエミーの頭にぽんぽんと乗せる。

「だからね。エミーちゃんは、ラセルが認めた特別なエミーちゃんなの。『私なんか』なんて絶対言っちゃダメ。エミーちゃんは自分にもっと自信を持ちなさい？　このつっけんどんチェンジしちゃった暴力聖者の真っ黒ラセルについていくには、あと百倍はふてぶてしくなってようやく釣り合うぐら――きゃん！」

「おいこらどういう意味だ」

「そーゆーとこよ！　前振りなく女の子に暴力振るうんじゃないわよ！」

「今までシビラぐらいしか、叩《たた》いてもいいなと思えた女はいないから安心しろ」

「なんで!?　シビラちゃん世界一かわいいわよね!?　どうして!?」

俺とシビラがやり取りしていると、袖をつままれてぐいっと引っ張られた。

何か言いたげな上目遣いのエミーと目が合う。

「あ、あのさ、ラセル」

「ん、何だ？」

「私もそのチョップ、してほしいな」

……何故《なぜ》？

という俺の問いに答えるように、シビラがいつか言った答えを示す。

「親愛の証《あかし》みたいに見えるからよ、アタシの言ったとおりでしょ」

「マジか……」

「ホラ、早くしてあげなさい。多分してあげないとまた泣いちゃうわよ」

なんだか納得できないが、エミーがいいと言うのなら仕方ない。

俺はエミーの頭に、緊張しつつ初めてのチョップを叩き込んだ。

こういう時は手加減なく、シビラにやったのと同じぐらいの威力で。

「……えへへ、ラセルにチョップされちゃった。これでシビラさんと同じだ」

俺のそれなりに痛いはずのチョップを受けて、エミーはむしろだらしなく笑顔になった。

……そうだな、お前の本領は女神の加護による防御力だったな。

「やれやれ。今のでその反応とは、全く本当にお前は……すっかり頼りになるヤツになったよな」

「もっちろん！　ラセルにはもう怪我《けが》一つさせないから、防御は任せて！」

その言葉を聞いて、俺……ではなくシビラが、エミーの頭をわしゃわしゃと撫で始めた。

もちろんエミーは突然の事態に驚く。

「わひゃ……!?」

「うんうん、エミーちゃんいい顔になったわよ。アタシ、ただ従順なだけじゃなくて一途《いちず》な女の子は応援したくなるタチなの。まあ惜しむらくは――」

シビラはエミーを見ながら数歩下がり、腰に手を当てながら自分の顔を親指でビシッと指し、上から目線でニヤリと笑った。

「――ライバルがこのアタシ、ラセルが現在ベタ惚《ぼ》れ中の世界一の美女！　女神シビラちゃんってところね！」

「最早《もはや》『惚れていない』と伝えなくても、お前自身惚れられてる自覚はないだろうから、突っ込まないでおく」

「……段々手厳しさもレベルアップしていってるの、愛情の裏返しよね……？」

さすがにこのやり取り多すぎるからな。あしらうバリエーション探すのにも疲れてくるんだよ。

俺達のやり取りを見たエミーは、両手を握って前に一歩出てきた。……なんだ？

「わ、私も……その、えっと、いろいろと負けないからっ……！」

「おっ、いいわね。そうこなくちゃ！　応援してるわよ！」

「むぅ～、勝者の余裕～……」

何故そうなるんだ……あまり対抗しなくていいぞ？

あとシビラも煽《あお》るんじゃない。チョップ一発増やした方がいいか？

「ま、アタシ達のことはおいおい話すとして……まずはこの村が平和になったお祝いでもしましょ」

「そうだな。さすがに疲れた」

「ええ。ゆっくり話すのは明日にして、今日は休息を取った方がいいわ」

「そうさせてもらおう……」

それから俺は孤児院に帰り、ジェマ婆《ばあ》さんやフレデリカにいろいろな事情を説明した。

フレデリカは、エミーを見た瞬間に怒り出しそうになって驚いたが、俺がなんとか事情を説明すると、渋々納得して引き下がった。

あとそのやり取りを見て『お姉さんにも愛されてるわねラセルちゃ〜ん』とか調子に乗って言ってきたので、やっぱりチョップは一発増えた。

宴会が始まり、再びシビラが音頭を取る。

祝いの席だからと俺はやたらと沢山の食べ物を回されて、すっかり満腹になってしまった。腹が膨れると、どうしても眠くなってしまうよな……今日は随分動いたし、寝て太ることもないだろう……。

宴会の声を背景に、主役の俺は一足お先に抜け出した。

窓の外は、青く薄暗い。……ああ、そうそう。これが宵闇という色だったな。

ベッドに横になると、すぐに自分の内側から疲れが溢《あふ》れ出してくる感覚に襲われた。こういう精神的な疲れは、やはり聖者の魔法でも治るわけがないか。
いや、俺の心は俺のものだ。今はこの磨《す》り減った精神力すら心地いい疲れだと思える。
……色々あったが、ついに俺はやったのだ。自分の力だけで、魔王討伐を。
間違いなく、ヴィンスより先に倒したぞ。
「……いや……違う、な……」
大きな疲れから、すっかり微睡《まどろ》みながら、今の自分の状況を再認識する。
分かっている。何もかも、シビラのお陰だ。
剣を再び持つようになったのも、闇魔法を使えるようになったのも。
これほどのレベルアップの効率と、最上級の武具も。
そして……冷たくなっていく幼馴染みを助けるための、本物の奇跡も。
俺は何も、失わなかった。
シビラ……本当にお前は、女神ってやつなのかもしれないな……。
……ああ、怒るな怒るな……お前は本物の女神だったな……。
翌朝目覚めると、すっかり朝になっていた。
「……朝、か」
「朝だよー。おはよ、ラセル」

「ん？」

扉の方を見ると、エミーがこっちを見ていた。

「……随分タイミング良くいたな」

「えっ⁉ あ、えーっと、偶然！」

慌てるエミーの実情はまあどちらでもいいとして。

離れていたのは僅かな日数のはずなのに、とても懐かしく感じる、朝の挨拶を返す。

「――おはよう、エミー」

「うんっ！」

久々に近くで見た小さな少女の笑顔は、俺が気付かない間にすっかり大人の色を見せていた。正面から過去の過ちに向き合えたからだろうか。今のエミーの本当の姿を、ようやく俺の心が認識させてくれたようにも感じるな。

今日から、また俺とエミーの『幼馴染み』が始まる……ああ、悪くない気分だ。

食堂へ向かうと、当然の権利と言わんばかりにシビラが肉を沢山食べていた。遠慮のない食べっぷりと、遠慮のない朝一番の声。

「早寝遅起き！ いいご身分ね～！」

「はったおすぞ、おはよう」

「ええ、おはよう」

朝からなんとも間の抜けたやり取りだが、俺とシビラの距離感はこれぐらいでいい。

「昨日はみんなで集まって今後含めて色々お話したのよ。女子会、楽しかったわ！」

「……まさかそれが狙いか？」

「逆に二度目でそうじゃないと思うあんたの迂闊《うかつ》さに、ちょっとシビラちゃん心配になるわよ。あんたにはアタシがいないと駄目ね」

ぐっ……確かにそのとおりだ。俺の隣にはシビラがいないと、俺自身が安心できないな。

まったく、本当に頼りになる。……そう思わされている原因がこいつの自由奔放な行動から来ていることには、今は目を瞑《つぶ》っておくか。

「で、今後の話をした結果は？　何かやりたいことでもできたか？」

「あんたは何がしたい？」

俺が本題を催促すると、逆に聞き返されてしまった。そうか、今は俺が『宵闇の誓約』のリーダーだ。故に俺自身は、今、何を望んでいるのか。

「──他の魔王を討伐しに行く」

その答えは、自然に口から出た。

「いつ魔王の軍勢が溢れ出すか分からないダンジョンがあるというのなら、俺が先に魔王を倒す。それをするための力が、今の俺にはあるからな」

闇魔法。そして……魔王と十分戦える、聖者。俺の……『黒鳶《くろとび》の聖者』ラセルの力。

その俺の答えを聞くと……シビラは、とてもとてもいい笑顔でニーッと笑った。

ああ、知ってる。このシビラによく似合っている表情は、間違いなく悪戯《いたずら》する時の顔だ。

そんな正面の悪戯女神に覚悟を決め、心の中で溜息《ためいき》をついた。

「そう言うと思って、既にいくつか魔王のいる別の街をピックアップしているわ！」

マジかよ、準備が良すぎだろ。いや、こいつの予測力の高さと準備の良さは今に始まったことじゃなかったな。……ということはシビラも、俺が魔王討伐を続けると信じていたってことだな。なら遠慮なく、次の魔王のいる目的地を選ばせてもらうとするか。

ブレンダには、もう一度会いに行こう。住むと言った以上離れるのは後ろ髪を引かれる思いだが、あの子ならきっと大丈夫だ。何故なら、血の繋《つな》がった家族がいるのだから。


一度は諦めた、魔王を倒す力。主役の道を歩くための魔法。

隣には奇跡の力で戻ってきた、もう復縁できないかと思った幼馴染《おさななじ》みの明るい笑顔。

そして反対側には、その両方を俺にもたらした女神の悪戯っぽい笑み。

出会って短い期間だというのに、こいつと一緒にいると、何だってできそうな気がしてくるから不思議なものだ。絶対言うつもりはないが。……おい、勝手に俺の内面を読んでニヤニヤするんじゃない、叩《はた》くぞ。

やれやれ……飽きが来る気配がなさそうで、楽しみだな！

あとがき

初めまして、著者のまさみティーです。まずは何より、この本を選んで下さって嬉《うれ》しく思います。突然ですが、私は以前小説執筆を続けるか思い悩んでいた時期がありました。もうやめようかと思った時……それでも書きたい話を思い出し、もう一度と万感の思いで投稿したのが『黒鳶《くろとび》の聖者』です。結果、この作品は有り難くも第6回オーバーラップWEB小説大賞を、一番の大賞で受賞させていただきました。

この作品のテーマは『再起』です、それを感じていただけたら幸いです。

ここからは謝辞を。担当のY様、私のわがままな要求も丁寧に考えて下さって感謝しています。イラストレーターのイコモチ様、私の想像を遥《はる》かに超える魅力的なキャラクターを形にして下さり、ありがとうございました。新しい絵を見る度に感動していました。

そして何より、Web読者の皆様。私はブックマークが十増えれば、画面の前で十回「ありがとうございます」と言っていました。いつも点数を数字の塊ではなく、一人一人の判断で選んでいただいた結果であるということを意識していました。皆様全員が、私にとっての主役です。ありがとうございます。

ラセル達《たち》の話は続きますので、是非次の巻も見守ってくださいませ。

OVERLAP

黒鳶の聖者 1
~追放された回復術士は、有り余る魔力で闇魔法を極める~

発　行　2020年11月25日　初版第一刷発行

著　者　まさみティー
発行者　永田勝治
発行所　株式会社オーバーラップ
〒141-0031　東京都品川区西五反田 7-9-5
校正・DTP　株式会社鷗来堂
印刷・製本　大日本印刷株式会社

Printed in Japan　ISBN 978-4-86554-777-1 C0193